講談社文庫

ニサッタ、ニサッタ(下)

乃南アサ

講談社

目次

第四章 7
第五章 117
第六章 208
エピローグ 328
解説 榎本正樹 353

ニサッタ、ニサッタ（下）

第四章

1

六月の風が、オホーツクの海から心地良く吹き上げてくる。昨日までの数日間は、長袖でないと肌寒く感じる日が続いていたが、今日は朝からぐんぐん気温が上がって、夕方になっても半袖で過ごしていてちょうどいいくらいだ。

風は、この季節特有の、何ともいえず甘やかで清々《すがすが》しい香りを含んでいた。瑞々《みずみず》しく芽吹いた森の木々と、この時期一斉に開花する花の香りが混ざり合って生まれるらしい芳香は、身体の隅々にまで染みわたり、すべての澱《よど》みを洗い流していくようにさえ感じられる。夏至に向かって日没はどんどん遅くなり、まだ少しの間は沈みそうも

ない太陽は水平線近くに集まり始めている雲を染め、その隙間から、海面を金色に燦《きら》めかせていた。

——ここには、何もないと思ってたんだよな。

漂う空気一つとってみても、こんなに豊かに感じられるというのに。安らぐ香りに身を浸して、耕平《こうへい》は何度目か分からない大きな深呼吸をした。ここに着いたときには太陽はもっとずっと高い位置にあったから、もうかなりの時間、ただこうして立っている。それでも、まるで退屈することもなく、目の前の景色を見飽きるということもなかった。

知床《しれとこ》半島のつけ根に位置する斜里《しゃり》から、半島中部のウトロへ向かう国道には、ところどころにかつて使っていた旧道が残っている。新しい国道は海沿いを通る平坦で快適な道だが、旧道の方はもっと山側を通っていて道幅も狭く、起伏のある曲がりくねったものだ。今、そちらの道を使う人はごくわずかで、ことに観光客などはまったくと言ってよいほど通ることはない。それだけに、目の前にオホーツク海、右手には長く続く知床の岬、さらに眼下にここが知床であることを最初に感じさせるといってもいいオシンコシンの滝の流れ落ちる様を眺められるこの高台になっている場所は、ぼんやりと時を過ごすにはもってこいだった。さっきから耕平の他にこの場所を訪れた

ものといったら、二頭のエゾシカだけだ。

東京から帰ったのは四月の末、ちょうどゴールデンウィークに入る頃のことだ。どうせ急ぐ旅でもないし、とにかく出来るだけ金を使いたくなかったから、飛行機には乗らずにひたすら陸路で帰ってきた。あれから既に一カ月以上が過ぎている。その間に、知床は長かった冬からようやく目覚め、芽吹きのときを迎えて、今こうして一年でいちばん過ごしやすい季節を迎えた。そして今日、ふと思いついてここへ来てみる気になった。こういう場所があることはもちろん昔から知っていたし、学生時代には何度か立ち寄ったことがある。だが、久しぶりにこの風景の中に身を置いて、改めて感じるものがあった。

ただ風に吹かれながら遥か彼方を眺めているだけで、自分が見事なくらいに乾いていたことに、まず気づかされた。そういえばずい分以前に、自分が空っぽになったと感じたことがあったが、あれは本当だったのだと実感した。この一カ月あまりの間で、身体の疲れは癒えたと思っている。だが、すっかりがらんどうになってしまった心の方は、そう簡単に満ちはしない。それでもこうしていると、少しずつ何かが流れ込んでくるような感じがするのだ。

——九年。

それが、耕平が故郷から離れていた年月だった。浪人が決まって、不安な一方では、ごく呑気に、当たり前のように明るい未来が開けることを信じて疑わなかったあの頃、耕平は躊躇《ためら》いも、振り返ることもせずに、この景色を捨てた。そういうものだと、ごく単純に思い込んでいた。あのときから、何と遠くまで来てしまったことだろうか。その間に、自分は果たして何を得たというのだろう。気がつけばがらんどうの自分がいるだけではないか。もう二十代も後半に差しかかったというのに。

九年の間に、ただ一つ学んだことがあるとしたら、それは、時を巻き戻すことは出来ないということかも知れなかった。遡れるものならば時を逆戻りしたいと思わなくもない。だが、もしも遡るとしたら、どこまで行けばいいものか——考え始めたらキリがないことも、そういえば学んだことだ。要するに、過去のことなんか考えたって、どうすることもできはしない。それならば、余計なことは考えないに限る。だが、今の段階では先のことも考えられないのだから、そうなると、空っぽの頭と心とは、いつまでたっても埋まりそうな気がしないのだ。

今日はエゾハルゼミの声を聞いた。その声を聞くまで、この季節にセミが鳴くことすら、すっかり忘れ果てていたことに、耕平は秘かに、だがかなり驚いた。いつの間にか、セミといえば夏の生き物で、その鳴き声ときたら不快で息苦しい暑さを強調す

るだけのものだとばかり思い込んでいたのだ。幼い頃から、ずっとこの季節に聞いていたはずなのに。よくもそこまで簡単に、故郷のことを忘れていたものだと、我ながら呆れた。

東京では、まだセミなど鳴いてはいないだろう。今ごろは日増しに蒸し暑くなって、暑さより何より、その湿度の高さにげんなりしている頃だと思う。そうこうするうちに鬱陶《うっとう》しい梅雨に入って、目を覚ます度にまず天気のことを気にしなければならない日が続いて、あの四角い窓から外を見て——。

つい、新聞配達をしていた頃のことが蘇って、思わず舌打ちをしたとき、ポケットの中で携帯電話が鳴った。ディスプレイには高校時代の友人の名前が浮かんでいる。こっちに帰ってから二度ほど顔を合わせた町支《ちょうし》というヤツだ。名字のせいもあって、年がら年中、「お調子者」などとからかわれていた。高校を卒業した後、彼は実家の農業を継いでいる。

〈おまえさあ、今、どこにいんの?〉

「ウトロのそば。何で?」

〈仕事か何かか?〉

「違うって。散歩がてらっていうかさ」

〈そっか。ところでおまえさあ、仕事は？　どうなった？〉

　相手が見えているわけでもないのに、「まだ」と応える口元に、つい曖昧な笑みが浮かんだのが自分でも分かった。同時に微かなため息が洩れる。そうか、という町支の声を聞きながら、耕平は、問題はそれなんだよなと内心で呟いていた。本当は、こんな景色を眺めてのんびりしている場合ではない。

〈あのさあ、網走に『フレスコ』っていうスーパーがあるの、知らねえ？〉

「『フレスコ』って——」

〈知らねえかな、結構、新しい店だから。本通りのさ、でっかい店が色々と並んでるところにあるんだけど〉

　本通りの辺りなら大体は分かる。こっちに帰ってきて久しぶりに通ったら、様変わりしていて驚いた場所だ。真っ直ぐな広い道路に沿って郊外型の大きな店舗がいくつも建ち並んでいた。この辺りの人間は、買い物といえば網走を目指す。もう少し先の内陸に行けば北見《きたみ》があって、町としてはずっと大きいのだが、やはり網走の方が近いから、そこで用が済むのなら、その方が楽なのだ。

〈そこでさ、うちの妹の、中学んときの同級生が働いてるんだけど、そいつとさ、たまたま昨日、会ったんだわ〉

「女？」

〈馬《ば》ぁ鹿《か》、男だ〉

「何だ、男か」

〈あ、おまえ、何期待してんだよ。そうでないんだわ。あのさあ、そいつが言うにはな、つい最近、そいつと一緒に働いてたおっさんが、辞めたんだって〉

「――え？」

〈そんでな、急いで一人、誰か新しい人を見つけなきゃなんねえっていうことらしいんだわ。でな、その話を聞いてて、おまえのことを思い出したわけさ。もしも、まだ――〉

「やる！　やるよ、それ！」

人気《ひとけ》のない高台で、耕平は思わず声を張り上げた。太陽が沈み始めた。辺りの色が急に鮮やかに見え始めたような気がする。

「どうすればいい？　俺、そこで働く！」

〈だけどな、すぐさま正社員っていうわけにはいかねえんだって。やっぱ、最初は時給らしいんだよな――〉

「いいって、そんなの。何も働き口がねえよりか、よっぽどましだ。この際、贅沢な

んて言ってらんねえんだ」

するとと町支は、耕平さえそのつもりなら、これから先方に連絡をして、どうすればいいか聞いてみると言ってくれた。

〈分かったらまた連絡するわ。だけど、あんまり期待すんなよな。まず、もう他の人に決まっちゃってる話かも知んねえわけだしな〉

「分かってる。とりあえず話だけでも聞いてみてくれよ、その妹の友だちにも、よろしく言ってくれよな」

電話を切る頃、真っ赤に熟れたような太陽が、いよいよ水平線に触れようとしていた。時計を見ると、もう六時半を大分回っている。「ジュッ」と音がしそうなほどのその瞬間を、耕平は息をひそめるようにして見つめていた。

——何とかなるかも知れない。

思わず大きなため息が出た。戻ってきたまではよかったが、このまま仕事が見つからないのでは、どうすることも出来なくなると、正直なところ不安だった。本当はもっと根回しをして、新しい職場が決まってから帰るべきだったのだ。耕平自身、最初はそのつもりだった。ところが、何しろあんなことがあって、あのとき、耕平は自分の中で何かが「ぷつん」と切れた音を聞いた気がした。終わった、と思った。今度も

また中途半端な形で職場を去るなんて、いくらこういう職場であっても褒められることではないと分かっていながら、どうしても我慢の限界だった。それでも何とか月末の締め日まで我慢したのだ。

多山《たやま》が乗っていった店のカブは、千葉の流山《ながれやま》というところで見つかった。あんなことのあった一週間近くも後のことだ。耕平にはピンと来ない場所だったが、東京との境に近いとはいえ、店からはかなり遠く離れているということだった。そして多山は、そのまま消えてしまった。いくら何でも、そうまでして逃げるほどのことではないではないかと従業員たちは噂し合った。だが、どうやら多山には今回のこと以上に知られたくない過去があるらしいと、例によって増井《ますい》が聞きつけてきた。

「昨日も所長のところに刑事が来てたらしいんだよね。どうやら多山っていう名前も、もしかすると偽名だったのかも知れないんだって。所長さあ、もう真っ青になってたらしいよ。自分は関係ない、何も知らないって、ブルッてたってさ」

ふうん、と頷きながら、耕平はつくづく、やはりこんな職場には一日だって長くはいたくないと思ったものだ。よりにもよって、どうしてこんな店に世話になってしまったのだろうかと、ほぞを嚙んだ。何も、すべての新聞販売店が劣悪だとは思ってやしない。現に、あの店の近所にも他の新聞の直売所や販売店はいくつか点在していた

が、耕平の職場ほど古ぼけていて薄汚く見える店は、他にはなかった。そのことには以前から気がついていた。何となく引け目を感じて、情けない気持ちだった。見た目からも分かる格差が、そのまま耕平たち従業員への待遇の格差のように感じられてならなかったからだ。

——全部、終わったことだ。もう。

思い出したくないと言いながら、何かの拍子にこうして考えてしまう。太陽は既に水平線の彼方に消え去っていた。耕平は最後にもう一度大きく深呼吸をして、おふくろから借りている軽自動車に戻ることにした。ようやく乗り慣れてきた感のある、丸っこくて小さい車のハンドルを操って、旧道のカーブを下り、海沿いを走る現在の国道に出る。日没後の道を斜里に向かって走る車はほとんど見あたらず、反対に、ウトロに向かう対向車線の方は、何台もの大型バスがすれ違っていった。今夜の宿を知床観光の拠点となる町に定めた観光客たちが、温泉と新鮮な海の幸とを思い描いて急いでいるのだろう。

右手に見える水平線のあたりからも次第に残照が消え失せて、頭上の空は濃紺に深まりつつあった。軽快にアクセルを踏み込みながら、耕平は、もしもさっきの町支からの話が前進するようなら、面接を受けることになるのだろうか、その際にはやはり

スーツが必要だろうかなどと考えていた。だとすると、今から準備しておかなければならない。サラリーマン時代のスーツを一着だけ、後生大事に持ち歩いてはきたが、もう何年も、きちんとハンガーに吊したことさえないままだ。皺《しわ》くちゃになっているどころか、今ごろはカビだって生えているかも知れない。今夜のうちに引っ張り出して、確認だけでもしておかなければならないだろう。

――ワイシャツとネクタイはある。あ、靴はねえんだよな。やべえ。

まさか、明日すぐに面接などということにはならないと思うが、そうなったらまずい。明日の朝イチで、どんなものでも構わないから適当に用意しなければ。いや、待て待て。まだ、本当に求人がかけられているか、どんな仕事内容になるかも分かっていないではないか。慌ててそんな買い物をして、無駄になっては勿体《もったい》ない。

――だけど、一足くらいは必要だ。

何しろ、もう子どもではない。こうして田舎に戻ってきたからには、これからはいわゆる大人のつきあいとでも言うのか、冠婚葬祭の類も増えることだろう。出るところに出るときのために、急に慌てることがないように、外出着の一式くらいは揃えておくべきかも知れないなどと考えているうちに、何だか急におかしくなった。冠婚葬祭だって。この俺が。ついこの間まで、人のことなんか心配してる場合じゃなかった

っていうのに。ちょっと前なら、自分が無縁仏になりかねなかった。それくらい追い詰められてたっていうのに。

——まじ、そうだったんだ。

町支を始めとして、ずっとこっちに住んでいる連中には想像もつかないだろう。ネットカフェで寝泊まりする日々も、山手線を何周もしながら、車内で寒さをしのぎ、睡眠不足を補う惨めさも。この耕平が、そんな思いをしていたことも。

皮肉な思いで笑いそうになっているときに再び携帯電話が鳴った。きっと町支からだ。耕平はわずかにアクセルを緩め、それでも車を停めることはせずに、そのまま手探りで携帯電話を耳に当てた。

「ああ、俺。どうした？　どうなった？」

右手でハンドルを操りながら、軽快な声を出す。すると、電話の向こうから「あ」という声がした。どうも、町支の声とは違うようだ。耕平は改めて「もしもし」と言った。

〈あ、あの——〉

聞こえてきたのは女の声だ。一瞬、携帯電話を耳から離してディスプレイを見そうになり、運転中であることを思い出して、耕平は、また「もしもし」と繰り返した。

「誰？」

〈あの――杏菜《あんな》。竹田《たけだ》、ですけど〉

今度は思わずブレーキを踏んだ。車を端に寄せ、ハザードランプを点滅させながら、改めて電話の声に耳を澄ませる。

「竹田って――あの」

〈先輩？〉

その声と呼び方は、間違いなく杏菜だった。耕平は、半ば信じられない思いで「そうだけど」と呟いていた。まさか、杏菜から電話があるなどとは想像すらしていなかった。番号を交換し合ったのは確かだ。だがそれは、仕事を辞める前の儀礼的な約束事のようなもので、相手はべつに杏菜に限ったことではなかった。そして、これもまた当たり前のように、耕平は新しく番号を登録した連中の、誰一人に対しても、自分からは電話などしなかった。無論、先方からかかってきたこともない。

「すげえ――久しぶりじゃん。元気かよ」

〈ああ――うん〉

「皆も相変わらずだったりして？」

七時もとうに回っている。夕刊の配達も終えて一段落ついた頃なのだろうと思って

いたら、電話の向こうから「あの」という声がした。

〈私さ、今――どこにいると思う？〉

「どこに？　知らねえよ、そんなの。店じゃねえの？　あ、それともおまえ、ついにおまえも辞めたとか」

〈あ、何で分かったの？〉

「え――まじ？　おまえも辞めたのか？　いつ」

〈先月一杯で。で、今日、お給料取りにいって、もらってきた〉

そういえば、杏菜と電話で話すのは初めてのことだ。こいつって、こんな声だっけと、半ば懐かしいような、不思議な気持ちになりながら、耕平は彼女の声に耳を澄ませていた。

〈それでさ――私ね、今、北海道にいるんだよ〉

「え――まじ？　そうなんだ！　へえ、いつ来たんだ？　北海道の、どこ」

〈――あの。だから、今日、着いた〉

「あ、そっか。旅行？」

少しの間、沈黙が流れた。闇を探る車のライトが、その先で緩やかにカーブする道を照らしている。ライトの中に突然、オスのエゾシカの姿が浮かび上がったと思った

ら、悠然と横切っていった。

〈あの、先輩〉

「何だよ」

〈それでね、私、今、女満別《めまんべつ》の空港にいるんだけど〉

「え――」

〈ここって、先輩のところから遠いの？〉

何と答えたらいいのか分からなかった。無論、ここから一番近い飛行場といったら、女満別だ。だが、どうしてあの杏菜がそんなところにいるのかが、まるで分からない。

〈もしもし？〉

「ああ――ええと。そう遠いってわけでも、ねえけどさ――だけど、おまえ、どうしてそんなところにいるんだよ」

〈だから、さっきの飛行機で、着いたから〉

「何で？　何しに？」

〈先輩に、会えるかなと思って〉

どきりとなった。カーブの向こうから、対向車線を連なってくる観光バスのライト

が見えてきた。そのライトに目を細め、耳に携帯電話を押し当てたまま、耕平は、しばらくの間ぼんやりしていた。

2

それから一時間ほどかけて、女満別空港に到着した。東京からの最終便が遅れているのだろうか、小さな空港内はまだ意外なほど多くの人で賑わっていた。それらの人々の間を縫って、きょろきょろと辺りを見回しながら歩くうち、耕平は、ベンチに腰掛けている三つ編みの女性の後ろ姿を発見した。身動きする様子もなく、じっと動かずにいる、そのずんぐりと丸っこい背中を、耕平は何ともいえない気分で少しの間、見つめていた。

——一体、何だって。

懐かしいのとも異なる、何だか不思議な感覚がこみ上げてくる。苛立たしいような面倒くさいような、それでいてつい笑ってしまいたいような気分だ。あの頃の記憶など、きれいさっぱり捨て去って、一切、何の関係もなくなったとばかり思っていたのに、どうしてこの三つ編み頭だけが現れたのだろう。一体、この女は何を考えている

のだろうか。まるで理解出来ない。

　さっきの電話で、杏菜は行く当てがないと言っていた。ガイドブック一つ持っているわけでもなく、どこに泊まればいいかどうかも皆目、分からないというのだ。そんな状態で、飛行機に乗った。どうして北海道くんだりまで来たのかと、耕平は正直なところ呆れるより他なかった。それでも、ここにくれば「先輩」がいると思ったからと言われてしまっては、知らん顔も出来ない。仕方がなかった。

「何やってんだよ、おまえ」

　思い切って彼女に歩み寄り、隣に腰掛けるなり、荒々しく息を吐きながら、耕平はわざとらしいくらいに大きな声で切り出した。それからゆっくり首を巡らす。すると、相変わらずのまん丸い顔が、いかにも意外なことを言われたような表情で、目をぱちぱちさせている。

「いきなり来たりしたら、驚くに決まってんじゃねえか」

「――あ――そう？　驚いた？」

「当たり前だろう？　俺と連絡が取れなかったら、どうするつもりだったんだよ」

「あの、まあ――その時は誰かに聞けば分かるかなあって――」

「馬鹿言ってんじゃねえっつうの。いくら田舎だからって、俺の名前だけ出して、

『知りませんか』なんて言ったって、分かる奴なんて、いるわけねえじゃねえか。ったく、呆れてものも言えないよ」

改めて、一体何を考えているのだと言いかけて、ふと杏菜の向こう隣を見る。そこにはキャスターつきの大きなトランクが置かれていた。まるで海外旅行にでも出るような格好。こいつ、どれくらいの期間、こっちにいるつもりなのだろうかと、耕平はまた不思議になった。

「まあ、そんなこと言ってたってしようがねえからさ。まずは、宿を探さなきゃいけねえんだよな。おまえ、どっか行きたいとことか、あるわけ？」

だが杏菜は口をわずかに尖らせたまま、首を傾げるばかりだ。何だよ、こいつ、そんなことも考えてないのか。思わずため息をつきながら、耕平は、果たしてこんな時間から飛び込みで泊まらせてくれる宿があるものかどうかと考えてみた。間もなく八時半になろうとしている。誰か知り合いがいればいいのだが、すぐには思い浮かばない。さて、どうしたものかと考えているとき、また携帯電話が鳴った。今度こそ町支からだ。

〈おまえ、まだどっかほっつき歩いてんのか？〉

電話に出るなり、かつての級友の声が鼓膜を震わした。

〈待ってんだからさあ、早く帰ってこいよ〉

「早くって――。さっきの話？」

〈決まってんでないか。今、妹の友だちも一緒だからよ。色々と聞かせてもらおうと思って、連れてきた〉

「ごめん――で、おまえ今、どこにいんの」

〈だから、おまえん家《ち》だってば。てっきり、もう帰ってると思ったから〉

「え――俺ん家にいるのか」

〈妹の友だちがな、この後、別の用事があるっていうんだ。それを無理矢理、引っ張ってきたんだから。そう長いこと、待ってらんねえって言ってるんだ〉

思わず横目で杏菜を見る。不安そうな、相変わらず、どこかはっきりしない表情で、杏菜は所在なげに俯《うつむ》いたままだ。まいったな。こんなときに。

「――俺、今、女満別なんだよな」

〈女満別？　なして、そんなとこにいるんだ〉

「――帰ったら説明するよ。とにかく、すぐ帰るからさ、悪い、待っててな」

こうなったら仕方がなかった。ここで杏菜のことに時間を取られて、せっかくの就職のチャンスを逃すわけにはいかない。電話を切るなり、耕平は「行くぞ」と立ち上

がった。杏菜はぽかんとした顔をこちらに向ける。その顔から視線をそらして「荷物は」と彼女の脇に置かれたトランクに手を伸ばしかけて、驚いた。見ると、その横にも大きなナイロンバッグと、さらにリュックサックまでが置かれている。ベンチの陰になっていて分からなかったが、これは相当な荷物だ。長期滞在どころか、これではまるで引っ越しでもするかのようではないか。

——引っ越し？　こっちに？

ぎょっとなった。

何だよ、それ。何だってまた——それでも動揺を相手に気取られまいと、耕平はリュックを片方の肩にかけ、トランクを引っ張って歩き始めた。何歩か進んで振り返ると、杏菜は慌てた様子でナイロンバッグを抱えようとしている。考えてみたら、キャスターつきのトランクの方が、持ち運びには楽そうだ。耕平は、トランクを手放し、モタモタしている杏菜からナイロンバッグを奪い取るようにした。

「おまえ、そっち引っ張ってこいよ。急がなきゃ」

「あの——どこへ？」

「とりあえず、俺ん家。友だちが待ってるんだ」

「友だち——」

空港のターミナルビルを出て、目の前の駐車場まで行く間、後ろからはキャスターのゴロゴロという音がついてきた。既に完璧な夜空だった。今夜は星がよく見える。

「車、買ったんだ」

「おふくろの車。何で俺が、こんなピンクの車を買うんだよ」

「お母さん——へえ、自分の車なんか持ってるんだ」

「こっちじゃあ、車がなかったら何も出来ないからさ。大抵、自分用の車を持ってるんだよ」

「先輩の家って、遠いの」

「五十分くらい、かな」

夜道を走り始めると、杏菜は口を噤《つぐ》んだ。既にとっぷり陽も暮れて、ひたすら闇に包まれているのに、その窓の外を眺めているらしい。耕平は、ちら、ちら、と隣の気配を探りながら、一体どこから話を切り出そうかということばかり考えていた。やぶ蛇になっては困る。だが、それにしたってあまりにも分からないことだらけだ。

「北海道、初めてか」

「ああ——うん。初めて」

「もっと早く、連絡してくれればよかったじゃねえかよ。そうすれば飛行機が着く頃

に、ちゃんと迎えに来てやれたかも知れないのにさ」

本心というわけではない。もしもそんな連絡を受けていたら、もっとあれこれと考えてしまっていただろう。だが、そうでも言わなければ話が本題に入っていかないない気がした。

「――すいません」

「謝ることも、ねえけど。べつに、責めてるわけじゃ、ねえんだしさ」

市街地を抜けるとなだらかに連なる畑の中を走ることになる。日中なら、いかにも北海道らしい、広々とした風景を楽しめる道なのだが、こんな時間では闇ばかりだった。隣から「真っ暗」という呟きが聞こえた。それからずい分長い間、杏菜は口を開かなかった。

「――何ていうか」

前にも後ろにも、まったく他の車のライトが見えない状態で走り続けている間に、ようやく杏菜が口を開いた。

「先輩に、話さなきゃと思うことが、一杯たまったまんまになってたなって」

「――俺に？　話？」

「一杯、色々――先輩に質問されたことにも答えなかったし、その他にも」

おまえ、ひょっとして、そんなことのためだけにここまで来たのかと言いかけて、やはり言葉を呑み込んだ。その通りだと言われたら、返事のしようがなくなる。つまり、杏菜は自分に惚れているということなのだろうか。もしも惚れていて、だから、仕事まで辞めて飛んできたと言われたら、どう答えればいいというのだろう。

――気持ちはありがたいけど、だけど、俺には応えてやれないんだ。

突如として、自分が二枚目になったような気分になる。だが、本当にそんな台詞《せりふ》を口にしなければならない場面が近づいているのかも知れないと考えたら、これまでに経験したことのない、奇妙に重苦しい気持ちがこみ上げてきた。

――この俺が、女の子をふるなんて。

金輪際、あり得ないことだと思っていた。しかも相手は杏菜ではないか。普通の女の子よりよほど苦労して、惨めな思いをして暮らしてきたことも、時には毎晩のように泣いていたことも、そして、あんな恐ろしい目に遭ったことがあるのも知っている。そんな子を、今度は耕平が傷つけることになるのだろうか。わざわざ北海道まで来たような子を。

――慌てるな。慌てるな。

まだそうと決まったわけではないではないか。第一、何といっても自分の方がずっ

と年上だ。ここは冷静に、落ち着いたところを見せなければならない。そして、たとえ杏菜の気持ちに応えてやることは出来ないにせよ、冷たく突き放したりせずに、彼女のために一番いいと思うことを考えてやるべきだ。

「ねえ、先輩」

「え——ああ、な、何」

落ち着いているつもりが、声が上ずってしまった。耕平は慌てて小さく咳払《せきばら》いをしてから、改めて「何」と言った。

「先輩、今、何時頃起きてるの」

「朝？　普通——っていうか、普通の人なみに、普通だな」

「寝るのは？」

「大体、十二時とか、一時とか」

へえ、というため息混じりの声がする。

「前まで、起きた時間に寝てるんだ」

「まあ、そうだな」

「すぐに、慣れた？」

そういえば、こっちに戻って最初の頃は、なかなか慣れることが出来なかった。き

ちんと朝まで眠り、夜まで起きている生活になってからも、深夜の一時半くらいになると必ず目が覚めたり、昼前くらいに急に眠くなったりするのだ。たとえば昔の友だちと酒など飲んでいても、常にどこかで時計を意識しているらしく、「早く寝なきゃ」と思い込んでいるような部分があった。その都度、何も慌てることなんかないんだ、いくら夜更かししたところで、もう今は、ちゃんと明るくなるまで寝ていられるんだからと自分に言い聞かせる。そんな情けない状態がようやく薄れてきたのは、思えばつい最近のことかも知れない。

「おまえ、まだ慣れないだろう」

暗い車内で、うん、と頷く杏菜の瞳だけがきらきらと輝いて見えた。こいつ、本当に俺に惚れているんだろうかと考えると、ついどきどきしてくる。そんなつもりなどさらさらないのに、「ひょっとして」「万が一」「もしそうなったら」などという言葉が、頭の中で飛び交った。

「もう、半分、眠いみたいな感じ」

無理もない。既に九時半を回っていた。だが、それでは困るのだ。町支を待たせていると思うから、やむを得ず家まで連れて行くことにしたが、彼らとの話が終わったら、どこか泊まるところを確保してやらなければならない。そんなときに「眠い」な

ど言い出されたら、余計に処置に困るではないか。

「で、さ。どうなった、俺が辞めた後」

とりあえず話しかける。すると杏菜は「うーんとね」と呟いて、それからぽつり、ぽつりと販売店の話を始めた。耕平が辞めた後、所長はしばらくは不機嫌で、「恩を仇《あだ》で返された」とか「身勝手な野郎だ」とか、八つ当たりのようなことをさんざん言っていたらしい。多山が消えた段階で、店は大急ぎで求人をかけていたが、続いて耕平まで辞めたことによる穴はすぐには埋まらず、所長は仕方なく新聞拡張団から応援を頼んでいたという。

「団の人って、配達の経験もある人が多いんだってね。色んな店で、今度みたいなことも頼まれるし。だから慣れてはいるみたいだったけど、何だか雰囲気が悪くて、怖かった」

そんな矢先、今度はお喋りの増井が自分の部屋に女の子を連れ込んでいたことが発覚して、ちょっとした騒ぎになったのだそうだ。仲間たちから責められた増井は開き直って、その子と暮らすつもりだと宣言したという。ここで増井にまで辞められては困ると考えた所長は苦肉の策として、彼らがアパートを借りるための金を用立ててやったということだ。

「へえ。あの増井がねえ。どこで知り合ったんだろうな」

「出会い系だって。知り合ってまだ一カ月だとかって言ってた。でも、そのまま結婚するみたいな話だったよ」

そういえばヤツは、マンガ雑誌を読んでいないときは年がら年中、携帯電話を覗き込んでは、何やらチクチクやっていた。その成果が上がったということなのだろう。

それからも杏菜は店のスタッフや所長の家族についての、大きいとも小さいともいえないような出来事を話し続けた。従業員の大半が風邪をひいたときの話。店長の奥さんが浮気しているらしいという噂。それから以前、杏菜に咬みついた例の犬が、今度は宅配便の業者に襲いかかって、ついに保健所へ連れて行かれることになったという話――それらを聞くうちにようやく斜里の市街地に入った。

「もうすぐだからさ」

「ここ――何ていうとこ？」

「斜里」

「しゃり？　お寿司みたいな名前」

「寿司？　ああ、飯のしゃりな。そうじゃなくて、もともとはアイヌ語から来てるんだって」

「アイヌ語って？」

「——え？　アイヌの言葉」

「アイヌって？」

「——え」

思わず隣を見そうになったとき、曲がり角に差しかかった。地元とはいえ夜道の運転には、まだあまり慣れていないから、つい見落としそうになる。耕平は慌ててハンドルを切った。

玄関前には、この車の駐車スペースの隣に、本当なら親父の車が駐まっていた分もある。だが、耕平が高校生の頃に新しく買い換えた親父の車は、走行距離も相当なものだったらしく、また、ちょうど車検が切れたこともあって、昨年の暮れに処分してしまったということだった。こっちに帰ってきて、おふくろからその話を聞かされたときには、それがおふくろの決意の表れのようにも感じられて、耕平は何となく侘《わ》びしい気持ちになったものだ。

「ここが、先輩ん家？」

「まあね」

「すごい。大きい——」

弱々しい門灯の明かりを受けながら、驚いたような顔で立ち尽くしている杏菜を見て、耕平はつい苦笑した。大きくなんかあるものか。この辺では、これくらいでも平均以下といったところだ。どうせすぐに宿屋に連れていくと思うから、杏菜の荷物は下ろさないことにして、耕平はそのまま「行くぞ」と玄関に向かった。「ただいま」と引き戸を開けると、すぐに奥からおふくろが顔を出した。

「あんた、遅くなるんなら電話の一本もかけてきてくれればいい――」

言っている途中で、おふくろがぎょっとした顔になった。

「――んで、ないの――あれ、お客さん？」

耕平は自分の背後に隠れるように立っている杏菜を振り返った。

「空港まで行ってたからさ。こいつ――彼女が、急に電話かけてきて、今、着いたからとかって言ってくるもんだから」

おふくろの瞳に、動揺とも疑念とも、何とも言いようのない表情が浮かんだ。それで、その子はあんたの何なの。どういう関係なのと、その目が言っている。

「空港って――どっから来たの」

「東京から。この前までの会社で、一緒に働いてた子」

説明しながら「しまった」と思った。おふくろに会わせるのなら、その前に、前の

職場のことについて杏菜と打ち合わせをしておかなければならなかった。何しろ、おふくろは耕平が新聞配達をしていたなどとは露ほども思っていない。あくまでも「新聞関係の会社」だという耕平の説明を信じているのだ。ここで杏菜に妙なことを言われては、嘘がばれるというものだった。

おふくろは「あらまあ」と言ったきり、やはり何となく不快そうな、どこか疑わしげな表情で杏菜を見ている。杏菜はすっかり気後《きおく》れした様子で、それでも「竹田杏菜です」と、ひょこりと頭を下げた。

「宿も何も取ってないいんだってさ。それで、どうしようかなと思ってたら町支から電話もらったんだ。だからとりあえず、帰ってきたんだけど」

おふくろは、ちらちらと杏菜の様子をうかがいながら「ふうん」と口を尖らせていたが、ふいに思い出したように「ご飯は」と言った。

「食ってないよ、もちろん」

「あんたでなくて、そっちの、ええと」

「竹田さん」

「あっそ。竹田さんね。竹田さん」

喋りながら茶の間まで行くと、座卓を囲んでいた町支と、町支が連れてきた客とが

揃ってこちらを向いた。耕平は町支に軽く手を振る仕草をして、そそくさと自分の席に腰を下ろした。それから部屋の入口に立っている杏菜を振り返る。

「適当に座れよ」

杏菜は自分がどういう場所に来たのかまるで呑み込めていない様子で、オロオロとしているばかりだ。そんな彼女を見上げていた町支が、興味津々の表情で耕平を振り返った。

「誰？」

町支の質問には「東京でさ」などと短く答えただけで、まずは町支の横にいる男に改めて挨拶をする。町支の妹といったら、確か、耕平たちより二つ下だったと思う。その同級生ということは、まだ二十五か六に違いないのに、「後藤くん」と紹介された青年は、既に腹が出ているでっぷりした体格で、下手をすると四十歳くらいに見えなくもなかった。

「何もないけど、食べてちょうだい」

台所に立っていたおふくろが、耕平と杏菜の分の食事を運んできた。煮物や漬け物、サラダボウルに盛りつけられた野菜などが並んでいく。

「今、チキンカツ揚げるからね。そんなもんしかないけど、我慢してね」

さっきはずい分と不愉快そうな顔をしていたと思うのに、杏菜の前に食器を並べながら、おふくろは耕平にも見せたことのないような顔で杏菜に笑いかけている。杏菜は、相変わらずのまん丸い目をきょろきょろとさせ、それから救いを求めるようにこちらを見た。耕平は、知らん顔をしていた。歓迎していると思われるのも困るが、別段、迷惑しているというわけでもない。

「そういえば、時間がないんだよね？」

おふくろに促されて、おずおずと箸に手を伸ばしている杏菜を横目で見ながら、耕平はまず後藤くんの方を向いた。後藤くんは、この後、友だちの結婚式で行う余興の打ち合わせがあるのだと笑いながら、とりあえず自分の職場の説明を始めた。「フレスコ」という食品スーパーは、大手というわけではないが、この地域にあと二店舗の支店を抱えていて、中でも本通りの店が一番新しく、また大きいのだそうだ。

「さっき、おばさんに話したら、おばさんも年がら年中、利用してるんだってさ。ねえ、そうですよねえ！」

町支が大きな声を上げた。台所の方から「なあに」と声がして、おふくろが顔を出した。

「おふくろ、『フレスコ』って知ってんの？」

するとおふくろは、当然というように大きく頷いて、この辺りではいちばんの品揃えだし、広くて買い物がしやすいのだと言った。

「値段はね、そんなに安いってこともないんだけど、高いってわけでもないし、何より品揃えがいいんだわ。ものも悪くないし、それに広くてねえ、買い物してて楽しいの。大概のものは、そこで済んじゃうしね」

なるほど。店に対する印象がよくなった。

「そこで、使ってもらえるかな。どうすればいいんだろう」

「でも、先輩って、大卒なんですよね」

「え——ああ、まあ、一応は」

視界の片隅で、黙々と箸を動かしている杏菜のことが、少しだけ気にかかった。こいつも、耕平が大卒だと知ったときには目を剥《む》いていたものだ。後藤くんは大きな丸い腹いっぱいに空気を吸い込むようにして、ふう、と息を吐く。

「だとしたら、何ていうか、勿体ないかも知れないんスよねえ。仕事の内容っていったら、いわゆるスーパーの雑用っていうか、そういうのだから」

「雑用って——どんなことするの」

後藤くんは「何でも」と言った。商品の陳列、倉庫からの品出し、値付け、販売、

配達、整理、場合によっては商品の加工も手伝うこともあるという。話を聞いているうちに、耕平の中に、またもや不思議な感覚が湧き起こってきた。確かに、以前の耕平ならまず絶対に行きたいと思わなかった職場のような気がするのだ。それなのに今は「任せておけ」という気分になっている。望むところだ。いくらでもやってやる。

まず、倉庫の仕事なら派遣社員時代に経験している。在庫管理もおおよそのところは分かっているつもりだ。ネットカフェで寝起きしていた時代には品出しもやったし、試食販売さえ経験している。袋詰め、箱詰め、引っ越し手伝い、交通整理にテントの設営——それらの経験のどれか一つでも役に立つというのなら、有り難い話ではないか。第一、何もそこで一生涯働き続けるというわけでもない。とにかく当面の食い扶持《ぶち》を稼いで、生活のリズムを摑みたい。そうして最低限でも構わないから生活の不安さえ解消されるのなら、今はそれだけで満足だ。

おふくろが揚げたてのチキンカツを運んできた。そして杏菜に、このソースを使えとか、添えてあるキャベツにはこっちのドレッシングかマヨネーズを、などと説明している。杏菜は何度も小さく頷いて「美味《おい》しいです」などと笑っておふくろを見上げていた。

「つまり、こう、頭を使うよりかは身体を使ってやるような仕事が大部分で——」

後藤くんが少し窮屈そうな顔で言葉を続けるのを、耕平は「全然」と遮《さえぎ》った。

「まるっきり、オッケーっスよ。俺、そういうのにこだわらないから。身体動かすのも、嫌いじゃないし」

後藤くんは、ちょっと意外そうな表情になって、身体の割に小さな目をぱちぱちとさせる。隣の町支が満足そうに頷いた。

「だから言ったべ？　大卒だからって、そういう選り好みなんかしないって」

耕平は思わず「当たり前だ」と小さく笑った。

「第一、今そんな贅沢、言ってられる状況じゃ、ねえしな」

後藤くんは、ふんふんと頷き、少し安心したような表情で、耕平さえそういうつもりなら、明日の朝すぐに上司に話してみると言ってくれた。

ああ、やれやれ、これでもしかすると少しだけ明日が見えてくるかも知れないと、こちらもほうっと息を吐き出していたら、奥の襖《ふすま》が開いた。

「賑やかなことだねえ。若い人ら、いっぱい集まって」

祖母ちゃんが、前屈みの姿勢のままで耕平たちを見回した。

杏菜にとっては、祖母ちゃんが起きてきてくれたのは何よりもラッキーだったと思う。東京から来た耕平の友だちだと紹介すると、祖母ちゃんは「そうかね」と頷きながら杏菜をしげしげと眺めて、こんな夜更けに知らない宿に泊める必要などまるでないだろうと言い出したのだ。

「ねえ、お母さん、そうだねえ」

お母さん、と呼ばれて、おふくろは少しだけ考える顔になったが、やがてこともなげに「そうだわ」と頷いた。

「部屋ならあるんだし、そうすっかい？」

杏菜は話の展開についていかれないといった様子で目を白黒させている。耕平は、何もそこまでしてやることはないのではないかという気持ちと、おふくろたちがそう言ってくれるのなら、泊めてやって欲しいという気持ちの両方で、またもや揺れている自分を感じないわけにはいかなかった。

「あの、でも、それじゃあ——」

3

「これから宿を取るっていったってね、もうこんな時間だもん。知り合いの民宿がないわけでないいんだけど、向こうさんにだって迷惑んなるわ。だから、いいから泊まっていきなさい」

杏菜の視線を感じながらも、どう答えればいいのかが分からない。町支たちが帰った後で夕食を食べ始めた耕平は、ひたすら知らん顔をして箸を動かし続けた。

「どうせ、おもてなしみたいなことも出来ないんだから。遠慮することないからね」

おふくろに重ねて言われて、杏菜は丸っこい身体を縮こめるようにしていたが、やがて救いを求めるようにこちらを見た。

「そうすれば」

結局、それしか言いようがなかった。杏菜はそれでもまだ迷うような顔をしていたが、やがて「じゃあ」と、小さく頭を下げた。

「あの——ありがとうございます」

杏菜が挨拶している間に、祖母ちゃんはまた奥の部屋に引っ込んでしまった。ただでさえ小さな身体は背が丸くなっているせいでよけいに小さく見える。だが、普通に会話する分には、さほど耳が遠いようにも感じられないし、あとはどこも悪いところはない。それが、耕平がこちらに戻ってきていちばん安心したことかも知れない。

「一つだけ言っておくけどさ」

おふくろが台所に立ち、杏菜と二人きりになったところで、耕平は声をひそめた。

「俺が新聞配達してたこと、うちの連中に言うなよな」

既にもうかなり眠いのだろう。さっきから何度もあくびを嚙み殺していた杏菜は、目を潤ませたままで、ぼんやりとこちらを見る。耕平はおふくろの気配を探りながら、眉根を寄せてその顔を見据えた。

「新聞関係の会社としか、言ってないんだから。いくら何でも、あんな仕事してたなんて、知らないいんだからさ」

すると杏菜の顔がますます迷ったようになる。どうも調子が狂う。どだい、妙ちくりんな話なのだ。どうして斜里のこの家で、この顔と向き合っているのだろう。

「——何だよ。何か言いたいことでも、あるか？」

「だって——言えないような仕事っていうわけでも」

「そうだけど。いいんだよ。とにかく、余計なことを喋るな」

「じゃあ、私は何してたのかって聞かれたら？」

また、そういう面倒くさいことを言う。耕平は苛立ったため息をつきながら「だから」としかめっ面になった。その途端、すっかり弛緩《しかん》したように、ぼんやりとしてい

た杏菜が、くすりと小さく笑った。

「――何だ」

疲れているなりに、それでも何だか楽しそうな顔つきになっている杏菜は、言おうかどうしようか迷うような顔をした後で「だって」と目を伏せる。

「私、また、先輩に迷惑かけてるなあって」

「――それで、何で笑ってんだ、おまえ」

「だって、それは――」

杏菜が言いかけたとき、おふくろがバタバタと戻ってきた。

「この子にはさ、お姉ちゃんの部屋、使ってもらおうかね。あそこならベッドもそのままになってるし、使いやすいっしょ。それでさ、あんた、竹田さん、眠そうな顔してるんだから、早いとこお風呂入っちゃいなさい」

有無を言わさない調子で慌ただしく座卓に布巾掛けを始めるおふくろに気圧《けお》されるように、まず耕平が立ち上がった。

「こいつの荷物、車に積みっぱなしだから、ちょっと取ってくるわ」

「ああ、そしたらそれね、全部お姉ちゃんの部屋に運んで、それであんた、シーツと毛布も出してやんなさい。押し入れの中にあるから。分かるでしょ」

テキパキと動き回っているらしいおふくろの声を背で聞きながら、耕平は何だか妙なことになってきたなと感じていた。またこいつと、一つ屋根の下で寝ることになるのか。しかも、かつて姉貴が使っていた部屋は、耕平の部屋のすぐ隣だ。

——先輩に、話さなきゃと思うことが、一杯たまったまんまになってたなって。

おふくろの車から、杏菜の重たい荷物を運び出している間に、ふと思い出した。あいつは一体、何を言おうとしてここまで来たのだろうか。その話を聞くのはいつのことだろう。

「ちょっと。あんた」

おふくろに言われた通り、荷物を姉貴の部屋まで運び入れ、新しいシーツや毛布などをベッドの上に出してやって茶の間まで戻ると、おふくろが、さっきとは別人のような険しい顔をして待ちかまえていた。

「何なの、あの子。どういう子」

「どういうって——だから、同じ職場にいた子だってば」

「いくつ」

「二十歳《はたち》、かな」

おふくろの目が、いかにも疑わしげにこちらをじろじろと見ている。耕平はつい唇

を突き出すようにして「何だよ」とおふくろを見返した。

「じゃあ、もう、一応は子どもじゃないわけだね。その分だけちょっと安心したわ。母さんはまた、まだ高校生ぐらいかと思ったもんだから。あんな髪の毛してるし。小さいし」

「そうなんだよな。俺も最初、そう思った」

「そんで、あんた、あの子に何したの」

「――してねえよ、何も」

その途端に、二の腕をぴしゃりと叩かれた。思わず「てっ」と顔をしかめている間も、おふくろはこちらを睨みつけている。

「そんなわけ、ないでしょうがっ。何もしてない？　そんで、どうしてあんな子が、わざわざ東京から会いに来るもんかね」

「知らねえっつうの――あいたっ！　痛えってば」

「本当にもう、あんたはっ。そう、いう、ところだけ、まさか、父さんに似たんで、ないんだろうねっ」

二の腕や肩や脇腹の辺りを何度もぴしゃぴしゃと叩かれながら、耕平は「だから」と悲鳴を上げそうになった。だから嫌なのだ。

耕平が故郷に戻った直後から、おふくろは親父への怒りをそっくりそのまま、耕平にぶつけ始めた。子どもに心配だけはかけまいと黙っていた分、余計に積もり積もっていたものが一気に噴き出した感じだった。私の人生をどん底に突き落とした最低の男。裏切り者。誠意のかけらもない。甲斐性なしのくせに、女にだけは手を出すなんて。何が東京だ、何がおしゃれだ――よくもと思うほど、親父への罵《のの》りの言葉が続いた。いくら好い加減にしてくれと頼んでも、「気が済まないんだから仕方がない」と言い切って、おふくろは思いつく限りの言葉を吐き続けた。最初の頃はそこに涙も混ざったから、手の施《ほどこ》しようがなかった。一日の間に、一度も親父の話題が出なくなってきたのは、つい最近のことだ。

「大体、何なの、あの子は。何だかみっともない子だよ、色ばっかり黒くって。まるっきり、豆ダヌキのようでないかい。どうせつき合うんなら――」

「だ、か、ら。本当に、何の関係もないんだったら。何で急に来たんだか、俺が一番、びっくりしてるんだから!」

心底うんざりしながら、やっとの思いでおふくろを説得しようとしていたら、風呂場の方でがたん、と音がした。途端におふくろは「しいっ」と自分の口の前に指を立てて見せ、それから、今度はいかにも冷ややかな表情になって、嫌らしい目つきで耕

平を睨みつける。

「本当なんだろうね」

「まじ。本当も本当。大体、俺だって杏菜を自分ん家に泊めたいなんて、思ってなかったんだからな」

「――しょうがないんでない。祖母ちゃんが、ああ言うんだから」

「だから、俺のせいじゃねえだろうが」

耕平が膨れっ面になったところで、杏菜が戻ってきた。

「あの――ありがとうございました」

肩からバスタオルを羽織り、そこに長い髪が散っている。その姿を見た途端、杏菜が襲われかけた晩のことを思い出して、耕平は思わず目をそらしてしまった。おふくろの方は、またもやさっきとは打って変わった猫なで声になって「いいんだよ」などと笑っている。

「疲れたでしょう。部屋をね、用意してあるから。好きに使ってちょうだいね。耕平、あんた、教えてあげてよ。ほら」

今度はぽんぽんと、やけに優しく腕を叩かれて、耕平は仕方なく立ち上がった。杏菜を姉貴の部屋に案内し、そのまま「じゃあ」ときびすを返す。

「あの――おやすみ。ありがとう」

背中で杏菜の声を聞き、再び茶の間に戻る。おふくろは風呂に行ったようだった。

――明日のことだって考えなきゃなんねえってえのに。

しばらく平穏な日々を過ごせていたと思ったら、何だって今日になって急にこれほど落ち着かなくなったのだろう。台所から晩酌用の焼酎を持ってきながら、耕平は思わずため息をついた。

最後に風呂を使い、家族全員が寝静まった後で自分の部屋に戻ったのは、日付が変わった頃だ。六畳の部屋の蛍光灯をつけると、高校生の頃からほとんど変わっていない室内が浮かび上がる。机の片隅には通学鞄までが昔のままに置いてあった。それらのものに囲まれながらベッドに腰を下ろし、バスタオルで髪を乾かしているうち、ふと何か聞こえてくるような気がして、耕平は反射的に手を止めた。

――この歌。

何という歌だったか、聞いたけれども忘れてしまった。だが間違いなく、杏菜がいつも歌っていた歌だ。夏川りみとかいっていた。その歌を、杏菜は今夜も歌っている。息をひそめ、宙を見つめたまま、耕平は急に落ち着かない気持ちになった。

杏菜がこの歌を歌って過ごすときは、何かに耐えようとしているときと相場が決ま

っていた。それを今、ここに来てまで、彼女は一体、何をそんなにも耐えなければならないというのだろうか。あの職場、新聞配達の仕事がつらかったのではなかったのか。第一、杏菜はどうして、斜里くんだりまで来たのだろう。そして、耕平に何を話さなければならないと思っているのか。本当に耕平に惚れているのだとしたら、どうすればいいのだ。

——分かんねえヤツ。

ただ、話をしに来たというのだから、その話とやらは聞かなければならないだろうとは思っている。それでも、何ともいえず面倒な気分だった。今日は午前中から、耕平は靴を買いにいったり、スーツをクリーニングに出したりで、それなりに忙しくなる。ことと次第によっては、その日のうちに面接まで漕ぎ着けられないとも限らない。そうしている間に、いっそのことどこかへ消えてしまってくれれば、一番助かるのに、と思う。

——そうしてくれ。頼む。

思わず深々とため息をつきながら、耕平はベッドにひっくり返った。

4

翌日、杏菜は「こっちで仕事を探したい」と言い出した。

「こっちで?」

釧網本線《せんもう》止別《やむべつ》駅の無人駅舎を利用したラーメン店でのことだ。こぢんまりとした店は、味と共に木造の古い建物が評判を呼んでいて、地元の人間だけでなく旅行者もよく立ち寄る。だが今日は、耕平たちの他はスポーツ新聞を読みながら注文したラーメンが出来てくるのを待っている作業服姿の男と、紺色のスーツを着込んだ若い男の二人だけだった。都会では当たり前のスーツにネクタイという格好は、この界隈では奇妙に浮いて見える。そんな服装で動き回っている人間といったら、せいぜい役場の人間か銀行マンか、または外回りの営業マンといったところだ。

「こっちって、つまり、北海道でってことか」

「——て、いうか、この辺で」

白髪《しらが》ネギが山盛りになっている丼を箸で探り、少し太めの縮れ麺を引っ張り出しながら、杏菜は当然というような表情で、ちらりとこちらを見、またラーメンに取り組

み始める。「この辺で、ったって」と耕平は言葉を失った。

今朝も、おふくろは七時半過ぎにはパートに出かけていった。車は耕平が使いたいと主張しているから、このところはずっと五十ccバイクでの出勤だ。町の水産加工場でのパートは、もうずい分長く続いていて、昼時になると一度帰ってきて祖母ちゃんと昼飯を食い、また出かけていく。その間、祖母ちゃんは午前中は庭に出て畑仕事に精を出し、日によっては午後から地域の高齢者たちが集まる「貼り絵サークル」やら「書道教室」などに行くこともあった。週に一度は病院へも行く。それが、耕平の家の生活リズムだった。

今日、耕平自身は昨日決めた通りに靴を買いに行くことにしていたが、と、なると、杏菜をどうすればいいのかが問題だった。

「どっか、行きたいところとか、ないのかよ。見たい景色とか。そんならそんで、送ってってやってもいいんだから」

「——行きたいところっていっても——この辺のこと、何も知らないし」

それで、よくここまで来たもんだな、と言いそうになって、その言葉は呑み込んだ。逢いたい一心だった、などと言われては、たまらない。

「じゃあ、どうすっかなあ——」

どうぞご自由にとほっぽり出すのも冷淡すぎる気がするし、かといって、自分の彼女でもないのに、誰も構ってやらないままの家に置いておくのも妙な話だ。第一、今日はもう東京に戻るというのでもないなら、今度こそ宿のことを考える必要があった。結局、取りあえずは耕平の買い物につき合わせるような格好で車に乗せて出かけるより仕方がなかった。

「わあ、広ぉい！」

昨日はすっかり日が暮れてからの到着だったから、道東らしい景色などまるで見ないままだった。斜里の市街地を抜け、なだらかに連なる畑の丘や一列に並ぶ防風林の風景を目にした途端に、杏菜は、これまで聞いたこともないような歓声を上げた。それからは、真っ直ぐにのびる道にも、果てしなく広がる牧草地にも、空にも、雲にも、小高い場所から見えるオホーツク海にも、いちいちため息をついたり、「すごい」「綺麗」「大きい」などと繰り返している。ハンドルを握りながら、耕平はつい小さく笑ってしまった。自分の故郷をこんな風に無邪気に喜んでくれるのは満更でもない気分だったし、杏菜にこんな明るくて活発な一面があったのかと思うと、それが一番意外でもあり、反面、何となくほっとした気分にもなった。

「ねえ、馬だよ、馬！」

「あっ、鳥！　すごい大きい鳥！」

「これって、何の匂い？　お花？　さっきからずっと。何ていうお花？」

「知らねえって」

「知らないの？　でも、匂いは感じてるでしょう？　この匂い。何だろう、ねえ」

杏菜は、見たもの、感じたもの、何に対してでも反応を示した。その声は、高くはっきりしていて、弾《はじ》けるようだ。

——こいつってこんな声だったっけ。

そういえば夜な夜な聞こえていた歌声も、どちらかといえば高くて澄んだものだったような気がする。昨夜も、それと同じ声で歌っていた。だが日頃、会話しているときの杏菜の声は、むしろはっきりしない、取り立てて印象に残らないものに聞こえる。それはそのまま、杏菜自身の印象にもつながっていた。大人だか子どもだか分からない女。よく日に焼けて、まん丸い目をして、一見したところは活発そうに見えなくもないのに、何となくはっきりしなくて、常におどおどとして中途半端に暗く見えるヤツ——それが杏菜だと思ってきた。

何はともあれ彼女が周囲のあらゆるものに目を奪われてくれているお蔭で、面倒な会話をせずに済んだのが、耕平にとっては有り難かった。途中、オホーツク海に沿っ

て広がる小清水原生花園《こしみずげんせいかえん》の辺りで一度車を停めてやると、杏菜は嬉しそうに車を降りて、ただ大きく伸びをしたり、道ばたに咲いている小さな花を覗き込んだりして、それだけで飽きない様子だった。

「本当に広いんだ、北海道って」

二、三十分ほどもそうして過ごし、やっと思い出したように車に戻ってくると、杏菜はすっかり感心したように、今度はため息混じりに呟いた。その後は、ひたすら黙って周囲の景色を眺めている様子だった。

網走に着くとまず革靴を買い、その後は、もしかすると新しい職場になるかも知れない本通りの「フレスコ」に寄ってみた。なるほど、なかなかの規模だ。土地の広さにものをいわせて、東京のごちゃごちゃした街中にあるスーパーなどよりも、よほど豊富に品揃えしている。店員の数が多いのか少ないのかは分からないが、食品の売り場でも酒の売り場でも、腰を屈めて陳列棚に向かっている店員を見かけた。鮮魚コーナーでは白衣に長靴姿の男が、精肉コーナーではエプロンに三角巾の女が、忙しそうに立ち働いている。誰もが黙々と身体を動かしているだけのことだったが、耕平は彼らの姿を眺めているだけで、つい話しかけたいような親しみと、同時に憧れにも近いものを感じた。それまではスーパーの店員に注意を払ったことなど一度としてなかっ

たのに、少なくとも耕平の目には、彼らの姿は以前の職場の連中などとは比べものにならないくらいに健康的で快活で、そして、何だか輝いて見えた。

——話が決まってくれるといいなあ。

店内を歩き回りながら、時折振り返ると、杏菜もやはり物珍しそうな表情でひたすらきょろきょろしながら、黙って耕平の後をついてくる。

「服装が違うってだけでも、でかいよな。気分そのものが変わってくるに決まってるもんな。日がな一日、ジャージーでいるのとはさ」

杏菜を振り返り、店内を見回しながら小さく呟く。杏菜は、話しかけられたのが意外だったのか、一瞬、驚いたような顔つきでこちらを見、それから小さく頷いた。そう、こいつになら、耕平の言葉の意味が分かるはずだった。あの職場を知っている。あの生活を知っている。埃っぽくて、常にすえたような湿った臭いが立ちこめていた環境での、他の誰にも話したくない日々を、杏菜もまた背負っている。そう思うと奇妙に仲間意識のようなものも生まれてくる。

「先輩、今の店で働くの？」

車に戻ると、杏菜の方が口を開いた。

「相手次第だから、何とも言えねえよな。昨日の後輩からの連絡待ちだから」

「決まると、いい？」

「当たりめえじゃん。見ただろう？　それなりにでかい店だし、清潔そうだし」

「でも、住むところはあるんだから、そんなに急ぐことも――」

「家だけあったって、しょうがねえっつうの。何たって、食ってかなきゃなんねえんだからさ」

「――おばさんたちのことも、これからは先輩が食べさせていくの？」

そこまで深く考えたことはない。だが、こうして故郷に戻ってきたからには、東京で暮らしていたときのように収入のすべてを使い切ってしまうわけにもいかないだろうとは考えている。せめて自分の食費と光熱費程度でも家に入れなければならなくなる。いや、家の暮らし向きを考えれば、それだけでは絶対に足りないはずだ。何しろ、親父の稼ぎがなくなって大分たつ。だからこそ、おふくろも以前は午前中だけだったパートを午後も行くようにしたわけだし、もしかすると祖母ちゃんの畑仕事だって、ただ好きだからというわけでもないのかも知れない。

「だったら、たくさん稼がなきゃ駄目だね」

「――そんなことより、おまえは、いつまでこっちにいるつもりなの」

「――え」

「だから、いつ帰るんだよ、東京に」

「――何も考えてないけど――」

「だったら、やっぱ、泊まるとこを考えなきゃ駄目じゃん。この辺で探すか？」

「ここって、網走っていうところでしょ？　何があるの」

「何がって――まあ、普通の町だよな」

杏菜はわずかに唇を尖らせたまま、曖昧に首を傾げているばかりだ。こいつ、本当に何も考えていないのか、まじで、ただ自分に逢うためだけに、ここまで飛んできたのだろうかと、また憂鬱になった。

「まあ、いいや。せっかくこっちまで来たんだから、やっぱりウトロとかの方が、いいかもな」

半分独り言のように呟いて、取りあえずもとの道を戻り始めたところで、そろそろ昼近くなっていることに気づいた。飯はどうしようかと考え始めたとき、ふいに以前、杏菜がラーメンが好きだと言っていたのを思い出したというわけだ。だから通り道にある止別の店に寄ってみた。そこで、まさか「こっちで働く」などと聞かされるとは、思ってもみなかった。

「おまえさあ――」

「——え」

「いや——何でも、ねえけど」

ひょっとして、最初からそのつもりでここまで来たのかと言いそうになって、慌てて言葉を呑み込んだ。危ない、危ない。下手なことを言ったら、やぶ蛇になりかねない。出来ることなら聞きたくない台詞があるのだ。だって、先輩とずっと一緒にいたかったんだもん、などと言われようものなら、それこそ、どう返事したらいいのか分からなくなる。ついつい、気弱にも「そうすれば」などと言ってしまいそうな不安もあった。もしもそんなことになれば、それこそ取り返しのつかないことに、なりかねない。

「こっちで——何、すんだよ」

「何でも、いいんだ。私、何が好きとか嫌いとか、そういうの、何もないから」

「そうかも知んねえけどさ——何で——」

こっちじゃなきゃなんねえの、という言葉も呑み込んだ。頭の中を妄想が駆けめぐる。こんな店の片隅で、「だって先輩が」などと言われてしまったら、果たしてどんな顔をすればいいというのだろう。

——お、俺は、あの、その。

考えただけでしどろもどろになっている耕平の前で、ふう、ふう、と麵を吹いては箸を動かす杏菜は、やがて目を伏せたままで、「もう」と呟いた。

「あそこにいる理由が、なくなったから」

「あそこって、あの店？」

つまり、自分がいなくなったから、ということだろうか。ああ、まずい。今の質問は失敗だ。くそっ。

「先輩」

「あ――あ、ああ？」

「食べないの？　美味しいよ」

いかん。杏菜の方がよほど落ち着いているではないか。耕平は慌ててラーメンをすり始めた。まったく。何を動揺しているのだ。相手はようやく二十歳になるかならないかの、単なるガキではないか。こう見えたって、こちらはそれなりの経験を積んでいる大人だ。ここは、しっかり落ち着いたところを見せなければならない。

――当たり前だ。こんなところで、ビビッてて、どうすんだって。

大きな音をたてて勢いよく麵をすすっては、鼻から大きく息を吐く。第一、いずれにせよ耕平には関係のないことではないか。杏菜がどこで働き、どうやって生きてい

こうと、構うことではない。こちらで生きていきたいというのなら、どうぞご自由にというところだ。そう言えばいいだけのことだ。

「本当は」

ラーメン屋を出て再び車を走らせ始めたところで杏菜が口を開いた。

「こっちに来る前に、少し、ネットとかで調べてみたんだけど」

「何を」

「求人情報とか」

「こっちの？」

「あんまり見つからなくって」

それはそうだろう。容易に仕事が見つかるくらいなら、耕平だってこんなにいつまでもぶらぶらしているはずがないのだし、故郷を離れる若者が多いはずもない。

「でも、こっちって、一応は観光地なんでしょう？」

「一応どころの話じゃねえって。おまえ、まじで知らねえの？　世界遺産なんだぞ、知床っていったら」

「――だからね、だから、そんならホテルとかペンションとか、住み込みの仕事みたいなのが、ないかなあとか思って」

ああ、なるほど、そういう仕事ならあるかも知れないと思った。シーズン限りの期間労働なら、案外簡単に見つかるかも知れない。耕平自身は、派遣や契約といった類の仕事はもう懲《こ》り懲《ご》りだと思っているから、そういう方面は探す気にもなれなかったが、どうせ定住するつもりでもないに決まっている杏菜なら、何の問題もないのかも知れない。

「ホテルとかペンションか――」

さて、どこの誰に相談するのが一番いいだろうか、などと考えているとき、携帯電話が鳴った。ハンドルを握ったまま、耕平はズボンのポケットに手を入れた。

〈あ――後藤ですけど〉

聞こえてきたのは、昨晩、町支と共に家にやってきた後輩の声だった。耕平は慌てて車を路肩に寄せた。

〈先輩の話、上司にしたんですけど、何だったら会ってみてもいいって、言ってもらったんですよね〉

「え、まじで？　すげえ、ありがとな。そんなら、いつ行けばいい？　本通りの店に行けばいいのかな」

〈それがね、急な話なんですけど、出来ればこれからすぐ来れないかって。実は今朝

になって、もう一人、急にぎっくり腰になっちゃって、何日か使い物にならないそうなんですよ。それで、男手が足りなくなっちゃって、先輩にその気があるようなら、すぐにでも仕事に入ってもらえないかって――〉

後藤くんの言葉に「まじで」と繰り返しながら、耕平は横目で杏菜の顔とダッシュボードに埋め込まれている時計とを見比べていた。こんな有り難い話を断る馬鹿はいない。だが、杏菜をどうするのだ。まさか、そこまで連れて行かれるはずもない。

「それで、時間とか、あるのかな。一応、急いではいるんだよね。それとも、取りあえず今日中に行けばいいとかっていう話？」

〈それが――担当の上司が芳賀《はが》課長っていうんですけど、その人と、あと店長も、今日は午後から本社に行かなきゃならないとかで、二時半には店を出たいんだそうです。だから、出来ればその前に来てもらえないかって。そうしたら簡単な面接をして、仕事の内容とかも説明して、それから出かけたいとかって言ってて〉

「二時半までにか――」

〈俺も、今日言って、今日って、いくら何でもって思ったんだけど、うちの店長って、わりと、そういう人なんですよね。何でも、ぱっぱっと決めるタイプっていうか。芳賀課長も似たような感じだし〉

「分かった。すぐに行きますからって、その課長に伝えてくれないかな。あ、だけど——困ったな。今日、スーツをクリーニングに出したばっかりでさ」

〈それは、気にしなくていいんじゃないですかね。何だったら僕から、そう言っておきますから。東京から戻ったばっかりで、まだ荷物が整理出来てないとか何とか〉

「まじ？　それで平気なもんか？」

〈多分。どうせ仕事に入ってもらうんならユニフォームを渡されますから、それに着替えることになるし。俺らだって、スーツで通勤してる奴なんか、いないしね〉

取りあえず店に着き次第、正面入口でなく横手にある通用口から入って事務所に声をかけて欲しいと説明した後で、後藤くんは電話を切った。耕平は、思わず大きくため息をつきながら携帯電話をポケットに戻した。

——いけねえ。

履歴書を持っていくべきかどうか、聞くのを忘れた。いや、必要に決まっている。面接を受けるのに履歴書がいらない職場などといったら——せいぜい、この前までいた新聞販売店くらいのものだ。

「よしっ、行くかっ」

サイドブレーキを戻しながら、耕平は自然に気持ちがはやるのを感じていた。どん

なことをしてでも、この職場にしがみつくつもりだった。

5

その日、家に帰り着いたのは午後十時過ぎのことだ。車から降りるなり、耕平は思わず「うーん」と伸びをした。久しぶりに身体を動かして、しかもそれなりに力のいる仕事もしたせいで、心地良い疲労感が全身を包んでいた。

「お帰りなさい」

二重玄関の外側の引き戸を開け、ついで内側の引き戸を開けた途端、居間の扉が開いて声がした。一瞬、ぽかんとなったまま、耕平は、杏菜の丸い顔を見上げた。

「おまえ——ここで何やってんの」

「何って——」

質問された杏菜の方が面食らったような顔をしている。耕平はわけの分からない小さな苛立ちを覚えながら、彼女の脇をすり抜けて居間に行き、「おふくろは」と辺りを見回した。

「あ、今、お風呂に——あの、あの、先輩が帰ってきたら——で、ご飯がまだなよう

だったら、おかずを温めてあげてって言われてるんだけど」

「――祖母ちゃんは、もう寝た？」

「うん。ご飯、どうする？」

「食うけどさ、もちろん。でもさ――」

どうしておまえはまだここにいるんだという言葉を吐き出す前に、耕平は、慌てて今日の昼過ぎからのことを順番に思い出そうとしていた。

――俺、言わなかったっけか。おふくろにでも相談して、安く泊まれるところを探してもらえって。

いや、言ったはずだ。後藤くんから電話をもらった直後は、取りあえず車を走らせて、途中でコンビニに寄った。そこで履歴書を買い、その足で杏菜を乗せたまま家まで帰った。大急ぎで履歴書を書きあげ、それから少しでも身綺麗に見えそうな綿シャツとチノパンツとに着替えて、再び家を飛び出した。その出がけに言ったはずだ。確かに。玄関先で、靴を履きながら。

「あの――ご飯、食べるんだよね」

「食うよ、だから」

「あ、じゃあ、あの、用意するから。すぐ」

慌てた様子で台所に引っ込む丸っこい後ろ姿を見つめているうち、何とも言えない気分になった。何だって杏菜に飯の用意をしてもらうようなことになってるんだろう。一体全体、どうなっているのだ。

「ああ、いいお湯だった。耕平、帰ってきたみたいだね、音が聞こえたけど」

仕方なしに居間に落ち着いて、取りあえず発泡酒を呑みながらテレビのリモコンをいじっていたら、おふくろの声が聞こえてきた。だが、姿は見えない。居間に来る前に台所の方を覗いているらしく、「分かる？　そうそう、それ使ってね」などと、杏菜に声をかけているのが耳に届いた。耕平はため息をつきながら、ぼんやりとテレビを見ていた。

「ちょっと。あんた、それでどうだったんだって？　面接に行ったんでしょう？」

ようやく顔を出したおふくろを一瞥しただけで、耕平は「決まった」と答えた。

「あらそうかい。決まった！　そりゃあ、よかった、ああ、まずまず安心したわ」

「そうはいったって、バイトだけどな」

「そりゃ、あんた、このご時世だもん、バイトだって何だって、何もしてないよりか、なんぼかましだわよ」

「そうだけどさあ、バイトはバイトだし、何たってやっぱ、時給が安いんだよな。そ

れがこっちの相場だとは言われたし、慣れてきたら少しは上げてもらえるみたいな話だったけど。目一杯働いたって、大した収入になんかなりゃしねえよ」

「あんたねえ、自分で望んでこっちに戻ってきたんだから、そういう文句は言うんでない。そんなこと言ったら、母さんだって、あんたをスーパーでアルバイトさせるために、わざわざ苦労して大学まで行かせたのかっていう話になるんでない」

耕平の視界を遮るようにテレビの前に立ちはだかると、パジャマ姿のおふくろは仁王立ちになったまま少しの間こちらを見て、大げさなため息をついて見せ、それから「まあ、いいわ」と肩をすくめる。

「こうなったからにはね、とにかく真面目に働きなさいよ」

「分かってるって。もう今日、早速たっぷり働かされてきたし」

「いいことだ。毎日好きなだけ寝て、好きなだけ食べて、ただぶぅらぶぅらしてたんだから、その分、取り返さねば」

おふくろは、狭い家の中を右に左にと歩き回りながら、その都度、化粧品でもつけているのか自分の両頬をぴたぴたと叩いたり、タオルで髪を拭いたりして、まるで落ち着かない。それでも口だけは動かし続けていた。誰が面接をしてくれたのか。どんな人だったか。それで時給は具体的にどれくらいなのか。社会保険には入れるのか、

年金は、その他に手当はつくのか、今後、正社員になれる可能性はあるのか——交通費は毎月、一定の額が支給される。現在のところ厚生年金はなし。基本的には週休二日。社会保険あり。買い物をする際の割引制度もある。耕平が答える度に、ふんふんと相槌《あいづち》を打っていたおふくろは、「割引」と聞いたときだけ立ち止まり、「へえっ」と、さも嬉しそうな顔をこちらに向けた。

「そしたら、今度から買い物は全部あんたに頼めばいいね」

「——全部って」

「で、これからは毎晩、帰りはこんな時間になるの」

「シフト制だからさ。早番と遅番があるんだ。遅番だと、こんなもんなのかな——場合によってはぶっ通しで働いてもらうってこともあるって」

「それ、前もって分かるんだろうね？　そうでなかったら、あんた、こっちだって、ご飯の支度のことだってあるんだし——」

最後に何を塗ってきたんだか、妙にてらてらと光る顔になって、おふくろはようやく耕平の前に腰を下ろした。台所の方からはピー、ピー、ピー、と電子レンジの音が聞こえてくる。おかずを温めるだけのはずなのに、どうしてこんなに時間がかかっているのだろうか。耕平は思わず「そんなことより」と声をひそめた。

「なあ。何で、まだアイツがいるわけ」

テーブルに身を乗り出し、目だけで台所の方を指しながら、耕平は囁《ささや》いた。すると、それまで機嫌のよさそうな顔をしていたおふくろが、さっと顎を引き、急に口を尖らせてこちらを見返してくる。

「何が、何でなのさ。あんたが、また連れて帰ってくっからでしょうが」

「そんなこと言ったって、しょうがねえじゃん。こっちまで戻りかけたところで後藤くんから電話が入ったんだから。アイツのことより、自分の仕事の方が大事に決まってんだろう」

おふくろは唇を尖らせたまま、鼻から荒々しく息を吐き出して台所の方を窺い、それから自分も耕平の方に身体を傾けてくると、「祖母ちゃん」と顔をくしゃりとさせて囁いた。

「またかよ」

思わずしかめっ面になった時、杏菜が耕平の晩飯を運んできた。おふくろは、ぱっと姿勢を戻すと、「ねえ？」と杏菜にてらてら光る笑顔を向けている。

「仕事が見つかるまで、ここにいることになったんだよねえ？」

「え——まじ？」

やたら山盛りに盛られた飯や味噌汁、漬け物に、鶏の唐揚げなどをテーブルに並べながら、杏菜はいつもの曖昧な顔つきになっている。

「聞いたらねえ、この子、貯金だって大してあるわけじゃない感じなんだわ。それなのに、いくら安い民宿に泊まったって、一日に三千円やそこらはとられるでしょうが、ねえ？　それ聞いて、祖母ちゃんが、そんないたましい話は、あるもんでないねえって言ってさ、したっけ、ちゃんとした仕事が見つかるまでは、ここに泊まればええんでないかって」

「――祖母ちゃんが」

「困ったときはお互い様だってさ。ねえ？」

「あ――これ、俺の箸じゃないんだけど」

ふうん、と頷きながら箸に手を伸ばそうとして、思わず口に出た。すると、おふくろが「あらやだ」と、途端にもとのしかめっ面に戻った。

「あんた、なして、そんなの持ってきたの。それ、父さんの箸だわ」

「え――」

「こんなの早く戻してきて。耕平のはこれと違うの。緑のさあ、塗りのヤツだから」

戸惑った顔の杏菜がバタバタと台所へ戻っていくのを一瞥し、おふくろはまた苛立

ったため息をついている。

「はんかくさい子だよ、もう」

親父の箸と間違ったからといって、そこまで嫌悪感を露《あら》わにしなくてもよさそうなものだが、おふくろはまるで汚いものでも見せられたような顔になっている。

「しょうがねえじゃん、箸のことまで知らねえに決まってんだから」

「ちょっと見てたけど、台所仕事なんかなんもろくに出来ない感じなんだわ」

今度は、杏菜はちゃんと耕平の箸を持って戻ってきた。小さく「サンキュ」と言って箸を受け取ると、耕平は早速、飯をかき込み始めた。昼にラーメンを食ったきりで、久しぶりに身体を動かした上に、しかもこんな時間になったのだから、腹ぺこでないはずがない。その上、明日は早番を言い渡されていた。働き始めてすぐに遅刻するわけにもいかない。今日のところはさっさと寝て、明日に備えたかった。

「そういえばさ、あんた、杏菜ちゃん」

耕平がせっせと箸を動かしている間に、再びおふくろが口を開いた。おずおずとその場に腰を下ろした杏菜が、小さく「はい」と応えている。

「あんた、自分のおうちに連絡しなくていいのかい？　親御さんとか、心配してるんでないの」

飯を頬張ったまま、おふくろをちらりと見、ついで杏菜の方を窺ってみた。杏菜は相変わらず曖昧な表情のままで小さく「大丈夫です」と言うばかりだ。

「そりゃ、大丈夫かも知れないよ。もう二十歳になるお嬢さんなんだから。だけど、それでも一度は電話してみた方がいいと思うんだわ。親なんてもんは、子どもがいくつになったって、きっと心配してるに決まってんの。何だったらおばさんがさ、電話の途中で替わってあげる。ちゃんとお預かりしてますからって。ね？　この時間なら、まだ寝てないでしょう？」

「あ――でも、いいんです、本当に」

おふくろの表情がわずかに険しくなった。

「いいったって――そういうわけにいかないと思うんだよねえ。ほら、おばさんところにもね、耕平の上に女の子がいるから、よく分かるんだわ。親っていうのはねえ、電話一本もらうだけで安心するものなんだよ。うちだってね、一応はよそ様のお嬢さんを預かるわけだからね、その間の責任ってもんも、あるんだわ。分かるね？　で、杏菜ちゃん家《ち》っていうのは、東京？」

俯きがちのまま口を噤んでいる杏菜に代わって、耕平が「違うよ」と応えた。

「こいつの田舎、沖縄なんだってさ」

すると、おふくろは「へえっ」というような顔になって改めてしげしげと杏菜を見ている。

「沖縄ねえ。はあ——そんな遠いとこからはるばる来てるんなら、あんた、そりゃあ余計に心配に決まってるんでない。ねえ、悪いこと言わないからさ、声を聞かせるだけでもいいんだから」

「いないんです」

俯いたまま、杏菜がぽつりと呟いた。それから、ゆっくり顔を上げる。おふくろをちらりと見、それから耕平の方も一瞬だけ窺うようにしてから、杏菜は「誰も」とつけ加えるように言った。おふくろが、空耳でも聞いたような顔で目を瞬《しばたた》いた。

「誰もって——ええと、お父さんも、その、お母さんも？」

「いません」

「あら、また何で——ええと、じゃあ、兄弟とかも？　したら、あんた、身内っていうかさ、家族が、誰もいないってことかい？」

「お祖母ちゃんがいるんだけど、もう何年も前から寝たきりで、老人ホームに入ってます」

さすがのおふくろも、すっかり当惑したように口を噤んでしまう。耕平も、思わず

箸を宙に浮かせたままで、そんなおふくろと杏菜とを見比べているより他なかった。

そういえば、祖母ちゃんがどうの、と聞いたことがあるような気はする。だが、寝たきりだとは知らなかったし、第一、親も兄弟もいないなど、そんな話は一度も聞いていなかった。

「——そう、なの。あの——ごめんね、おばさん、なんも知らなくてね」

杏菜は再び俯き加減で、口元だけ小さく微笑みながら首を振った。

「あ——杏菜ちゃんさ、あんた、先にお風呂使ってくれれば」

「先輩が先でいいですから。明日から、仕事なんでしょう?」

耕平が「まあね」と言いながら冷めかけた味噌汁をすする間、杏菜は「お茶、淹れてきます」と言って再び立ち上がった。丸っこい後ろ姿が台所に消えた途端、おふくろが「ちょっと!」と鋭く囁いた。

「一体どういう子なの、あの子」

「——だから、知らねえって」

「親も兄弟もいないって——」

「俺も、初めて聞いた」

おふくろは、まるで貧乏神でも見たかのような顔つきになると、「本当にもう」と

低いうなり声を出した。

「そんな、どこの馬の骨とも分からないような子を——まったくもう、祖母ちゃんも祖母ちゃんなんだから」

「ごっさん。じゃあ俺、風呂入って、すぐ寝るからさ」

こういうときは早々に退散するに限る。さっと腰を浮かすと、おふくろはふいに思い出したように「あっ」と表情を変えた。その声に、思わず動きを止めてしまった。

「あんた、これから仕事を始めるんなら、もう自分で自分の車、何とかしなさいよ。いつまでも今のまんま、母さんの車使ってもらってたら困るんだからね」

「だけど俺、今そんな金、ねえしさ——」

「そんな、はんかくさいこと言うんでない。東京で、それなりに働いてたんなら、頭金程度なら出せるんでないの？　中古でも何でもいいんでない。やっぱりねえ、母さんだって、買い物でも何でも、車がないと色々と困るんだわ」

やっとバイトが決まったと思ったら、もう大きな出費が待っているのか。耕平は思わずため息をつきながら、「分かったよ」と言うしかなかった。

「町支に相談してみるわ。どっかに安いのないか」

そのまま風呂に向かおうとしていたら、急須を持ってきた杏菜が「あの」とこちら

を見た。

「私も、バイクが欲しいと思ってて——何とか、ならないかな」

一瞬、おふくろと顔を見合わせ、耕平は「そうか」と呟いた。確かに、こちらで働くと言うからには、足になるものは必要不可欠だ。

「車じゃなくて、バイクか？」

「あ、自動車の免許は持ってないから」

おふくろが「あらら」と言ったのと、耕平が「まじで」と言ったのが同時だった。

「そりゃ、困ったわ。こっちで暮らそうと思ったら、車の運転くらい出来なきゃ不便でしょうがないよ」

「仕事見つけるにしたって、必ず免許証のことは聞かれると思うぞ」

杏菜が「え」と絶句しているのを横目で見ながら、耕平はさっさと風呂に向かってしまった。

——だから、言ってんだろう。

急にこっちで働こうなんていったって、まずそういうことから考えなければならないのだ。そんなに甘いものではない。まったく。何を考えていやがるんだか。ぼんやりと湯船に浸かりながら、耕平は明日からの自分のことを考え、同時に杏菜のことも

考えていた。杏菜を「フレスコ」で雇ってもらうという方法はないものだろうかと、ふと思う。いやいや、冗談ではない。自分がやっと採用になったばかりだというのに、人のことまで心配している場合か。第一、杏菜は住み込みの仕事を探しているというではないか。

――あそこにいる理由が、なくなったから。

ふいに昼間の会話が蘇った。

あそこにいる理由。

そんなものが、あったのだろうか。確かに若い女の子が自分から望んで働きたいと思うような職場ではなかった。あんなところにやってきたこと自体が、不自然だとは思っていた。そのことを、杏菜自身に問いただしたこともあった。だが、彼女ははっきりとは答えなかった。

――親も、兄弟も。

たった一人の祖母さえも寝たきりだという。だとすると杏菜には、ひょっとして帰る家はないということなのだろうか。青い海に白い砂の、あの沖縄に帰っても、出迎えてくれる人は一人もいないということか。

――まあ、いいや。人のことは。

耕平が口を挟むべきことなど、何もない。それよりは、今は明日から正式に始まる仕事のことを考えたかった。

アルバイトの勤務体系そのものは四時間単位で短く区切られていたが、耕平は基本的に早番になろうと遅番になろうと、一時間の休憩を挟んで四時間ずつの八時間、通して働く形になった。早番勤務は午前八時からということだ。つまり、遅くとも七時過ぎには家を出た方がいい。

少し前までなら、ひと仕事終えて布団に倒れ込もうという時間からの出勤ということになる。だが、それが人並み。ようやく普通のリズムに戻れるということだ。それだけでも、耕平は胸にしみじみとした思いがこみ上げるのを感じないわけにいかなかった。一時は住むところも失い、借金取りに追いかけられて、文字通りのその日暮らしをしていた自分が。来る日も来る日も深夜から起き出しては天気ばかり気にして、胡散《うさん》臭い連中に囲まれながら、いっそのこと名前も戸籍も失って構わないから、見知らぬ町まで逃げたいとばかり思い描いていた自分が、ようやく今、もとのスタート地点まで戻ってきたのだ。

——もう、二度と、あんな思いはしない。

風呂から上がり、目覚まし時計をセットするときも、耕平は自分に繰り返し言い聞

かせていた。以前のように、寝坊したから仕事を辞めたくなったとか、そんな戯《ざ》れ言《ごと》は許されないし、また、そんなことを言うつもりも毛頭なかった。

——今度こそ。

今度こそ、失敗はしない。何度も何度も繰り返して自分に言い聞かせながらベッドに横になったとき、ふと今夜も杏菜は歌うのだろうかという思いが頭をかすめた。あいつは一体、何を考えているんだろう。原付の免許しか持たないで、こんな土地までやってきて、親も兄弟もいないというのに——何か、もう少し考えなければならないような気もしたが、目をつぶった途端に、すとんと眠りに落ちてしまった。

「耕ちゃんは、今日から仕事だって？」

翌朝、出かける支度をして居間に行くと、飯の支度はまだ途中で、代わりに窓辺で新聞を広げていた祖母ちゃんが手招きをした。朝陽が射しこむところで、畳の上に朝刊を広げていた祖母ちゃんは、顔をくしゃりとさせながら「よかったね」と言う。耕平は、うん、と頷きながら祖母ちゃんのそばに屈み込んだ。

「続けることだよ。どんなことでもね」

「分かってる」

「大学出だからって、威張ったりするんでないよ」

つい苦笑が浮かんだ。そういえば自分が大卒であることさえ忘れかけていた。昨日の面接でも、そのことにはあえて触れられなかったし、今さらそんなことで威張ったり出来る状況でないことくらい、骨身に沁《し》みて承知している。

「会社の皆さんの言うことをよく聞いてね、何にでも、『はい』『はい』って、いい返事して」

「分かってるよ」

「年下でも、年上でも、あんたより先輩なんだから。みんなに頭下げてね」

「大丈夫だって。ちゃんとやるから」

祖母ちゃんは、うん、うん、と頷き、それから少しの間、静かに新聞に目を落としている。この歳になっても新聞を読むのだから、大したものだ。耕平などは前の職場にいる間に、何とか新聞を読む格好だけは身についたと思っているが、それでもよほど暇なときでもなければ新聞を広げる気になど、なりはしない。

祖母ちゃんの顔に朝陽があたって、顔に刻まれた深い皺一本一本までが、くっきりと見えた。庭では名前の分からない小鳥が、植木の間を飛び回っている。しばらくぼんやりとその風景を眺め、それから、祖母ちゃんの読みかけの新聞に目を落としたりしていると、再び祖母ちゃんが「耕ちゃん」と呼んだ。

「なに」

祖母ちゃんは目をしょぼしょぼとさせながらちらりと庭に目をやり、「あの子は」と呟く。

「あの子？」

「ほれ、あんたの連れてきた」

「ああ、竹田？　杏菜な」

今のところ、居間にはおふくろも杏菜の姿もない。さっきから話し声だけは聞こえているから、朝食の支度でも手伝っているのに違いなかった。

「あの子にはねえ、耕ちゃん、あんた、気を使ってやることだ」

「え――」

急に何を言い出すのかと思った。耕平が見ている間に、祖母ちゃんは、ゆっくりとこちらを向き、それから一人でゆっくり頷いた。

「苦労してる子だべさ」

「――そうかも知んねえ。親も兄弟もいないんだって、昨日、言ってたよ。俺も知らなかったんだけどさ」

「そうかね――そう――それにねえ、あの子は、あれだべ」

「あれ?」

「和人《わじん》でないっしょ」

「わじん? 何さ、わじんって」

「だから、あんたはね、よおっく気を使ってやらねば、なんねえよ。きっと、耕ちゃんさ頼りに思って、はるばる、こんなとこまで来たのに違《ちげ》えねえんだから」

祖母ちゃんは、初夏に向かう目映《まばゆ》い朝陽の中で、目をしょぼしょぼとさせて、こちらを見ている。耕平は、言葉の意味が今ひとつよく分からないまま、そんな祖母ちゃんの皺だらけの手と顔とを見比べていた。

6

気がつけば七月も下旬になって、知床にも夏の目映い陽射しが溢れ、心地よい夏の風が吹き抜ける季節になっていた。時として信じられないほど冷え込む日もあるが、抜けるような青空に白い雲が眩しいほど湧く日には、じっとしていても肌がちりちりと焼けていくのを感じる。朝晩の通勤の際などには、他府県ナンバーの乗用車や大型の観光バス、そしてオートバイの連中が目についた。

「分かってるね、今日は早く帰んなさいよ」

その朝、出がけに背後から声をかけられた。玄関先で靴を履きながら、耕平が「なんで」と振り返ると、おふくろはわずかに顎を引いて「やっぱり」としかめっ面でこちらを見下ろしてくる。

「見てないんだ。昨夜《ゆうべ》、テーブルの上にメモ、置いといたっしょ」

「メモ？　何の」

「今日、杏菜ちゃんが来るからねって」

「杏菜が？」

昨晩はかなり遅く帰って、その上に酔っ払ってもいたから、風呂に入るのだってやっとだった。そんなメモになど気がつくはずもない。それでも耕平は軽く顎をしゃくるようにしてそっぽを向いた。杏菜が来るからといって、どうして早く帰って来なければならないのだ。

「無理だな。今日、約束があるんだ」

「また？　どうせ、ただ呑みに行く約束でしょうがよ。断んなさいよ、そんなの」

「何、言ってんだよ。第一、今日は給料日なんだから。こういう日くらい、少しは羽伸ばしたって――」

「羽ならさんざん伸ばしてんでしょうが。昨日だって、あんた、何時に帰ったの」

おっと。やぶ蛇になりそうだ。確かにこのところ、少しばかり帰りの遅い日が続いている。だが、仕方がなかった。職場に慣れてくれば、それなりのつきあいというものも出来てくる。こちらの仕事がひとまず安定したことで、町支や他の友人からも誘いを受けることが増えてきた。いずれにせよ、それほど金のかかるつきあいをしているわけではない。東京と違って、こちらには気の利いた店がそう多いわけでもないし、行く店といったら大抵決まってしまう。ましてや古い友人と呑むときなどは、相手の家で済ませることも少なくない。

「何か、特別な用事なの？」

「そうじゃ、ねえけど、友だちが――」

「そんなに友だち、友だちって大切にするんなら、杏菜ちゃんだって、あんたの友だちの一人でないかい。それに、あの子はあんた以外、こっちに知り合いだっていないんだからね。頼りに出来るのはうちだけなんだよ。分かってんの？」

「――あいつ、何しに来んのさ」

「知らないよ。いちいち細かいこと、聞かないし。とにかくねえ、あの子だって、このひと月というもの、あんたよか休みもない状態で、一所懸命働いてきたに違いない

んだからさ。母さんも、今夜は少し手ぇかけたもん、こさえることにするから――」

「分かった分かった。とにかく、行ってくっから」

おふくろの言葉を遮るように、玄関先に駐めてあるシルバーのジムニーに向かう。その背中に、さらにおふくろの声が被さってきた。

「後で、買ってきて欲しいもの、メールすっからねえ！」

つい、小さく舌打ちが出た。「フレスコ」でアルバイトを始めて、一番得をしているのは、きっとおふくろに違いない。まったく人使いの荒い母親だ。せっかく買ったジムニーだって、今のところはほとんどおふくろに頼まれた買い物の品を積むためにあるようなものではないか。

――やっぱり一人暮らしの方が気楽だったよなあ。

まだ頭金を払っただけだし、しかも相当に走り込んだ中古には違いないが、それでも生まれて初めて持った愛車に乗り込み、耕平は、思わずため息をついた。誰にも煩《わずら》わされず、仕事の帰りにパチンコ屋に寄ったり、晩飯は吉牛で済ませたりしていた頃が懐かしい。そんなサラリーマン生活を送っていた時代があるなんて、我ながら夢のようだ。まるで遠い幻だ。

あの頃の自分が日々、何を考えてどんな風に暮らしていたのか、今となっては思い

出すことも出来ない。おそらくは何も考えていなかったのだろう。暑いとか寒いとか、腹が減ったとか眠いとか、他には、どこかに出逢いのチャンスはないものだろうかとか、せいぜいそんな程度のことしか考えずに暮らしていたような気がする。その後は、とにかくその日その日を生きのびるだけで精一杯の毎日が続いた。つまり、多少なりとも何かしら考えるようになったのは、新聞配達を始めてからだろうか。あの、古ぼけて薄汚れた建物の四階で、昼夜逆転どころか、一日がいくつにも分断された生活の中で。時には、隣室から漏れてくる杏菜の歌声を聞きながら。

——それにしても、おふくろも甘くなっちゃって。

店までの道をジムニーを走らせながら、改めて杏菜のことを考えた。彼女は今、おふくろの知り合いの口利きで、ウトロにある中堅クラスの観光ホテルで住み込みの客室係として働いている。本当なら高卒以上という条件なのだが、少しくらい日給が安くても構わないと無理に頼み込んで、何とか雇ってもらえたのだとおふくろが言っていた。それまでにもいくつか当たってみたらしいのだが、いくら期間限定のアルバイトとはいえ、大抵は観光シーズンの始まる五月からの半年契約でアルバイトを入れる宿が多いという話で、ほとんどが既に募集期間を終えていた。だから、中途半端な時期にやって来た杏菜は、やっとのことで今の職場に潜り込むまでのおよそ十日間ほ

ど、結局、耕平の家で寝泊まりしていた。

その間に、杏菜とおふくろや祖母ちゃんとの間で、どういうやり取りがあったのか、耕平は知らない。何しろ、こっちだってちょうど新しい職場に慣れるのに必死のときだったから、正直なところ、杏菜のことに構っている余裕など、これっぽっちもありはしなかったのだ。だが、いざ杏菜がいなくなってしまうと、まず最初におふくろが「淋しくなった」と言い始めた。最初の頃はみっともない子だの、どこの馬の骨とも分からないだのと陰でさんざん言っていたくせに、どこでどう変わったのか、ふた言目には杏菜の名を口にするようになった。今ごろどうしてるかねえ、いじめられたりしてないだろうねえ、ちゃんと仕事は出来てるんだろうか、ご飯は食べさしてもらってるだろうか――食事の間じゅう、そんなことばかり言っているおふくろに、耕平は正直なところ、意外な思いさえ抱いたくらいだ。

「んなもん、当たり前でない。犬だって、三日も飼えば情が移るもんなんだから。まして や相手がちゃんと言葉の分かる人間の子なら、当然だよ。どんな短い間だって『おばさん、おばさん』ってついてきて、あんな要領の悪い子でも、それは一所懸命にさ、台所手伝ったり、お祖母ちゃんの畑に一緒に出たりしてたんだから」

おふくろは、しみじみとした顔でそんなことも言っていた。そして、「やっぱり女

の子は可愛いわ」とも言った。祖母ちゃんまでも「めんこい子だ」とおふくろに同調する始末だった。それから二人で、杏菜の思い出自慢を始めるのだ。おふくろが杏菜に簡単な料理を教えたといえば、祖母ちゃんは畑の野菜のことを教えたという具合だった。耕平は、何となく居心地の悪い、薄ら寒い気分で二人の会話を聞いていたものだ。もしも万が一、杏菜が本当に耕平に惚れているのだとしたら、耕平の嫁になりたいなどと夢想していたとしたら、この二人は強力な後ろ盾になってしまうことだろうと思った。

それにしても、こっちに来た当初、耕平に何やら話したいことがあるような口振りだったのに、結局、杏菜はそれきり何も言わないままでウトロへ行ってしまった。耕平の方からもあえてそのことに触れないままだったが、本音をいえば聞いてみたくなかったわけでもない。好きとか、傍《そば》にいたいとか、そんな告白めいた言葉を聞くはずだったのではないかと想像すると、せっかく二枚目気分を味わえるところだったのに、貴重なチャンスを逃したような気もしている。そして今日また、杏菜はやってくるという。ひょっとすると今度こそ、そういう話を聞かされるのだろうか。だとすると、男としては、そうそう逃げてばかりもいられないだろうか――そんなことを考えると、またもや複雑な気分になった。二枚目気分も結構だが、どうも嬉しくない。想

像しただけで、にやける以前に何となく胸がつまるような気分になるのだ。あいつを、傷つけたくないと思う。

——何なのかな、この気分。

断じて言うが惚れてはいない。特段、可愛いとも思っていない。ただ、何となく、気にはなっている。当たり前ではないか。理由はともあれ、たまたまあんな職場で知り合ったというだけで、知床まで飛んできたようなヤツだ。そして、今も黙々とホテルの客室係をしている。気にならないはずがない。

朝の道を軽快に走りながら、耕平は携帯電話を取り出した。ハンドルを握りながら、ちらちらと電話に目を落とし、町支の携帯にダイヤルする。すると、留守番電話サービスの応答メッセージが流れてきた。

「あ、俺。片貝。悪いけど、今日の約束、ちょっと野暮用で、行けなくなっちまったんだ。ごめんな。また明日にでも連絡するよ」

短いメッセージを残して、携帯を切る。相手が直に出なかった分だけ面倒な言い訳をせずに済んで、かえって有り難かった。

——仕方、ねえか。

おふくろも買ってきて欲しいものをメールすると言っていた。今日は真っ直ぐに帰

るより仕方がなさそうだった。

「やっと丸々一カ月ちゃんと働いた分の給料がもらえる日が来たな。先月はまだ中途半端だったから」

昼休み、店長からじきじきに給料が手渡された。予《あらかじ》め自分で計算しているからおおよその金額は分かっているが、手にした封筒のある程度の厚みに、耕平は何とも言えない満足感を覚えた。

「ユニフォームも、すっかり板についた感じじゃないか」

「そう、ですか？」

「なかなか似合ってるよ。仕事にもずい分、慣れてきたみたいだし。これからも何か分からないこととか、または反対に気がついたことがあれば、いつでも言ってきてくれ。な」

まだ四十前だという店長を、耕平は好ましく思っている。ざっくばらんで威張ったところがなく、何をするにも常に自分が先頭に立つからだ。それに、何よりも耕平が最初に面接を受けたときに聞かされた言葉が印象に残っていた。

この店はまだ若い。若いどころか、ようやくよちよち歩きを始めた赤ん坊程度だ。自分も、無論、スタッフも同様である。だからこそ、本人にやる気さえあれば、チャ

ンスはいくらでも与えられる——店長はそう語った。正直なところ、面接を受けていたときの耕平は、いかにも熱心な様子を装って「はい」と繰り返しつつも、相当に冷めた気持ちでその言葉を受け止めていた。こういう立場の人間なら、その程度の言い回しくらい、いくらでもするだろう、といった気持ちが働いていたからだ。

かつて日雇い派遣で働いていたときでさえ、現場責任者や派遣会社の人間たちは、似たような台詞を口にすることがあった。耕平はそんな言葉に何度、踊らされそうになったか分からない。だが、程なくして理解した。何がやる気だ。何がチャンスは自分の力で切り開けなのだ。要はその場その場で日雇い労働者たちにモチベーションを持たせるためだけに使われる、単なる都合のいい決まり文句に過ぎなかった。そして一日中、思い切りこき使われ、最後に安い日当を支払われて、さっさと使い捨てにされる。何度か同じ経験していれば、骨身に沁みてくるというものだ。そんな言葉には二度と踊らされるものか。馬鹿正直に無駄な労力を使ってたまるか——そう思わずにいられなかった。

だが今、耕平は少しずつ、店長の言葉を信じつつあった。信じてみたいという気持ちになってきている。この一カ月半ほどの、店長の様子や他のスタッフたちとの関わり方を見、実際にアルバイト店員だった先輩が、この秋から正社員として登用される

ことになったという噂を耳にするようになって、今度という今度は、お為《ため》ごかしでも何でもないのではないかと思い始めていた。

——本当に正社員になれるんなら。

もしも、そういうチャンスが残されているのなら、耕平だって本気でスーパーマーケットという業界での仕事というものを考えてみたいと思い始めている。たった一つの店舗を見ても、なかなか興味深い部分が多いような気はしてきているのだ。今のところは簡単な作業しかさせてもらっていないが、それなりの部門でもう少し掘り下げた仕事をさせてもらえる日が来るというのなら、文句を言わずに続けようという気になっている。

それに、ここの職場は従業員たちの雰囲気がよかった。日々の暮らしの中では、遠い将来のことを考えるよりも、その方が大切だ。気持ちのいい人たちのいる職場で、風通しもよくて、妙な人間関係を気にせずに済む、誰かの顔色を窺《うかが》ったり腹を探ったりせずにいられることが、今の耕平にとっては何よりも大きな魅力であり、嬉しいことだった。

「片貝《かたがい》、今晩どうだ？　ほら、前に言ってた焼き肉屋、行ってみないかって話になってるんだけど。後藤とかにも声をかけて」

給料をもらった後に、今度は先輩の店員から声をかけられた。耕平は即座に頷きかけて、それからはっと我に返った。

「俺、今日は真っ直ぐ帰んなきゃなんないいんですよね」

この店のユニフォームは、グリーンのズボンに淡いグリーンとクリーム色のストライプのシャツ、オレンジ色のキャップというものだ。だが今、声をかけてきた岡部《おかべ》先輩は、その爽やかな色合いがおそろしく似合わない、いかにもむさ苦しい顔をしている。顔の造作も、濃い髭《ひげ》も、いかつい体型も、何もかもが「爽やかさ」という表現とはほど遠いものだが、その風貌と制服とのアンバランスがかえって面白くて、女性従業員にも意外に人気があった。中には「可愛い」などと表現するパートのおばさんもいるほどだ。

「すんません。出がけに、おふくろに釘を刺されちゃって」

「何だ、そうか。いいよ、いいよ、じゃあまた今度だな」

「本当は、早くなんか帰りたくないんですけど」

「まあ、しょうがねえって。何か用事があんだろう？」

「用事ってほどのことも——」

店の外に出て、日陰を選んで二人で話している間、昼休みを終えて店に戻ってきた

従業員たちが、ぽつ、ぽつと耕平たちの傍を通り抜けていく。その中に、ちょっと目につく女性がいた。レジ担当のパート従業員だ。目が大きくて彫りが深い、印象的な顔をしている。年齢は耕平と同じか少し下くらいだろうか。実は耕平は、彼女のことが少しばかり気にかかっていた。意識しているというほどでもないが、見かけるとつい目で追ってしまう。

「岡部さん、彼女のこと、何か知ってます？」

つい声をひそめて、彼女から視線を外さないままで岡部先輩に話しかけると、先輩は耕平の視線を追うようにして彼女の姿を認め、「ああ」と言うように頷いた。

「望月《もちづき》さんな」

「望月さんっていうんですか」

「おまえ、気になってんの」

「そんなこともないけど——綺麗な人だなあと思って」

岡部先輩はちらりと自分の腕時計に目を落とした後で、おそらくこの休憩時間に吸える最後の煙草《たばこ》をくわえながら、「まあ、そうかな」と応える。そして、深々と吸い込んだ煙を吐き出した後で、「彼女は」と、そのいかつい顔を傾けた。

「何ていうかさ——和人《わじん》じゃ、ねえだろ」

「え——」

その言葉に一瞬、頭の動きが止まったように感じられた。そういえば、祖母ちゃんが同じ言葉を使っていた。

「何スか、その、『わじん』って」

今度は岡部先輩が「え」という顔になった。

「和人、知らねえ？」

「知らないっスね」

「まじで？　要するに、アレだろうが。つまりは、俺らみたいなさ、和、だよ。和風の和。和食の和」

「和食の和って——つまり、日本人ってことスか」

「まあ、日本人には違いねえけどさ、つまりだ——なあ、片貝。おまえ、こっちの出身だろう？」

「何言ってんですか。そうに決まってんじゃないスか」

「だったら、知らないわけ、ねえだろうが」

「何を」

岡部先輩は信じられないという表情になり、それからその太く濃い眉をぎゅっと寄

せて「だから」と苛立った表情になった。こういう顔つきで迫ってこられると、迫力がある。その顔のまま、先輩は声をひそめて「だから」と繰り返す。

「アイヌのことだよ」

「アイヌが？」

「あの人たちは、アイヌ民族っていうだろうが。だから、それと区別して、アイヌじゃない俺たちは和人っていうわけ。同じ日本人でも、民族が違うからってことだ」

そこでようやく、耕平は「ああ」と大きく頷いた。そういうことか。何だ。「わじん」とだけ聞いたから、何のことだか分からなかったのだ。

「え、ということは、望月さんはアイヌなんスか」

「らしいよ。親父さんかおふくろさんか、どっちかがアイヌの血を引いてるんだって聞いたことある」

「へえっ。俺、初めて見たな、アイヌ」

望月さんの姿は、既に視界から消えてしまっている。だが耕平は、彼女の彫りの深い、はっきりとした顔立ちを思い浮かべて、「なるほど」と頷いた。

「この辺にもアイヌがいたんだ」

「そりゃ、いるんじゃねえの？　この辺の地名なんて、ほとんどアイヌ語から来てる

んだから、もともとアイヌがいっぱい暮らしてたに決まってるんだしさ」

「だけど俺、学校の同級生にも一人もいなかったんですよね。そりゃ、話には聞いたこと、あったけど、本物はまるっきり」

岡部先輩は、ふう、と煙草の煙を吐き出しながら「そりゃあ、分からないさ」と呟いた。

「いたのかも、知んねえよ。実際はアイヌでも、そのことを隠してる人も多いっていうから」

「え——そうなんスか」

「そりゃあさ、今だって差別する連中もいることは、いるもんな。俺なんかだって、ほら、眉毛も髭も濃いからさ、『おまえ、アイヌなんじゃないか』とか聞かれたこと、何回もあるよ。一度なんか、あんまりしつこく聞きやがるからさ、『だったら、どうなんだよ』って言ってやったら、まじ、向こうの顔つきが変わったもんな」

岡部先輩は「そんなん余計なお世話じゃねえか、なあ」と鼻で笑う真似をする。耕平は、大きく頷きながら、「だけど」と先輩を見た。

「望月さんは、隠してないんですか」

「彼女は、まあ、ああやって見た感じでもすぐ分かるしさ、結婚するときもべつに隠

さなかったっていう話だし」

「——ああ、なるほどねえ」

「あれ、どうしたの、片貝」

「——何が、スか」

「望月さんが亭主持ちだって言ってんだぞ。おまえ、ショックじゃねえの？」

「あ——まあ、そんならそれで、ねえ。しょうがないじゃないスか」

意外にさっぱりしてるんだな、と、拍子抜けしたような顔をしている岡部先輩をちらりと見ながら、耕平は他のことで頭がいっぱいになっていた。

——あの子は和人でないっしょ。

杏菜がこっちに来た当初、祖母ちゃんが言っていた言葉が頭の中で渦巻いていたからだ。「和人」という言葉の響きと、その意味がピンと来なかったこともあって、すっかり忘れてしまっていた。だが、あのとき祖母ちゃんは、杏菜を「苦労してる」とも言っていた。だから気を使ってやれ、と。

——だとすると。

杏菜は何ものなのだろうか。北海道人なら、和人でなければアイヌだろうかと思うところだが、彼女の出身は沖縄だ。それならアイヌとは関係ないはずではないか。そ

れに、どうして祖母ちゃんは、いきなりそんなことを言い出したのだろうか。杏菜の何を見て。

東京の同じ職場で働いていて、文字通り一つ屋根の下にいた時期もある杏菜が、急に遠い存在に思えてきた。実際のところ、彼女の名前以外の何一つとして知らないのだということが、改めて感じられた。

7

その晩、久しぶりに耕平の家を訪ねてきた杏菜は、居間に落ち着くなり、かしこまった表情で、おふくろの前に一枚の封筒を差し出した。彼女のために今夜はジンギスカンにすることを思いついたらしいおふくろは、ジンギスカン鍋のてっぺんに牛脂の塊をのせながら、「なに、それ」と怪訝《けげん》そうな表情になった。

「あ、あの――受け取ってください。ほんの少しなんですけど」

鍋は大人数で囲むに限る。だが、姉も耕平もいなくなり、さらに親父まで家を出て行ってからは、鍋をするにしても九十過ぎで総入れ歯の祖母ちゃんと二人きりで、ことにジンギスカンなど、とてもする気になど、ならなかったと、さっきおふくろは自

は食っていなかった。この重たい鉄鍋が引っ張り出されたのも数年ぶりということになる。

「少しって――なあに、お金かい？　何の？」

微かな音を立てて牛脂が少しずつ溶け始め、耕平が子どもの頃から食卓に上ってきたジンギスカン鍋が黒く艶《つや》やかに光り始める。鉄兜《てつかぶと》のように丸く盛り上がり、そこに放射状に溝のついた鍋全体に、こうして溶けた牛脂が広がるのを待ってから、鍋の裾野にもやしを広げ、予めたれに漬け込んである肉や野菜をのせていくのが耕平の家のジンギスカンだ。

――和人じゃない。

鍋が熱せられていくのを眺める一方で、ちらちらと杏菜の方を見ながら、耕平は昼間、岡部先輩と交わした会話を思い出していた。べつに、和人だろうがなかろうが、どうということはないとは思っている。けれど、じゃあ「なに人」なのだろうかという疑問だけはどうしても残った。要するに沖縄人だということを言っているのだろうか。確かに杏菜は目だって鼻だって丸っこくて、日焼けしていて、独特の風貌をしている。祖母ちゃんに聞いてみようかとも思ったが、何となくタイミングを逃した。

「あの、今日、お給料が出たんで——こっちに来てから、お家に泊めてもらったり、仕事も探してもらったりして、色々お世話になったんで」

「あらやだっ。この子ったら、そんなこと気にしてたのかい」

おふくろの声が一際大きくなった。それまで黙ってテレビを見ていた祖母ちゃんが、ゆっくり振り返る。おふくろが「ちょっと、ほら」と祖母ちゃんに杏菜から渡された封筒を見せた。

「祖母ちゃん、この子ったら、お金なんか持ってきたよ。お給料が出たからって」

「あ、あ、あの、全然、そのぅ、足りてないとは思うんだけど——恥ずかしいくらいの額だけど」

杏菜は丸い身体をさらに縮こまらせる。ピンク色のポロシャツの袖からは、むっちりとした二の腕が出ていた。昼間の仕事になったせいだろうか、以前にも増して日焼けしたようだ。

「それに、あの、何ていうか、私——」

杏菜がもじもじしながら喋るのを真剣に聞いているのかいないのか、おふくろはうん、うん、と頷きながら、鍋の縁《へり》にもやしを広げて、さらに、耕平の職場でも一番の売れ筋にあたる味付けラム肉を鍋の上に置き始めた。ジュウ、という音が広がった。

「こういうのって、初めてで」

肉が焼けていく音にかき消されそうになりながら呟く杏菜を見ているうちに、そのむっちりと太い二の腕に、そこだけ色が違って肉が盛り上がって見える傷痕《きずあと》があるのに気がついた。途端に、耕平の中で一つの光景が蘇った。ぶかぶかの雨合羽を着た杏菜が、のろのろとプレスカブを押して新聞販売店まで戻ってきた、あの雨の朝のことだ。配達の途中で犬に咬まれた彼女は、帰りが遅いと気をもんでいた耕平たちが駆け寄ると、それまでの緊張が解けたかのように、人目もはばからずに声を上げて泣いた。二の腕の傷痕は、あのときのものに違いない。

「初めてって？」

「あ、あの——だから、何ていうか、私、家族とか、いないから——その——こんな風に、普通のおうちで、みんなとご飯食べるのとかも初めてだったし、その——仕送りとかも、したことないから」

おふくろが、今にも目を潤ませそうな表情になって「あらあ」と言葉を詰まらせている。耕平も、急に胸の奥がざわざわし始めた。おふくろは知らない。耕平たちが東京で、どんな仕事をして、どんな暮らしをしていたか。どういう思いを抱えながら日々を過ごしていたか——そんな話を、いつか出来るときが来るだろうか。たとえ

ば、この杏菜と。

「その——だから、何ていうか、少しでも喜んでもらえたら嬉しいっていうか、おばさんたちに使って欲しくて」

おふくろは「そんな、あんた」と、いよいよ感極《かんきわ》まった顔で耕平と祖母ちゃんとを見回している。耕平は何も言わずに焼けてきた肉をひっくり返すことにした。

「何ていじらしいこと言うんだろうねえ。あんたくらいの年頃なら、お洒落だってしたいだろうし、いくらだって欲しいものがあるだろうに。おばさんたちは、もう、その気持ちだけで十分なんだわよ」

「そういう心がけの子んとこには、きっと天からご褒美《ほうび》が来るもんだ」

祖母ちゃんが、低い声で呟いた。

「だぁれも見てねえと思っても、天はちゃあんと、見ていなさるもんだ。人を喜ばしてみたり、ちゃんと正しい行いしてれば、そのうちきっとご褒美が来んの。そういうもんだ」

「んだねえ、おばさんだって、何もこんなことして欲しくって、あんたを泊まらせてたわけでも何でもないけど、今こうやって、杏菜ちゃんからご褒美が来たもんねえ」

「なあ、ありがてえことだ」

祖母ちゃんは昔から、色んなことを有り難がる。耕平は、「んだな」と相槌を打っているおふくろと、肩をすくめて恥ずかしそうに笑っている杏菜とをちらちらと眺めながら、「食おうよ、もう」と口を挟んだ。

「焦げるよ」

おふくろはようやく我に返ったように「あら本当だ」と笑い、それから、杏菜から渡された封筒を押し頂くようにして頭を下げた。

「そんなら、有り難くいただくね。何か、あれだわねえ。耕平の下に、もう一人子どもが増えたようだよねえ、これじゃあ。杏菜ちゃんは、うちの末っ子だ」

さっさと箸を動かし始めながら、耕平は、複雑な気分でおふくろと杏菜とを見ているより他なかった。こいつが、どうして自分の妹扱いになるのだろうか。だが、まあ、嫁さん扱いされるよりは、ずっとましだ。

「祖母ちゃん、ほら、取ってやろう。お肉も少し食べっかい？　今日のは柔らかいラム肉だから、ちょっと食べてみようかね」

おふくろがせっせと食卓の世話を始めた。杏菜は、沖縄ではヤギを食べることはあったけれど、ヒツジを食べるのは初めてだと言い、おっかなびっくりの表情で箸を口に運んだ。

「——美味しい——柔らかい！」

　嬉しそうに声を上げる杏菜は、思えば東京にいた頃とは別人のように表情が明るくなっている。それからは、おふくろの質問に答える格好で、彼女はこの一カ月あまりのことを話し始めた。仕事の中でも配膳が一番大変だと感じていること。不器用なせいもあって食器を何度か割ってしまい、今度割ったら、その分を給料から差し引くと釘を刺されていること。職場には、日本全国から年齢も経歴も様々な人が集まってきていること。一日三食のまかないが美味しくて、何よりもおかわり自由なのが嬉しいこと。休憩時間には、耕平が見つけてきてやった中古のスクーターで近くを走り回っていること。エゾシカ、キタキツネ、エゾリスなども見たこと。

「へえ。たった一カ月かそこいらの間に、またずい分色んな経験をしたもんだ。そう、スクーターで、そんなに走ってるのかい」

「だけど、あんまり一人で知らないところまで行くと、そのうちクマに出くわすよって、おどかされました。クマなんか、出るんですか、本当に」

「そりゃあ、知床だもん。クマは普通にいるんだわ。里の方まで下りてくるっていうことは滅多にないけどさ、そんでもいつだったか、斜里の町なかまで来たこともあったねえ。山から下りてきて、わざわざ来たもんかねえって」

「へえ、本当なんだ！」

「祖母ちゃんらの子どもの頃なんぞは、クマが夜のうちさ家のすぐそばまで来でな、ガサ、ガサって音立てたり、何でも壊していくようなことが、いっくらでもあったよ。昼間でも暗い森ん中さ歩いてて、ばったり出くわしてみたりなあ。可愛い顔してんだけど、何しろ、大《お》っきくてなあ、そりゃあ恐ろしい思いをしたもんだ」

祖母ちゃんの昔話に、杏菜はますます目を丸くしている。そして、東京にいた頃にはついぞ聞いた記憶のない、弾けるような声で「それで」「本当に？」などと繰り返し、それは熱心に祖母ちゃんの話を聞き入っていた。耕平は、杏菜の顔が見づらくてならなかった。三つ編み頭も相変わらずだし、化粧一つしていない丸い顔も相変わらずだ。それでも、これまでのイメージと違いすぎる。こっちは犬に咬まれたときの、あの惨めな光景まで思い出してしまったし、和人ではないという話も引っかかったままだというのに。

——何なんだよ、こいつは。本当に。

不愉快というのではない。ただ、どうにも居心地が悪い。その上、おふくろ公認の「末っ子」扱いになるのかと思うと、余計にもやもやとしてくる。

「ジンギスカンって、どういう意味？　どうしてジンギスカンっていうんですか？」

「そういうことは、耕平に聞いてごらん」

「先輩、どうして？」

話にも加わらず、一人でぶつぶつと考えていたら、急に話を向けられて、耕平は思わず「え」と箸を宙に浮かせた。

「あ、あれだろうが、人の名前」

「ジンギスカン？　どこの人？」

「何、言ってんだよ。学校で習っただろう？　歴史でさ。あそこ、ほら、モンゴル」

杏菜は箸の先をくわえたままで情けなさそうに小首を傾げ、「知らない」と言った。そんなはずがない。耕平でさえ覚えているのだ。

――いや、待てよ。

あれは高校の世界史で習ったのだろうか。だとすると、高校に行かなかった杏菜が知らないのは当たり前だ。それを常識のような言い方をしては、まずい。いやいや。もっと前に習った気がする。もしかすると小学校の頃には。

「チンギス・ハーンってさ、習ってねえか？　俺、教科書に肖像画が載ってたの、覚えてんだけどな。朝青龍《あさしょうりゅう》みてえな顔した」

話しながら、そういえば杏菜はアイヌのことも知らなかったのだと思い出した。耕

平に電話をかけてきて、女満別の空港まで迎えに行った日のことだ。斜里という地名のことを尋ねられたとき、彼女は確かに「アイヌって？」と聞いた。と、なると、杏菜がアイヌであるという線は消えたことになる。いや待て待て、ひょっとすると自覚がないだけなのかも知れない。

――実際はアイヌでも、そのことを隠してる人も多いっていうから。

岡部先輩の言葉を思い出した。

あの後、岡部先輩はさらにアイヌの人たちについての話をしてくれた。道内では特別視され、ときとして厳しい差別を受けることもあったことから、アイヌの中には故郷を捨てて本州などへ移り住んだ人も少なくないという。そのまま自分がアイヌであることを明かさずに、新しい土地に溶け込んで生きている人もいることだろう。そういう人の子どもや孫の代になったら、もう自分がアイヌの血を引いていることなど、まるで知らない場合もあるかも知れない。

すると、本人の自覚はないけれど、実は杏菜はアイヌかも知れないということなのだろうか。だから祖母ちゃんはすぐに気づいたのだろうか――。耕平があれこれ思いを巡らしている間に、杏菜は「ああ」とまた丸い目をきょろきょろとさせている。

「チンギス・ハーンなら覚えてる。遊牧民でしょう？　今の中国よりずっと大きい、

大モンゴル帝国の帝王」

「何だ、知ってんじゃん。そう、あれあれ、あれがジンギスカンだって。呼び方が違うだけで」

「え、じゃあ、チンギス・ハーンは北海道にも攻めてきたの？」

おふくろが「ないない」と笑い出すのと、耕平が「まさか」と答えるのが同時になった。杏菜は、それでも理解出来ない様子で、しきりに首を傾げている。ジンギスカン料理が、どうしてその呼び方になったのか、正確なことは耕平だって知らない。とりあえず鉄兜みたいな形の独特の鍋で、マトンやラム肉を焼いて食べる料理がジンギスカンなのだということに、疑問すら抱かずに育ってきた。

「ちょっと。耕平、もっと親切に教えてやったらいいんでない。ジンギスカンが攻めてきたんでないんなら、どうしてこういう名前になったのか」

「だから、知らねえって。ジンギスカンは、昔っからジンギスカンなんだから」

「何だろう、この子は。愛想のない答え方しかしないんだから」

「――家に帰ってまで愛想振りまく必要なんか、ねえじゃん」

「少しは母親にも愛想のいい顔くらい、見せたらどうなのかねえ。外でばっかりにこにこしてないで」

「外でばっかりって――」

「男はねえ、外面《そとづら》がいいより内面《うちづら》のいい方がいいんだよ。外でばっかり愛想振りまいて、家に帰ってぶすっとしてるような男は、家庭を幸せに出来ないんだからね」

「何だよ、それ」

「父さん見てれば、分かるんでない」

「何でいきなり、親父が出てくるわけさ」

「だってさ――祖母ちゃん、こっちの煮物も食べっかい？　じゃあ、どれ、取ってあげようね――あんたの外面ばっかいいとこはね、間違いなく父さんに似たんだから――はいよ、祖母ちゃん。こっちは？　ちびっと食べてみっかい？　今日のはねえ、ちょっとしょっぱいか分かんないけど、こんくらいなら、ちびっと食べたからって急に血圧が上がったりってことも、ないはずだから――いいかい、耕平。父さんって人はねえ、外でどんだけ調子のいいこと言ってたか知んないけど、見てごらん。自分の家庭は、このざまだ。責任感てもんが、まるでないんだ。そんでも、よその人はみんな口を揃えて言うっしょ。『あんなにいい人が』『信じらんないねえ』って。冗談言うんでないって。みんなして、母さんのことを悪者みたいに言ってさ――ああ、杏菜ちゃん、お代わりすんだよ。あんた、もう勝手分かってんだから、自分でご飯よそって

くればいいから。一杯食べなさいよ」

はあい、と返事をして立ち上がる杏菜の後ろ姿をちらりと見て、耕平は思わず小さく舌打ちをした。

「何も杏菜がいる時にさあ——」

「だって、隠しようがないっしょ。あの子だってとっくに分かってるって。何日、ここに泊まってたと思うの」

それにしたって、何も親父の悪口まで言うことはないではないか。だが、これ以上何か言い返せば、その百倍の言葉が返ってくるのは明らかだ。耕平は、むっつりと押し黙って箸を動かすことにした。それでも、おふくろと杏菜がずっと喋り続けているから、食卓は気まずくもならず、賑やかなままだ。妙な話だった。たまたま東京で同じ職場にいたというだけの、「なに人」か分からない、大人か子どもかも分からないような女の子が、どうして耕平の自宅で食事に加わり、普通におふくろとも祖母ちゃんとも会話しているのか、しかも家の事情まで知られなければならないのだろうか。一体全体、どこで調子が狂ったのだろう。

「——んっとに、うるせえっていうか、落ち着かねえんだから」

やがて、おふくろが湯を沸かしに台所に立った隙に、耕平は、今度は杏菜の方をち

らりと見て、ため息混じりに呟いた。

「よく、あんだけ喋ることがあるよ、次から次から。親父の話だって、何もおまえの前でするようなことでもねえのにさ」

「あのさ、先輩。先輩のお父さんって、前に——」

咄嗟に「しいっ」と鋭く言って顔をしかめて見せたから、杏菜は慌てたように口を噤んだ。それから耕平が、祖母ちゃんの方に一瞥をくれて見せると、杏菜ははっとした表情になって肩をすくめる。その目が「秘密なんだね」と言っているように見えた。耕平は微かに息を吐きながら出来るだけさり気なく祖母ちゃんの方を見た。熱心にテレビを見ている様子の祖母ちゃんは、多少は耳が遠くなっているらしいが、普通の会話をしている分には、さほど不自由している様子はない。耕平は、東京で親父に再会した話を、今もおふくろや祖母ちゃんに聞かせていなかった。

あの日のことは、出来ることならこれからも話したくない。実際のところ耕平自身が、あの一日のことは何もかも忘れてしまいたいくらいなのだ。それなりに楽しみにして、新しい服まで買い込んだ自分が、ほとほと馬鹿みたいに思えた日だった。何しろ、親父からは衝撃の事実を聞かされ、ガックリしながら汚い寮に戻ってみれば、杏菜が犯されかかっている場面を目撃することになって、その後はいつまでも泣いてい

る杏菜をどうすればいいのかも分からなくて、つくづく今の自分が惨めに思えた日――結局あの翌日、杏菜に乞われて外房の海まで行ったことが、耕平に田舎に戻る決心をさせる引き金になったようなものだ。

――今ごろどうしてるんだろうな。

多山のヤツさ――と、つい杏菜に話しかけてみたい誘惑にかられた。だが、彼女にしてみれば、名前も思い出したくない相手に違いないと、思い直した。あの男さえいなければ、たとえ未遂に終わったとはいえ、杏菜が傷つくこともなかったし、耕平自身、最低でももう少し金が貯まるまでは、あの職場で我慢していたはずだ。つまり、今もまだあの町で新聞配達を続けていただろうと思う。場合によっては本気で自分もいつか販売店を持ちたいとさえ、考えるようになっていたかも知れない。今となっては何もかもが、まるで遠い日の幻のようだ。そう考えると不思議な気にもなる。

「何か、不思議」

そのとき、まるで耕平の気分を見透かすように、杏菜が呟いた。それから耕平の方を見て小さく笑う。

「家っていうか、家族って、不思議なもんなんだね」

「何が」

「だって、何となく——みんなで好きなこと喋ってて、喧嘩みたいになっても、それで終わりっていうか、絶交とか、そんなことにはならないんだし。そのまま普通にご飯食べたりして、少しするとまた普通にお喋りとかして——ふうん、こういうもんなんだって思って」

またもや湿っぽい嫌な感じがこみ上げてきそうになった。ちょうど台所から、おふくろの声が耕平を呼び、「お代わりは？」と聞こえたのをいいことに、耕平は「いらねえ」と答え、そのまま杏菜の言葉は無視することにした。

その晩、帰りしなに、杏菜はこれからもたまに訪ねてきてもいいだろうかと言った。おふくろが「もちろんだよ」と頷いたのは言うまでもない。杏菜は、それは嬉しそうな顔で、ぺこりと頭を下げ、古いスクーターにまたがって夜道を帰って行った。

第五章

1

札幌の姉貴から電話があった。電話を取ったのはおふくろだ。

「お盆の休みに帰ってくるんだって」

その晩は、仕事帰りに少しばかりビールを呑んでいた。だが、呑む度に運転代行を呼ぶとなると、かなりの出費だ。だから最近、耕平は多少呑んでいても自分でハンドルを握って帰宅することが増えていた。飲酒運転がいけないことくらい百も承知だが、都会と田舎とでは事情が違う。ほとんど真っ直ぐの一本道を帰ってくるだけなのだから、アクセルさえ踏みすぎなければ、どうということもなかった。

珍しく玄関先まで迎えに出てきたおふくろが、例によって風呂上がりのてらてら顔で「それがさ」と、待ちかまえていたように話し始めた。

「どうやら今度こそ、やっと結婚まで漕ぎ着けたらしいんだわ。彼氏をね、連れてくるって」

スニーカーを脱ぎながら、耕平は「へえ、まじで」と驚いて見せた。すると、今にも歯をむき出して笑い出しそうだったおふくろの表情が、すっと変わる。

「あんた、また呑んでる」

「少しだけな」

「まさか、自分で運転してきたんじゃないんだろうね」

「してねえって」

「ちょっと、頼むわよ。事故でも起こしたら、一生が台無しになるんだよ。いくら田舎の道だってねえ、法律は一緒なんだし、万が一何かあって、それも、他人様《ひとさま》を傷つけるようなことにでもなったら、それこそ――」

「分ぁかってるって。だぁいじょうぶだっつうの。ちゃあんとやってっから。俺だって、ガキじゃないんだからさ――で、姉ちゃん、いつ帰るんだって？」

おふくろの鋭い指摘をさらりとかわして、姉貴の話題に戻すことにする。おふくろ

は、まだ疑わしげな顔つきで、口をへの字に曲げたまま耕平を見上げていたが、それでも一応は倅《せがれ》の言葉を信じたのか、それとも姉貴の話をしたい誘惑に勝てなかったのか、またすぐに表情を変えた。

「だから、お盆。それがねえ、アレだっていうんだわ、相手の人っていうのが、福島の出身なんだって」

「福島って。福島県？」

「ちゃんと大学も出てるし、アレだって。何とかいう建築関係の国家資格も持っている人だってよ。それで今は何とかコンサルタントとか、してるらしいんだわ」

「いくつ」

「二十九歳」

「へえ、姉ちゃん、年下を見つけたんだ」

「今どき、一つくらい違ってたからって、どうってことないっしょ」

取りあえず手を洗って、居間まで行く間も、おふくろはずっと耕平の後ろをついて喋り続ける。少しばかり酔いの回った頭で、耕平は「変だな」と思っていた。確か、去年の暮れに姉貴と話したときには、彼氏は帯広の人だと言っていたはずだ。しかも、もう一緒に住んでいるような話だった。それなのに、もう違う相手を見つけて、

その上、結婚まで漕ぎ着けることになったということだろうか。

——いいよなあ。次から次へと。

こちとら浮いた噂ひとつなく、ひたすら地味に過ごしているというのに。実は今夜だって、ちょっとした合コンのようなものだった。耕平の職場の仲間と、網走市内で働いている女の子たちとの四対四の飲み会だったのだ。けれど、不発だった。中にちょっといいかなと思う子がいなかったわけではない。ところが彼女は、耕平がついこの間まで東京にいたと聞いた途端、やたらと東京のことばかり知りたがった。そして、自分も東京に行きたいのだというようなことを熱心に語った。そんなに東京を楽しい場所だと思っているのかと、耕平はそれだけで興醒《きょうざ》めしてしまった。話したくない思い出ばかりだ。東京なんて。

「それでさあ、祖母ちゃんがもう、喜んじゃってるんだわ」

台所で冷たい水を飲もうとする間も、おふくろの声は居間から聞こえ続けている。

「ほら、福島は祖母ちゃんの生まれ故郷だから」

コップを持つ手を止めて、耕平は「え」と声を上げた。

「祖母ちゃんって道産子《どさんこ》じゃねえの」

「あらやだ。知らなかったのかい？　まだ、うんと小さい頃にこっちに来たんだよ。

開拓団で」

　開拓、という言葉を久しぶりに聞いたような気がする。この北海道は、もともとは自分たちの祖先が本州や四国、九州からやってきて、何もない原野を切り開き、畑を耕し、町を築いて暮らせるようにしてきたのだという話は、子どもの頃から学校の授業などで繰り返し聞かされてきた。だが、そうして拓《ひら》かれた新しい土地なのだという感覚は、耕平自身の中にはない。ましてや今、年老いて小さくなってしまっている自分の祖母に子どもだった時代があり、しかも他の土地からやって来て、何もないところから森を拓いたり畑を耕した歴史を背負っているなどという話は、正直なところ想像外でしかなかった。

「福島のことは、ほとんど覚えてないらしいんだけどね。でも、こっちに来る途中の汽車のこととか、函館《はこだて》まで船に乗ったこととかは覚えてるって言ってたねえ。まだ四つかそこいらだったはずなのに」

　冷たい水をコップ一杯飲み干して、ふう、とため息をついた後、耕平はようやく居間の定位置に落ち着いた。洗濯物を畳むおふくろの顔は、何となく嬉しそうというか、どこかしみじみとした顔つきに見えた。これまで、それらしいことを口にしたことはなかったが、やはり、なかなか決まらない姉貴の結婚を気に病んでいたのかも知

れない。

「あのさ」

「なに」

「そんで、結婚式とか、やるんだって?」

「さあねえ。そんな話までは、してなかったけど」

「もし、そういうことやるんならさ――親父がいないと格好がつかねえんじゃねえの。今度はともかくとして、これからは、相手の家の人と会ったりしなきゃなんねえだろう?」

おふくろが、ゆっくり顔を上げた。

「死んだってわけでも、離婚したわけでもないんだしさ」

少しばかり酔っているせいで口が軽くなっているだろうか、地雷を踏んだだろうかと、言ってしまった後で後悔した。ところが、つい身構えそうになっている耕平をちらりと見て、おふくろは憂鬱そうな表情で「そうなんだよねえ」と、大きなため息をついただけだった。

「みっともない話だよねえ」

「――姉ちゃんはさ、何て言ってんだろうな、相手の人に。今日は、そういうことは

話さなかったの」

おふくろは力なく首を振るばかりだ。その顔が、急にくたびれて見えた。

「ただ、『お父さんから連絡はないの』とか『帰ってくる気はないんだろうか』とかは、言ってたけどねえ――そりゃあ、結婚の報告くらい、したいに決まってるもん」

おふくろも姉も知らないはずだ。親父が髪を染めてパーマをかけたことも、その格好で「人生をやり直したい」と言っていたことも、そして何より、若い女のところに転がり込み、「曳舟《ひきふね》」とかいう土地でスナックの手伝いをしているらしいことも。そんな親父が姉貴の結婚を知ったら、果たしてどう思うだろうか。素直に喜んでくれるものかどうかも、ここまで来ると想像がつかなかった。

「電話してみれば」

「出るもんかね」

親父の携帯電話は、今も番号が変わった様子はないし、通じる状態になっていることは確かなはずだった。だが、これまでに何度となく、おふくろが電話をして、留守番電話に伝言を残しても、親父からかかってくることは一度としてなかった。姉貴も耕平も、おふくろにせっつかれてそれぞれ何度か電話をしてみてはいるのだが、結果は同じだ。だから耕平は、こうして東京から引き揚げてきたことさえ、まだ親父に言

えずにいる。こんなことなら住所くらい聞いておけばよかったのかも知れない。もしも本当にこのまま一生涯、親父と連絡が取れなくなったら、悔やんでも悔やみきれないだろうと思う。だが、そのことをおふくろたちに言うわけにはいかなかった。いずれにせよ、今となっては後の祭りだ。

「こんなに薄情な人、そうそう、いるもんでないわ」

東京という所は、故郷とも家族とも、つながっていた糸が切れてしまった人間が、ビルの片隅や夜の街などの、吹きだまりで踊る埃さながらに蠢《うごめ》いている場所だ。頼りなく乾ききり、居所も定まらずに過ごすうち、人間らしい感情さえも擦《す》り切れていく。耕平自身、危ういところで同じ身の上になるところだったからこそ、よく分かる。数え切れない群衆の中に紛れ込み、そのまま誰からも忘れられていくことなど、あの街ではいかにも簡単なことに違いない。はからずも、そんな身の上になってしまう人もいるとは思う。だが、自分から望んでそうなる人も、きっといるはずだ。自分とつながっている糸を自ら断ち切って、浮遊することを望む。そんな、漂う埃のような存在さえ呑み込んでしまうのが東京だ。その街を、少なくとも親父は、自分に向いていると信じていた。

「心配でないのかねえ。年取った祖母ちゃんまで放《ほ》ったらかしにして」

要するに親父という人は、もはや耕平たちの人生そのものから、まったく遠い存在に切り離されてしまったのと同じことだった。

——何か、逃げてるみたいだと思わない？　私たちから。

いつだったか姉貴と電話で話したとき、姉貴はそんな言い方をしていた。そこまで家族を避ける意味が分からないと、苛立ちと怒りを隠さない声だった。

「まあ——何だったら、お姉ちゃんがもう一度、じかに父さんに電話でもなんでもするしかないんでない」

おふくろの口調は、これまで飽きもせずに親父の悪口を言い募っていた、どのときとも違って聞こえた。そしてもう一度、宙を見つめたまま大きくため息をつき、「だって」と呟いた。

「かれこれ一年にもなるんだよ。いくら今の生活がよくて、誰と一緒にいて、ここに帰ってきたくないんだか知らないけど、それだって、何十年も一緒に暮らしてきた家族がどんだけ心配してるかってことくらい、普通なら分かるもんでしょうが」

おふくろは「いい大人が」と吐き捨てるように言う。そういえば親父は今年でいくつになるのだろうかと、ふと思った。何年生まれと言っていたか、聞いたような気もするけれどよく覚えていない。五十をいくつも過ぎていることだけは確かなはずだ。

「結局、母さんが一番の貧乏くじだ」

酔いが睡魔に取って代わろうとしている脳味噌に「貧乏くじ」という言葉が響いた。その言葉は耕平自身さんざん思い浮かべてきた言葉だ。どういうわけで、こんな家に生まれてきたのか、こんな人生しか歩むことが出来なかったのか――寝ても覚めても同じことばかり繰り返し呟き続けていたのは、ついこの間のことだ。今だって考えないわけではないが、正直なところ、もうそんなことを思い続けることさえ面倒になった。何をどう考えたところで、この人生が変わるわけではない。

「いつまでたったって、自由になんか、なれやしない」

「――自由にすりゃあ、いいじゃん」

「年寄り抱えて、どうやって自由になんか、できんのよ」

「――祖母ちゃんが、邪魔なのか」

「そんなこと言ってやしないっしょ。祖母ちゃんだってさんざん苦労してあの歳まで生きてきて、まさか、息子に見限られるなんて思ってもみなかったろうしね。可哀想だと思うから、母さんだって昔みたいに、喧嘩したりしないっしょ。祖母ちゃんも、もう前みたいにきついこと言うような元気も残ってやしないんだし、結局は母さんを頼りにしてるって分かってっから。だけどさ、祖母ちゃんには何人の子どもがいると

思ってんの。それなのに、誰も彼もあてにならなくて、面倒なことは何でも末っ子の父さんに押しつけっから、結局はこういうことになったんでないかい。あんた、そう思わない？」

「——分かんねえ」

「また。何が分かんないもんかね。あんたねえ、そういうところが、父さんに似てるっていうんだわ」

「——もう寝っから」

こちらから切り上げない限り、おふくろの話は終わることがない。耕平は大きなあくびをしながら、のろのろと立ち上がった。「お風呂は」という声が背中から聞こえたが、答える気にもなれなかった。

八月の半ば、姉貴は彼氏を連れて帰ってきた。その時に初めて分かったことは、姉貴が既に妊娠しており、来年の春先には子どもが生まれる予定だということだ。出産の準備などで物入りにもなることから、式は挙げないとも聞かされて、おふくろは「あれまあ」と言ったきり言葉に詰まっていたが、一方では多少ほっとした様子も見て取れた。これで、親父の話題に触れられずに済む。そういう考えは、姉貴の中にもあったに違いない。耕平も加わって三人で、その時だけは視線を交わしながらこっそ

りため息をついた。

姉貴の連れてきた「祐司《ゆうじ》さん」という人は中肉中背、面長で眼鏡をかけた、どこといって特徴のない人に見えた。今度どこかでばったり会っても、きっと分からないに違いない。それでも、意外に低音のよく響く声をしていて、おふくろと話をするときにも礼儀正しく、落ち着いていた。そして、後から祖母ちゃんも加わって、耕平たちのルーツが半分は福島だという話をすると、「ご縁があるんですね」と少しばかり年寄り臭い言い方をして、まず祖母ちゃんを喜ばせた。

「まあ、決まるときには早いっていうか、こういうもんなのかなって感じよ」

夜、祐司さんは先に寝てしまい、おふくろとのお喋りも一段落ついたところで、姉貴は耕平の部屋を訪ねてくると、しみじみした表情で笑った。聞けば、昨年の末、耕平と電話で話をした少し後に、当時の彼氏と大喧嘩になったのだという。そういうとき、それまでにもよく仲裁に入ってくれたのが祐司さんだったのだそうだ。元の彼氏とは学生時代、先輩後輩の間柄だった関係で、姉貴も以前から祐司さんのことは知っていたし、頼りにしていた。彼氏と険悪になる度に、祐司さんに相談し、愚痴《ぐち》を聞いてもらい、取りなしてもらったり慰めてもらったりしているうちに、次第に互いの気持ちが変わっていったらしい。

「だとすると、一瞬でも、三角関係ってヤツだったのか？　ちょっとした修羅場とか、あったわけ？」

からかい半分に言ってみると、姉貴は「バカね」と笑ったが、それ以上に詳しいことは話そうとしなかった。代わりに、個人の結婚や人生にも、こんな風に社会の情勢が反映するとは思っていなかったとため息をついた。世の中の景気が今と違っていたら、きっとそのまま前の彼と一緒になっていただろうに、と。

「彼ね、なかなか次の仕事が見つからないことで相当イライラしてたことは確かだし、私はそのことを、そんなに責めたつもりはないんだけど、それでも無言のプレッシャーみたいなものを感じていたんだろうとは、思うんだ。ずっと私の稼ぎで暮らしてるみたいな格好だったから、それも嫌だったのかも知れない。結構、プライドの高いヤツだったし。だから結局、最後には向こうから『一人になりたい』みたいなことを言い出したわけよ。それは、私にとっては、かなり有り難かった。さっぱり棄てられるって感じにしてもらえたっていうのは。今は、それが彼の、私への最後のプレゼントだったと思ってる」

そうして落ち着くところに落ち着いたのだと微笑む姉貴は、確かにずい分穏やかな顔つきになっていた。

「社会情勢ねえ」

「あるのよ、そういうこと。まあ、最終的には本人たちの問題だとは思うけど」

そういう男女の機微のようなものが、耕平には今ひとつよく分からない。当たり前だ。これまで女の子とまともにつき合ったこともなければ、別れたこともない。そのとき、心がどんな具合になるのかなんて、まるで想像がつかなかった。

「で、親父とは連絡がとれた？」

「駄目。まるっきり」

姉貴は眉をひそめ、憂鬱そうにため息をつく。そこからは、どこかあきらめにも似た表情が見て取れた。

「ここまであてにならないとはねえ。お母さんが怒るのだって、無理もないよ——耕平、これからは、あんたがしっかりしてくれなきゃね」

何で俺が、と言いかけて、代わりに出たのは大きなため息だ。確かに、これで姉貴が嫁に行き、親父が戻らないとなれば、自然に耕平がおふくろや祖母ちゃんのことを考えていかなければならないことになる。

「それにしても、あんた、よく決心して帰ってきたじゃないよ」

「——何も、うちのことを考えて帰ってきたわけでもないって」

「でもせっかく帰ってきたんだから、やっぱりお母さんたちのこと、ちゃんと考えてあげてよね」

「——結局、全部俺が背負い込むわけ？」

「そんな言い方しないでよ。しようがないでしょ、現実問題としてお父さんはいないんだし、お母さんのパートだけじゃたかが知れてるんだから」

「だけど、言ったろう？　俺、未だにバイト暮らしなんだぜ。自分一人の食い扶持《ぶち》だって、ろくすっぽ稼げてないようなもんなのに。援助して欲しいのは、こっちだっつうの」

姉貴は半ばたしなめるような表情で「また」と耕平の顔を見つめる。

「そろそろ大人になんなさいよ。いつまでもそんなこと言ってたって、私たちはこの家に生まれてきたんだから、しようがないの。そんなこと言うんなら、私だって、少しでも親の援助が期待出来るんなら、本当は結婚式くらい挙げたかったよ」

「祐司さんの親は、どうなんだよ。さっきの話じゃあ、普通に安定した家なんだろう？」

「彼はそういうこと、親に頼りたくないんだって」

「仲、悪いのか」

「そんな感じかもね。一応は挨拶にも行くことにはなってるし、私が妊娠してる話もしてあるんだけど、『あ、そう』って感じだったらしいから。彼、今のお母さんとは血がつながってなくて、要するに後妻さんなんだって。で、その人と、祐ちゃんから見れば腹違いの弟妹が、どうやら今は、その家を牛耳ってるみたいなんだ」

だが、それくらいの方が妙なしがらみに巻き込まれずに済むのだろうから、気楽といえば気楽なものだと、姉貴は笑った。

「とにかく私らはね、要するに親の援助とか庇護《ひご》とかコネクションとか、そういうことはまるっきり期待出来ないように生まれついちゃったんだよ。何もかも、自分らでやっていかなきゃしょうがないの」

だから、しっかりしてよね、と言った後、姉貴は勉強机の椅子に腰掛けていた耕平の太ももをぽんぽんと叩いて、「頼んだね」と笑ってから部屋を出て行った。その左手の薬指には、ほんの小さな石粒のはまった指輪が光っている。最初その指輪に気づいたとき、耕平にはそれこそが姉の見つけた実にささやかな幸せの象徴に思えた。

――来年には、叔父さんになるのか。

何だか妙な気分だ。

叔父さんなんて。そのうち、そう呼ぶ子どもが目の前に現れるなんて。

もう若くねえなあと、ふと思う。耕平でさえそう感じるというのに、親父は今ごろどうしているのだろう。すっかり「青春」な気分で都会を飛び跳ねて歩いているのだろうか。来年には祖父《じい》ちゃんになるというのに。

——ばっかじゃねえの。

腹立たしい。ムカつくばかりだ。そうは思うが、やはりため息が出た。

2

東京にも四季があり、季節は確かに巡っていた。だが、久しぶりに帰ったふるさとで、改めて季節の移り変わりを感じると、あの大都会の、ただ暑かったり寒かったりした日々とは一体何だったのだろうかという気になる。照りつける太陽も、降り続いた冷たい雨も、寝苦しかった夜さえも、果たして本当に季節に関係していたのだろうか。あの息苦しさは季節のせいだったと言えるだろうか。今にして思えば、どうしてあんな澱《よど》んだ空気の中で、当たり前に暮らしていられたのかが不思議なくらいだ。

夏が過ぎて秋が訪れると、やがて畑は収穫に忙しくなり、そうこうするうちに草木が色づき始める。一日一日、季節は確実に進み、ある日、並木道が色づいてきたかと

思うと、翌日にはもう金色に輝くばかりの黄葉に目をみはり、さらにその翌日には光が降りそそぐように、風に乗って黄金《こがね》色の木の葉が踊り出すのを、しばし呆然と眺めずにはいられないといった具合だ。

東京では、もしかすると未だに半袖で過ごしているかもしれない九月の下旬、知床の山々はうっすら雪化粧をした。それから程なくして、耕平は雪虫を見た。淡雪のように見える小さな虫は長い冬の訪れを告げる使者であり、雪虫が飛ぶと、もうすぐ雪が降ると言われている。同じ頃、エゾシカは繁殖期に入り、独特の鳴き声が聞こえてくるようになる。この時期はハーレムを形成するオスの気が荒くなっているために、場合によっては人間に向かってくることもある。何も知らない観光客が道ばたに車を停めて、見事な角を持った雄ジカに歩み寄り、カメラを向けているのを見かけると、耕平はつい冷ややかな笑みが浮かんでしまうのを感じた。

——都会の連中なんて。

要するに、何も分かっていないのだ。シカといえば可愛いばかりだと思い、今、この辺りの森に及ぼしている害のことにも気づかない。話くらいは聞いているはずなのに、所詮は田舎のことと決めつけて、簡単に忘れ果てる。そんな連中は一度でも、あの角を向けられてみればいいのだ。自然も生き物も、そんなに甘いものではない。

十一月に入ってすぐに、斜里にも網走にも雪が降った。降っては解《と》け、解けては降り、やがて降り積もった雪がこの地域特有の強風に煽《あお》られて再び宙を舞う地吹雪に見舞われる季節がくる。湿り気のないさらさらの雪は、まるで別の生き物のように地を這い、のたくるような姿を見せ、たとえ晴れている日でも太陽を隠してしまうことがある。そんな吹雪の日には、「フレスコ」の店内から店の前の駐車場まで、カートで荷物を運ぶだけの作業さえも命がけの気分になった。強風のために、呼吸もままならないほどだからだ。

耕平は毎日、働き続けていた。吹雪《ふぶ》こうが晴れようが、ひたすら毎日愛車を駆って仕事に行った。さすがのおふくろも「あんまり無理すんでないよ」と心配するくらいに、可能な限り仕事を入れた。時給で働いている身にしてみれば、一時間でも多く働きたいのが道理だし、実はその他にも、何が何でも仕事を休みたくない理由があったのだ。いや、そういう理由が出来た。

実は、ちょっとした出逢いがあった。何度となく合コンを重ねてきて、ようやく耕平にも「彼女」と呼べそうな存在が出来たのだ。

「フレスコ」からほど近いドラッグストアに勤めている鹿島《かしま》ひとみは二十四歳で、黄色っぽい茶に染めた長い髪が一番の自慢らしい、化粧の濃い子だった。しかも着てい

るものときたら、真っ黒とショッキングピンクの取り合わせのようなものばかり。だから第一印象といったらかなりケバくて、取っつきにくい感じだった。ところが、いざ話をしてみると、拍子抜けするくらい普通で、見た目とは逆に素直な感じがした。そのギャップが、気に入った。

最初はメールのやり取りだけだった。そのうちに、お互いに都合の合う日には、誘い合って昼飯を食うようになった。ひとみは、すごく長くて黒々としたまつげを伏せたまま、いつも恥ずかしそうに耕平の前に現れた。化粧が濃いせいもあって、本当の表情というものが今ひとつ見えない。一体何を考えているか分からないような顔つきだったが、それでも耕平が何か言うと、「にこっ」と笑う。そのときだけ、急に純真に見えるのが不思議だった。この子の素顔は意外に子どもっぽいんじゃないだろうか。いつか、素顔を見せてくれる日が来るだろうか——そんなことを想像するようになるまで、大した時間はかからなかった。

休みの日に映画でも観に行こうか、と誘ったのは十二月に入ろうという頃のことだ。約束の日、耕平のジムニーの助手席に乗りこんできた彼女は、自分のお気に入りのCDを一緒に聴きたいと用意してきた。

「あ——ごめん。この車、プレーヤーがないんだ」

耕平は内心で「しまった」と舌打ちをしながらも、そう白状するより他なかった。ひとみは一瞬驚いた表情を浮かべたが、すぐに笑顔になって「しょうがないね」と言ってくれた。その優しいひと言に、身が縮む思いだった耕平は「救われた」と思った。胸の奥底にある、扉だかフタだか分からないが、そんなものが開いて、もう何年分たまっていたかも分からない、毒ガスのようなものが、どっと流れ出ていくような気分になった。自然に胸が痺《しび》れて、それからぽうっと温かくなった。

北見のシネコンで映画を観た後は回転寿司に行き、帰りに車の中でキスをして、その日のうちに流れでホテルにも行ってしまった。自分でも夢を見ているのかと思うほどに、とんとん拍子というか、早い展開だった。耕平としては、かなり緊張もしていたし、必死だったのだが、後から考えてみると、ひとみの方はずい分と落ち着いていたし、もしかすると最初からそのつもりだったのかもしれないという感じがしなくもなかった。

——慣れてるのかな。

ふと浮かんだ疑問に対して、耕平は即座に、きれいさっぱり忘れ果てることを自分に命じた。二十四歳になる女性ではないか。色々なことがあって当然だ。そんなことを気にしていたら、彼女を失うことになりかねない。

それからの日々は、まさしく有頂天だった。耕平は休みの日を利用してわざわざ釧《く》路《ろ》まで行き、生まれて初めて一人でアクセサリーショップという場所を覗いて、彼女に贈るクリスマス・プレゼントを用意した。とても高価とは言えないし、しかもクレジットのリボ払いでの買い物ではあったが、それでも耕平にしてみれば、相当に無理をして買ったのは、小さな石粒が光っているペンダントだ。

クリスマス・イブから年内一杯は、歳末大感謝セールを打ち出すとかで、残業が続くことになると予め聞かされていた。だから耕平はセールが始まる前日に、金色のリボンをかけた小さな包みを、ひとみに渡した。リボンを解《ほど》き、箱を開けて、中に入っているのがペンダントだと分かると、彼女は長いまつげをパチパチとさせて、耕平にキスしてきた。それだけで、無理をした甲斐があったというものだ。耕平は大満足だった。そして、クリスマス当日、ひとみから届けられた耕平へのプレゼントは、「風邪ひかないでね」というメッセージカードが添えられたマスクだった。さすがにドラッグストアに勤めているだけのことはあると、耕平は感心した。

慌ただしい歳末を何とか乗り切って正月を迎え、大晦日《おおみそか》の夜更けから元日だけは、ひとみと二人で過ごすことが出来たが、正月の二日はラブホテルからアルバイトに直行し、その晩もまた、ひとみとラブホテルに泊まった。そんな調子だから、正月三が

日は杏菜が泊まりに来ることになっているとおふくろから聞かされていたのに、結局、彼女と顔を合わすことさえなかった。

ひたすら働き、少しでも時間が出来れば、すべてひとみのために使う。ただ抱き合っているだけで、嬉しくて仕方がなかった。たとえばちょっとしたことから口喧嘩になっても、それさえも楽しく感じるほどだった。

ところが、二月に入った頃くらいから、少しずつひとみの様子が変わってきた。煙草を吸うことは知っていたが、耕平の前では遠慮していたはずなのに平気ですぱすぱ吸うようになり、以前のようにまつげをパチパチさせることもなくなり、何となく不機嫌なことが増えて、ついにはデートの度に「つまらない」「何かしたい」などと言うようになった。

「何かって、何がしたい？」

「だから、何か」

カラオケやドライブばかりでなく、ホテルに直行するばかりでもなく、もっと他の「何か」をしたいと言っては、彼女は膨れっ面で黙り込む。それを言われると、耕平はため息をつくより他なかった。何も思いつかないわけではない。だが何をするにせよ、先立つものがいるではないか。正直なところ、今だって相当に無理をしている。

ギリギリのところで、何とかやりくりしているつもりなのだ。これ以上、無理をしても、自滅するのは目に見えている。申し訳ないとは思うが、それが耕平の抱えている現実だ。だから結局、口を噤むより他なかった。何となく気まずい、どんよりとした空気が二人の間に流れることが増えた。

「ねえ、つまんないよ」

「だから、何が」

「何がって、何でも。つまんないんだもん」

「そんなことばっかり言うなよ。これでも必死で時間をやりくりしてさあ——」

「それでも、つまんないのっ！」

子どものように駄々をこねられる度に、勝手なことを言うなよと、ため息が出た。行きたいというからドライブに連れていき、観たいという映画も観た。ゲーセンだって覗いた。それでまだつまらないと言われては、立つ瀬がない。

それにしても、女の子とつき合うのは、こんなに金のかかるものかと、つくづく骨身に沁みる。ただ一緒に出かけて、飯を食い、ホテルに行くだけだって、それなりにかかる。正直なところ、節約するだけでは追いつかない。互いに同じ電話会社を使えば携帯電話やメール代も安くなるとは分かっているが、ひとみは両親と「家族割引」

を使っているから自分は契約会社の変更は出来ないというし、それなら耕平がひとみに合わせればいいかと思っても、こちらはまず新しい携帯電話を買うだけの金さえなかった。会う回数を増やしたいと思えば、その分、一回あたりのデートに使える金額は減らさざるを得ない。すると、ひとみの機嫌がさらに悪くなる。こうなったら、せめてバイトの時給があと百円でも上がらないものかと思うが、そんなものは神頼みと同じだ。

「この季節なんだから、私、スノボだってしたいし、スノーモービルとかも乗ってみたいのに」

「——行ってくれば、いいじゃん。友だちとかと。俺は、どのみちバイトがあるんだからさ、せっかく行ったって、ゆっくりなんか遊んでらんないし」

「やだっ。耕平と行きたいって、言ってんのっ」

そんな言い方をされると、本当に可愛いと思う。そうは思うが、同時に勘弁してくれよと言いたい気持ちにもなった。耕平だって、せっかくこちらに戻ったのだから、スキーもスノーボードも久しぶりに楽しみたいとは思っている。だが、高校まで使っていた道具はすべて古ぼけてしまっているし、新たに始めようと思うなら、ウェアでも何でも新しくしなければならない。スノーモービルでもワカサギ釣りでも、余裕さ

えあるなら、いくらだってやりたいのだ。とにかく先立つものがないのだから仕方がないではないか。まさか女の子と遊ぶために、再び消費者金融に手を出すほどのバカではない。その点は、もう十分に懲りている。

「だけど俺、大事に思ってるんだからさ」

ひとみがぐずぐずと文句を言い出すと、耕平はとにかく彼女を抱きしめて、似たような台詞《せりふ》を言い続けた。本気だから。おまえを泣かせるようなことはしないつもりだから。頑張るからさ——。言いながら、胸の奥底では「本当かよ」という声を聞き、いや、絶対にそうなんだ、そうじゃなきゃ駄目なんだと、また自分の声を打ち消すことに躍起になる。その繰り返しだった。何といっても、ひとみはもう自分の女になったのだ。だから、責任を持つ必要があると。

やがて雪がゆるみ始めた。日中の陽射しは驚くほど眩しく、また強くなり、道路は路面が顔を出す部分が増えて方々に水たまりが出来、その代わりに道ばたの雪は泥を被って汚れていく。毎日のように、ハクチョウの群れが北へ帰っていくのを見かけるようになった頃、姉貴の出産準備のために札幌に行っていたおふくろから、ほぼ予定日通りに、姉貴が無事女の子を出産したと連絡があった。

〈祐司さんが写メールを送ってくれるそうだから、あんた、それ、祖母ちゃんにも見

せてやってね。それで、どうなの。ちゃんとやってるんだろうね？　祖母ちゃんは？　変わりない？〉

冬場は畑仕事の出来ない祖母ちゃんは、午前中から老人会だの何かのクラブだのといっては出かけていく日が少なくない。耕平が遅番のときには車に乗せて送っていってやることもあったが、その他のときは、近所の親しくしている人や、ボランティアの人が送り迎えなどをしてくれる。九十すぎにしては足腰が丈夫で特に問題も抱えていない祖母ちゃんだったが、さすがに台所に立つことなどは億劫《おっくう》らしい。だが、その飯に関しても、おふくろの友だちが色々と差し入れをしてくれたし、それに、ほとんど毎日のように杏菜が来ているらしかった。

〈杏菜ちゃん、そんなに毎日、顔出してくれてるんだ。ありがたいねえ〉

「まあ、そうみてえだな」

〈みたいって——あんたは会ってないのかい？〉

「だって、俺がいないうちに来て、いないうちに帰っていくんだからしようがないべ。あいつの仕事が暇な時間っていったら、俺は仕事中に決まってんだから」

〈そうかも知んないけど。あの子、足はどうしてるんだろうね〉

「大概はバスに乗って来てるみたいだって祖母ちゃんは言ってたけどな。こっちに用

がある人がいるときには、その人の車に乗っけてもらったりもしてるってさ」

〈あらあ、毎日往復するのにバスに乗ってたら、そりゃ、お金がかかるんでない。あんたもさあ、そんなによくしてくれてるんなら、たまには送り迎えくらい、してやったらどうなの〉

離れていても、おふくろの口調はまるで変わることがない。耕平は「だから」と苛立った声を上げ、すれ違いなのだから仕方がないではないかと語気を荒らげた。するとおふくろからは「どうだか」と、意外に思えるほど冷ややかな声が返ってきた。

〈得体の知れない子にうつつなんか抜かしてる暇があったら、少しは考えてやったっていいんでない。あんな健気《けなげ》な子なんだから〉

「だから、何もわざと——」

〈それにねえ、母さん、あんたがどこの誰とつき合おうと文句を言う気はないけど、いい？　あんた、よおっく相手を見るんだよ。軽い気持ちで手ぇ出して、子どもでもはらませたりしたら、それこそ一生が台無しになるって、忘れるんでないよ〉

「——何だよ、赤ん坊が生まれてめでたいっていうときに。どうしてそういう言い方するかなあ、もう」

〈当たり前でない。母さんが気づいてないとでも思ってんの？　ここんとこのあんた

は、まあ、浮かれまくってて結構だけど、いいのかい、大した給料ももらってないのに、パアパアパアパアパア、ありったけのお金使って、遊び回ってて。相手の子は、あんたの事情が分かってんの？〉

「――事情って」

〈ちゃんと事情の分かってる子なら、あんたに無理はさせないはずなんだよ。あんたのことを本気で思ってる子ならね。そこんとこ、よおっく考えなさいよ〉

普段、顔を合わせているときよりも、おふくろはさらに痛いことをズバズバ言う。耕平は「分かってるって」とさらに苛立った声を上げて、ほとんど一方的に電話を切ってしまった。その後も、いつまでも不快な気分が尾を引いた。何となく、痛いところを突かれた気がする。

――パアパアパアパア。

そうなのだ。そんなことをしていられる状況でないことくらい、耕平だって十分に承知している。もしもここでおふくろが身体でもこわしたら、耕平一人で、どうやってこの家を支えていけばいいのかと考え始めると、思わず心臓がバクバクしてくるほどだ。そうでなくとも、貧乏なんか、もう御免だと思っている。そのためには、ここで何とか踏ん張って、次の足がかりを摑まなければならない。新たな希望なり目的なりが生まれたときのために、たとえばそれが結婚だとしたって、一円の貯金もないようでは、どうすることも出来ない。

要するに、これがもうガキではないということなのかも知れなかった。夢だけでは腹は膨れないことを知ってしまった。一時の色恋だけでは、やがて人生さえ色あせることも学んでしまった。貧乏の前ではすべてが萎《な》え、縮こまり、枯れ果てる。ちゃんと食えて、寒さもしのげて、ある程度、満ち足りた暮らしが送れてこそ、夢でも愛でも育つのだ。

「これからはさあ、あんまり贅沢しないようにしなきゃと、思ってるんだ」

次のデートのとき、耕平はホテルのベッドでひとみの肩を抱きながら、出来るだけ静かな口調で切り出した。それまで職場の話をしながら一人でくすくすと笑っていたひとみが、ぴたりとおとなしくなった。

「やっぱり少しずつでもさあ——」

「もう飽きたんだ。そんで、惜しくなったんでしょうっ」

突然、ひとみが声を上げた。耕平は一瞬、呆気にとられてひとみの顔を見ようとした。ところが、そんな間さえ与えずに、彼女はさっと身を起こして裸のまま立ち上がる。そして、近くに脱ぎ散らしてあった下着を身につけ始めた。

「何、怒ってんだよ、急に」

ひとみは返事をしない。耕平もさすがにベッドから身体を起こした。

「なあ、ひとみ——」

「ただでさえケチ臭いのに、今よりもっとドケチになるっていうんだ。ふうん。そんなので、どうして私のこと、好きだなんて言えるわけよ。ちょっとさあ、おかしいんでないっ」

「な——何がおかしいんだよっ」

「いいって。要するに飽きたんだ。だったら正直に、そう言えばいいっしょ」

「だから、違うっつうの！」

つい、こっちも声を荒らげた。手早く下着を身につけたひとみは、ちらりと耕平を振り返り、それから、安っぽい芝居のように「ふんっ」と鼻を鳴らしてそっぽを向く。その、いかにも小憎らしい仕草に、耕平は思わず「勘弁しろよ」と呟き、天を仰ぎたい気持ちになった。

「何で、そういう理屈になるんだよ。だって、しようがねえじゃねえかよ。べつに、ひとみに対してケチになるとかそういうんじゃなくってさあ、先々のことだって考えなきゃなんねえわけだし——」

そっぽを向いたついでに服に手を伸ばしているひとみは、相変わらず不敵な横顔を見せたままで「先々？」と呟いた。

「何、先々って。あのさあ、耕平。あんた、私に飽きてないんなら、まさか、私と結婚したいとか、そんなこと言い出すんじゃないよねえ？」

「え——」

「結婚資金を貯めたいからとか、そんな馬鹿なこと、言わないだろうねって言ってんのっ」

馬鹿なことなのだろうか。

耕平は、ぽかんとなったままひとみを見ているより他なかった。ひとみは服を着る手を休めないまま「ばっかみたい」と、さらに吐き捨てるように言った。

「あんたなんかと、誰が将来のことまで考えると思ってんの」

「誰がって——」

「やめてよね、まじで。そういうこと言い出すんならさ、まずはさあ、ちゃんと就職でも何でもしてみなさいっつうの。どこでもいいからさあ。べつに、スーツ着ろとかネクタイ締めろとかまでは、言わないから。そんな、ただのバイトのヤツなんかと、どこの誰が一緒になると思ってんのよ、この世界中の」

「だから、それは――」

黒いシャツを着て、黒いジーンズを穿き、さらに黒いセーターを被りながら、ひとみは「第一さ」とくぐもった声を出した。

「あんたなんか、私の何を知ってるっていうの」

セーターの襟ぐりから、すぽん、と顔を出したひとみを見て、反射的に首筋のあたりがひやりとなった。頭で考えるよりもずっと早く、「知らねえよ、何も」という声が聞こえた気がした。

「あんたの職場の人も、結構、陰険っていうかさ、底意地が悪いのかもね」

「何だよ、それ」

襟もとから両手で茶色く長い髪を引き出し、ふわりと肩に散らしながら、ひとみはもう一度「ふん」と鼻を鳴らす。

「これでもさ、私は私なりに、結構ヒヤヒヤもんだったわけ。いつバレっかなあ、本当のこと知られちゃったら、やばいかなあって」

彼女一人がどんどん帰り支度をしているのなら、自分だってさっさとベッドから出るべきだ。だが、既に服を着終えた彼女の前で、しかもこんな話をしている真っ最中に、裸をさらして動き回るのも何だか妙な気がして、耕平はそのままひとみを見つめ

ているより他なかった。こういう関係になっても、未だに素顔を見せようとしないひとみは、服を着終えるなりバッグを引き寄せて、化粧を直し始めた。

「ちょっと。なあ。どうして俺の職場の話まで出てくるんだ？　陰険って、どういうことだよ」

耕平に背を向けて鏡を覗き込んでいるひとみに、耕平はさらに声をかけた。

「だから、あんたの職場の人ん中には、知ってる人だっているはずだってこと。私のこと」

「――何のこと」

「たとえば岡部？　あんたが『先輩』とかって呼んでる、彼だってそうだし、あと、後藤っていうっしょ。あいつだって」

急にドキドキしてきた。岡部先輩に、後藤くんだと？　どうしてひとみが、彼らの名前を知っているのだ。彼らはひとみと出会ったときの合コンにだって同席はしていない。それなのに、彼らが一体、ひとみの何を知っているというのだろうか。突如として、猛烈に、聞きたくない話を聞かなければならないような気がしてきた。

「あいつらが、何なんだって。おい！」

いくら声をかけても、ひとみは返事もせずに一心不乱に化粧を直していたが、やが

てようやく、ぱちん、と音を立て化粧品をしまい込み、手ぐしで髪を整えながら、こちらを向いた。普段よりも、さらに毒々しい化粧を施されて、その顔は不気味に笑っていた。

「本当に知らないんだ。ふうん——じゃあ、教えてあげる。いい？　私ってさあ、こう見えても、ぶっちゃけバツイチなわけ。で、実はさあ、子どももいるんだよね。二《ふた》あ人《り》。四歳と、二歳半」

声が、出なかった。ぽかんとしている耕平を、長いまつげに縁取られた目で、じっと試すように見つめて、ひとみは今度こそ真っ赤な口元を大きく歪めるようにして声を出さずに笑った。

「分かる？　そういう事情だと色々と面白くないことだって、あるわけじゃん。それなりに。だからストレス発散ってことでさ、合コンとかにも出たりするわけ。だから、岡部とか後藤？　あの辺とも、前に会ったこと、あったわけ」

「——それで」

「あいつらは、あんたなんかより、ずっと分かりやすいっていうか、行動が早いからね。その日のうちに、そんじゃあホテルでも行こうかって話になったり、さ」

「それで——やったのか。あいつらとも」

「悪い？」

スツールに足を組んで腰掛け、不敵にこちらを見据えていたひとみは、今度は思い出したように膝の上のバッグを開けると、煙草を取り出した。耕平は黙ったまま、彼女が煙草をくわえて、ピンク色にキラキラ光るケースに入ったライターで火をつける様子を見ていた。ふう、と煙を吐くひとみの顔は、突如として妙にふてぶてしく、またくたびれた中年女のようにも見えた。

「要するに、そういう女だってこと。分かる？」

答えようがないと思った。

うん、分かった、とも言えないし、いや、分からないと言うようなことでもなかった。ただ一つだけ決まったなと思ったのは、この女と会うのは今日で最後になるだろうということだけだった。頭の中に「幕切れ」という言葉が浮かんだ。ははあ、こういうものか。幕切れというものは、と、妙に感心している自分がいる。

「たとえばさあ、まじで、あんたに惚れてたとしたってよ、私には二人の子どもがいるわけよ、ねえ？　それをあんた、食べさせてく自信があるとでも言うわけ？　ある日突然、父親になれるの？　いい年して、未だにアルバイトで食いつないでるようなあんたが」

今、自分は幕切れというものを味わっているのだ。頭の中が、しん、と静まりかえっている。これをショックと言わずに、何をショックと言えばいいだろう。だがその一方では「そういうことかよ」という言葉も浮かんでいた。

——子持ちのバツイチ。しかもガキ二人。

まるで知らなかった。噂さえ、聞いたこともなかった。だが、いざ事実を知らされてしまうと、「やっぱりな」という気がしなくもないのが我ながら不思議だった。惚れていたのではなかっただろうか。それなりに、ちょっとした将来くらいは夢見ていたはずではなかったか。それなのに、どうも悲しいという気がしないのは、なぜだろう。要するに彼女のどこかに、奇妙な違和感を抱いていたということだ。

確かに、何となく、感じていた。こいつと一生、共に暮らしていくなんて、あり得ねえことだと。

「どうよ。これ聞いて」

ひとみは、すっかり開き直った表情で煙草を吸っている。耕平は裸の腹の上で両手を組み合わせると、かつてないと思うくらいに深々とため息をついて見せた。

「そんならさあ——母親だっていうんなら、もう少し母親らしくしろよ。こんなとこで、惚れてるわけでもない男と会ってエッチなんかしてねえで。正月だって、ろくす

っぽ家に帰りもしなかったって、それ、どういうわけだよ。その間、おまえの子どもら、どうしてたんだよ」

ひとみの茶色く細い眉がぴくりと動いた。真っ赤な唇が奇妙に歪む。結局、こいつの素顔は最後まで見られないわけか。

「――あんたに、そんなこと言われる筋合いないって言ってんの」

「そんなら、そんでいいよ。だけど俺はなあ、そんな小《ち》っちぇえ子どもが待ってるなんて知ってたら、大晦日だって正月だって、おまえと平気な顔して、こんな場所に泊まったりなんか、してなかったよ」

ひとみは赤い唇をわずかにすぼめたまま、流れていく煙草の煙を追いかけている。

「何で離婚したんだか知んねえけど、親父がいねえんなら、おまえがその分も育てなきゃなんねえんだろうが。それが、何がストレスだよ。合コンだよ。それで男漁《あさ》りなんか、してんじゃねえっつうの」

「余計なお世話！　あんたなんかに、私の気持ちが分かるわけ、ないだろうっ」

「分かんねえよ。まるっきり。もう、ちんぷんかんぷんだ」

裏切られた怒りより、もはや相手が哀れに思えて仕方がなかった。耕平は「もういいよ」と呟くと、彼女に背を向ける格好で自分もベッドから下りた。

「——ちょっと待ってろ。送ってやるから」

「いらねえよ、そんなのっ」

「おまえの車、駐めてるところまで送るから、待ってろって言ってんのっ！」

自分でも意外なほどきつい口調になった。そのまま黙々と服を着込んでいるうち、すん、すん、と鼻をすり上げる音が聞こえてきた。ちらりと振り返ると、ひとみはベッドの片隅に腰掛けて、肩を震わせている。同時に毛先をカールさせた茶色い髪も、黒いセーターの上で微かに揺れていた。

——馬鹿な女だなあ。

泣くくらいなら、どうして本当のことを言ったのだ。いや、どうして最初から隠していたのだ。いやいや、なぜその若さで離婚なんかしたのだろう。子どもを二人も産んでおきながら。いや、第一どうしてすぐに離婚するような結婚をしたのだ——要するにこいつも結局、遡《さかのぼ》ればきりがない悔いを抱えているのに違いないと思った。耕平とは違う類《たぐい》だとしても。人生をやり直せるとしたら、彼女はどこまで遡ればいいのだろう。

ひとみの車を駐めてある場所まで送っていく間、彼女はずっとすすり泣きを続けていた。哀れだと思う。だが、今の耕平には、こんな人生を抱えている女を受け止める

のは、とても無理だと思った。金のあるなしは別としても。

「——ごめん。俺、無理だわ」

彼女の車の前まで着いたとき、耕平はつい呟いた。

「俺、おまえのこと——」

「——分かってる」

いや、分かってない、と言いたかった。だがひとみは、そのままジムニーから降り、自分の車に駆け寄っていった。ずい分、春めいてきたと思っていたのに、その晩はまた雪が降った。

3

ひとみと別れた途端、やたらと時間ばかり余るようになって、かといって他にすることも見つからなければ何をする気にもなれず、結局ぽかん、としている間に長い冬も過ぎていった。べつに悲しいとは思わなかったが、胸のどこかがヒリヒリと痛んで、時々、息が苦しくなる日が、いつまでも続いた。

——もう一度、連絡してみようか。

日に何度か、同じ思いが頭に浮かんだ。そんなことをしたって今さら元通りの関係になど戻れないことくらい百も承知だ。第一、耕平だって本気で彼女とよりを戻したいなどと考えているわけではない。ただ、つい考えてしまうのだ。元気かどうかだけでも聞いてみようか、たとえば思い切って、子どもに会ってみたいと言ったら、ひとみはどうするだろうか——。

馬鹿馬鹿しいこと、この上もなかった。父親になる気など、さらさらないくせに。大体、最初から詐欺《さぎ》のようなものだったのだ。バツイチで二人の子持ちだったなんて。ことと次第によっては、こちらは結婚まで考えるようになっていたかも知れないというのに。その上、岡部先輩や後藤くんとも関係したことがあるというのだから、耕平としては格好がつかないどころか面子《メンツ》丸つぶれ、単なる間抜け野郎に過ぎないではないか。

要するに、ひとみにしてみれば、いつもの軽い遊びに過ぎなかったということだ。それなのに、こちらが女の子に不慣れな上に不器用で、妙に段取りを踏んでデートに誘ったりしたものだから、何となく言い出せなかったとも考えられる。いずれにせよ間抜けな話だ。そうは思いながら、つい、どうしているだろうかと気にかかるのは、どうしたものだろう。

別れ際のひとみの姿が、どうしても頭にちらついてしまうのだ。馬鹿みたいに濃い化粧をして、ふてぶてしい顔つきで煙草を吸って、その後になって、彼女は肩を震わせて泣いていた。自分から関係をぶち壊しておきながら。本当に馬鹿な女だ。だからこそ、勤め先のドラッグストアを覗いてみようか、などと考えてしまうのだろうか。

「そういうのを未練っていうんだ」

五月に入って陽射しはいよいよ春めいてきており、休憩時間などは店の外で過ごすのが気持ちよかった。例によって煙草を吸う岡部先輩の横で、つい愚痴《ぐち》めいた言葉を口にすると、先輩は即座にしかめっ面になり、濃い眉を大きく動かして「よせよ」と首を振った。

「あんな女、勿体《もったい》なかったなんて思うようなタマじゃねえだろうがよ」

ひとみと別れた直後、耕平は思い切って岡部先輩に彼女との関係を尋ねてみた。耕平に彼女が出来たことは何となく感じていたが、それがまさか「薬屋のひとみ」だったとはと、岡部先輩は最初ひどく驚いて、それからちょっとした悪戯《いたずら》でも見つかったか、または不味《まず》い菓子でも食わされたかのような奇妙な顔つきになって「よりによって、あいつだったのか」とため息をついたものだ。

その晩、先輩は酒をおごってくれた。最初のうちは耕平を慰める席だったはずが、

途中から後藤くんまで加わることになって、図らずも「兄弟関係」になった三人で祝杯を上げることになった。あの日、二人の口から語られたひとみは、耕平が知っていた彼女とは、また少し違っていた。耕平は、彼女のために中古のカーオーディオを買ったことや、昨年のクリスマスにはかなりの散財をした話などを聞かせた。二人は腹を抱え、涙さえ流して大笑いしていた。

それでいいのだ。

彼らと一緒になってゲラゲラ笑いながら、耕平は自分に言い聞かせていたものだ。わざわざ恥をさらすことで、気持ちにケリをつけるつもりだった。そうしてすっきりしたと思っていた。それなのに今もまだ、こうして彼女のことを思い出すとは。

「まさかおまえ、まじで惚れてたってわけでも、ねえんだろう？」

ふう、と煙草の煙を吐き出しながら、岡部先輩はわずかに疑わしげな顔つきになる。耕平には答えようがなかった。これでも、つき合っていた当時は彼女を可愛いと思っていたし、楽しかったし、一応は真面目につき合っているつもりだった。いつかは素顔を見せてくれる日が来るのではないかと、秘かに期待もしていた。だが、それが「惚れる」ということだったのかどうかは、もう一つ分からない。それに、別れる少し前からのことを思い返すと、彼女のわがままさや金遣いの荒さなどに、内心うん

ざりし始めていたことは間違いないのだ。好きどころか、面倒で嫌になり始めていたような気もする。あのままいけば、彼女の素性など知らなくても、いずれ金が続かなくなり、それが潮時とばかりに別れていたに違いない。

「べつに後悔してるとかっていうんじゃ、ないと思うんですけどね。そんな、未練とかっていうんでも」

それなのに、何とも言えず虚しい気分がぬぐえない。侘《わ》びしいとでもいうのか、日々が物足りない気がしてならないのだ。

「分かった。つまり、アレだな、取りあえず女の子とやりてえってことだ。なあ？」

咄嗟に「そういうんじゃ」と言葉を濁したが、本当のことを言えば、そういうことなのかも知れなかった。女の子の肌が恋しい。抱きたいと思う。東京で暮らしていた頃、何年も彼女の一人も出来なかった頃よりも、今の方がずっと切実に、そう思う。なんだ、そうか。ひとみに未練があるわけではなくて、単に女が欲しいだけなのか
――安心したような情けないような、変な気分だ。要するに単なる性欲だけで誰かを求めているということなのだろうか。自分はそういうタイプの人間だったのか。だが岡部先輩は「そんなもんだよな」と、いかにも訳知り顔に頷いている。

「誰だって、似たようなもんだ」

「そんな、もんスかね」

「そりゃ、そうさ——おまえさあ、出会い系とか、やってる？」

「やってないっスよ。そんなの」

「やりゃあいいじゃねえかよ。意外に見つかるらしいってよ。地域限定とかでも、探したり出来るらしいしさ」

「——先輩、やってるんスか」

岡部先輩は、以前、何度かやってみたことがあると答えた。だが、自分の性には合わないと分かって、もうやめたのだそうだ。

「それこそ、後藤とかは結構、やってるみたいな話だけどな。休みの日とか、遠出してんだろう、あいつ。それだよ、それ」

知らなかった。後藤くんにも一度詳しい話を聞いてみようかと思いながら、耕平は先輩に「性に合わないって？」と尋ねた。短くなった煙草を、店の裏口そばに設置された灰皿に押しつけて、岡部先輩はふう、と軽く肩をすくめる真似をした。

「どうも俺って、意外と古いっていうかさ、出会い系なんかで知り合った女の子と、本気でつき合えるって気がしねえんだよな。まあ、雰囲気が悪くなかったら何回か会うとか、エッチするとかはアリだとしても。結局は、よく分かんねえ相手じゃねえ

か。どんなに可愛くたって、口では『初めてなのよ』とか何とか言ってたって。そんな話がまじで信じられると思うか？」

「そりゃあ、まあ——難しいっスかね」

「だろう？　つまり、これまでだって、さんざん男漁《あさ》りしてる可能性があるわけだ。そんな子と、たとえば所帯まで持とうとかって、片貝だったら思えるか？」

「所帯って——」

「もうちょっと若けりゃあ、話もべつだぜ。だけど俺だって、もうこの歳だからさあ、そろそろ本気で結婚のこととかも、考えたいとは思ってるわけさ。おふくろだって最近、何かってえと口うるさく言うようになったしな。だけど、どうもなあ。下手すりゃあ、とんでもねえじじいなんかとも援助交際とかしてたような子かも知んねえとか思ったら」

　そこまで疑ってはキリがないではないかと思う。だが確かに、いくら可愛いと思い、惚れたとしても、出会い系サイトで知り合った子と結婚まで考えられるかと言われれば、耕平でも迷うかも知れないと思った。何しろ、合コンでさえ相手の本当のことなど分かりはしないと、身をもって学んだばかりだ。それでも、取りあえず気軽に、後腐れもなくつき合える出逢いを求めるなら、そういうのもアリだとは、思う。

「金だって、それなりにかかるしさあ」

自分も試しに一度くらいやってみようかと考え始めたところで、先輩の言葉に目が覚めた。そうだ。ああいうものだってタダというわけではない。出会い系だろうが何だろうが、金がかかるのは、今はちょっとまずかった。何しろ、預金も何もすっからかんになって、今のところは月々の支払いだけでも滞らないようにするので必死の状態だ。要するに、女の子のことなど考えている場合ではないということだった。

ああ、何という重たい現実。思わず深々とため息をついて、耕平は一人でがっくりとうなだれた。畜生、だから嫌なんだ、貧乏ってヤツは。一体どうすれば、この泥濘《ぬかるみ》から這い出せるんだろうか。いつになったら金の心配をせずに生きていかれるようになるのだ。

「それよりさ、片貝。おまえ、聞いてる？」

昼休みも終わろうとしている。外へ食事に出ていた従業員たちも、それぞれに職場に戻り始めていた。自分たちも、そろそろ店に入ろうかと言いかけたとき、先輩が思い出したように口を開いた。

「今はまだ、ひょっとしたらって話なんだけどさ」

「何のことっスか」

「うちの会社、もしかするとこの夏くらいからさ、正社員をあと何人か増やすらしいって噂」

「え――まじっスか」

「募集もかけるんじゃないかって話だけど、バイトからも何人か、正社員として採る方針なんじゃないかって」

「何人か？」

「はっきりしたことは、知らねえよ。今のところは単なる噂だしさ。だけど、おまえにしてみりゃあ、これって、かなりのチャンスなんじゃねえ？」

「そう――そうっスね」

先輩は、ばん、と耕平の背中を叩いた。つい、前につんのめりそうになる。

「頑張れよ、おまえ。うちの店長も意外と細かいとこを見てるタイプだし、本社の連中とかも、時々、客に紛れて様子を見に来てるみたいだからさ。こういうときに、おまえ、きっちりアピールしなきゃ駄目だぞ」

ここしばらく、ずっと胸にたまっていたもやもやが、そのひと言で一気に吹き飛んだと思った。

――正社員。

つまり、今度こそようやく振り出しに戻れるかも知れないということだ。希望に胸を膨《ふく》らませて、未来だけを見据えていた新卒社員の頃、明日の米の心配などするはずもなく、暇さえあればパチンコを楽しんでいた、あの頃に戻れるかも知れない。

その日の午後から、耕平はまるで憑《つ》き物でも落ちたように仕事に精を出し始めた。お客さまとすれ違えば「いらっしゃいませぇ！」と大きな声を出し、売り場でも尋ねられようものなら、じかにその場所まで案内してやる。もちろん店の奥でも、可能な限り積極的に仕事を探し、テキパキと働いた。思えばここしばらく、何をしていてもひとみのことばかり考えて、仕事にだって、まるで身が入っていなかったような気がする。もしも、そんなところを見られていて、それが理由で正社員に採用されなかったとしたら、悔やんでも悔やみきれない。今からでも遅くはないから、どんなことをしてでも上司の受けをよくしたかった。

――後悔するぞ、おまえ。

ふと、これまでとはまるで異なる言葉が思い浮かんだ。もちろん、ひとみに言ってやる言葉だ。そうだ。後悔させてやる。あいつは耕平がアルバイトの身であることを嘲《あざけ》った。金がないことを笑い、馬鹿にした。そんな男には、女に惚れる資格などないようなものの言い方だった。

もしもこの夏、本当に正社員に採用されたら、その時には、堂々と彼女の勤め先に行ってやる。何ならスーツでも着て行こうか。いや、店のユニフォームのまま、わざと社員証が見えるようにして行くのがいいかも知れない。それを見て、ひとみのヤツは悔やむに違いない。どうせ彼女の人生だって、後悔の山に決まっている。そこにまた、後悔が降り積もればいいのだ。

こういう底意地の悪い考え方は、男としてどうなのだ、とふと思う。自分でも肝っ玉が小さいことはそれなりに自覚しているつもりだが、それにしても、どうしようもなく小物ではないかという気もした。だが、いつまでも未練を引きずるくらいなら、たとえ陰険で卑屈に見られようと、自分なりにケリをつける方が、まだましだった。過去を振り返るのは、もうたくさんだ。これからは先を見て生きていくのだ、先を。

「あら、よかった、間に合って」

気合いを入れ直して働き始め、五月も半ばを過ぎた頃、友人と軽く呑んで家に帰ると、玄関の戸を開けるなり、おふくろが、やけに愛想の良い顔で耕平を出迎えた。

「何が間に合ったのさ」

「杏菜ちゃん、来てるんだわ。今日も、あんたの帰りは遅いんだろうかねえって、たった今、話してたとこだから。いつだって遊んでばっかだからさってね——あんた、

また今日も呑んでるんでない？」

「呑んでねえって」

「――もうずい分長いこと、杏菜ちゃんにも会ってないっしょ」

「しょうがねえんだって。こっちだって仕事してるんだからさ」

べつに会いたいわけでもねえんだし、と口の中で呟きながらスニーカーを脱ぎ、居間まで行ったところで一瞬、足が止まった。杏菜が、いることはいたのだが、その様子がすっかり変わっていたからだ。

「あれ――おまえ――どうしたの。その頭」

いつもきっちり分け目をつけて、背中まで長く垂らしていた三つ編みのお下げ髪が、なくなっていた。その代わりに、何と呼ぶんだったか、赤いヘアバンドみたいなものをして、杏菜の髪は肩にもつかないほどに短くなり、緩やかなウェーブとともに彼女の丸い顔の周囲に柔らかく広がっている。

「今日、切ってきたんだって。ねえ、可愛いねえ。あの三つ編みが、余計に子どもっぽく見せてたんだわ。こうすると、ちゃんとしたお嬢さんじゃないの」

おふくろがにこにこと笑いながら杏菜の髪を撫でる。祖母ちゃんも、何も言わないまでも、目を細めて頷いていた。杏菜は、それは嬉しそうな表情で小さく肩をすくめ

ている。その顔つきだって、何だか少し変わったようだ。耕平の目には何がどう変わったのか分からないが、とにかく様子が違う。

「ほら、何とか言ってやんなよ、耕平も。ねえ、似合ってると思うでしょうが」

「——パーマも、かけたのか」

杏菜は恥ずかしそうな表情で小さく首を振った。荒縄みたいに太かった三つ編みの代わりに、ふわふわした髪が微妙に揺れた。

「天パなの」

へえ、とつい感心した。ずい分また綺麗にウェーブが出るものだ。これだけ自然にウェーブが出るのなら、パーマの必要など、まるでない。

「これが嫌だから、ずっと伸ばして、ああやって三つ編みにしてたんだけど、乾かすのも結構、時間がかかって大変だし、何か、違うのにしたくって」

杏菜は恥ずかしそうに目を伏せている。ははあ、眉をカットしたのだと、ようやく気がついた。これまでは、もっさりとした野暮ったい眉だったはずなのに、すっきりカットされている。それだけで、こうも垢抜《あかぬ》けた印象に変わるものだろうか。耕平は半ば信じられない気分で「ふうん」と呟いていた。

「変、かな」

「――まあ、いいんじゃん」

「そうお？　変じゃない？」

「おふくろだって、ほめてるじゃん。祖母ちゃんも。まあ、いつまでもガキみたいな頭じゃあ、やっぱ、アレだもんな」

おふくろに「ご飯は」と尋ねられて、「食うよ」と答えながら、耕平はのろのろと自分の席に腰を下ろした。それにしても女の子というものは、髪型一つでこんなにも印象が変わるものだろうか。化粧をしている様子だってないのに、ただただ丸っこいばかりの印象だったものが、急に女っぽく見えるから不思議なものだ。というよりも、詐欺のようなものではないか。

「それにねえ――ほら、杏菜ちゃん。あのことさ、耕平に報告すれば？」

飯を運んできたおふくろが、また意味深な笑みを浮かべながら杏菜を促す。それに応えるように、杏菜も「えへへ」と笑った。

おふくろが札幌の姉貴のところに行っている間、ずっと祖母ちゃんのために食料を運んできたり、家の掃除や片付けなどもしていたことで、杏菜に対するおふくろの信頼は、もはや絶大なものになっていた。この頃では、本来なら耕平か、または姉貴に相談するようなことでも、まず杏菜に話している様子さえうかがえる。息子などあて

にならない。離れて暮らす娘は子育てでてんてこまいだ。今や、頼りになるのは杏菜しかいないと、当てつけがましい表情で言われたこともあるほどだ。

「報告って?」

味噌汁をすすりながら上目遣いに杏菜の方を見ようとして、目が合いそうになった瞬間、つい横を向いてしまった。何だか、知らない女性と向き合っているような、変に落ち着かない気分になる。杏菜は、その、赤いヘアバンドみたいなものが意外なほど似合っていた。これまで、ただ日焼けして野暮ったく沈んで見えた丸い顔が、髪型と、そのヘアバンドのお蔭で、陽が射したようにぱっと華やかに見えるではないか。

「あのね、私ね」

杏菜は、きゅっと唇を引き結び、確かめるようにおふくろと祖母ちゃんを順番に見た後で、実は来週から自動車の運転免許を取りに行くことになったのだと言った。何だ、そんなことか。思わずため息が出る。彼氏でも出来たのかと思った。

「マネージャーさんが掛け合ってくれて、課長も、専務もいいって言ってくれて。それで、おばさんがね、ローンを組むのの、保証人になってくれた」

「――ローン? 何の? 教習所?」

「教習の度に、一回ずつチケットを買う方法もあるんだけど、まとめて先払いにする

か、最初にローンを組む方が、ずっと安くなるんだって。だけど私、一括で先払い出来るほど、まだ貯金も出来てないしって、おばさんに相談したら」

何たることだ。耕平が東京でホームレス寸前まで追い込まれていたとき、せめて一万円でも仕送りしてもらえないだろうかという言葉が、のど元まで出かかっていたときだって、おふくろには頼れなかったというのに。それもこれも、金の面倒だけはかけてもらっては困る、絶対に保証人にはならないと、耳にたこが出来るくらい聞かされていたからだ。家にはそんな余裕などないことも十分に分かっていた。だからこそ耕平なりに、歯を食いしばって耐えてきた。どれほど恨めしい気持ちになろうとも、何とか自分に言い聞かせて諦めてきた。それなのに、どうして赤の他人のために、判子などつくと言えるのだ。何があったというのだろう。耕平は何とも言えない気分で、おふくろと杏菜とを見比べていた。

――まさか。

杏菜に丸め込まれたのではないだろうかという思いが頭をかすめる。もちろん、そんな風には思いたくないに決まっている。だが、このおふくろを口説き落とすなんて、並大抵のことではないのだ。耕平の胸の内を読んだのか、おふくろの方が半ば機嫌でも取るような顔つきになって、「色々と考えたんだけどね」と口を開いた。

「あんたの言いたいことは、よく分かってるよ。うちの方針とは合わないからね、確かに。だからさ、これについては、祖母ちゃんともよく相談したんだわ」

祖母ちゃんなんかに相談したって、と口を挟みそうになるのを、おふくろの「したって」という言葉が遮《さえぎ》った。

「この子は親兄弟もいなけりゃ、ハッキリ言って、学歴だってあるわけでないんだよ。これからどこで暮らしていくにしたって、せめて車の免許くらい持ってなけりゃあ、先々、困るっしょ」

「——まあ、そうだけど」

「それに、この子の職場でも、色々と考えてくれたっていうでない。自動車学校に行く日はね、他の仲居さんたちとも調整もつけてくれることになったっていうし、ウトロからの行き帰りにしても、時間によって、もしお客さんの送迎バスに乗れるときなら、それに一緒に乗ってけばいいし、たとえば出入りの業者の都合が合うようなときなら、その人らにも協力してもらおうって、そこまで言ってくれたんだって。ねえ、大したもんだよねえ、この子なんか、ただのアルバイトだっていうのに」

それに関しては、確かにその通りかも知れなかった。そんなに恵まれた勤め先なのかと、少しばかり羨《うらや》ましくなるくらいだ。

「要するにさ、こういう子は、いくらもう子どもでないっていったって、まだまだ周りの大人が見てやらねば駄目だってことなんだわ。だから職場の皆さんまで、そこまでしてくれるっていうわけさ。それなのに、あんた、ウチが知らん顔なんか出来るわけ、ないっしょ」

「べつに、知らん顔しろなんて——」

祖母ちゃんが「あそこん家《ち》は」と口を開いた。

「そりゃあ苦労した人たちでな。開拓で入って、そりゃあそりゃあ、畑でさんざん苦労して、何度も何度も失敗したもんだ」

「え、今の社長の話？　農家だったの？」

杏菜が驚いたように身を乗り出すと、祖母ちゃんの代わりにおふくろが小さく首を振った。

「祖母ちゃんが言ってるのはね、今の社長さんの、その父さんたちの話だと思うわ」

「結局、最後には畑捨てねばなんねえことになって、諦めてなあ。その後でウトロに出てったの。そんで、何もねえとこから掘っ立て小屋みてえな木賃宿さ始めて、少ぉしずつ大きくして、やっとこさ、あそこまでんなったんだ。だから、他人様《ひとさま》の情けってもんが、よおっく分かってる人たちだ」

祖母ちゃんの昔話を、杏菜はいかにも感心した様子で何度も頷きながら聞いている。そんな話は耕平もこれまで耳にしたことはなかった。

「だからねえ、杏菜ちゃん。あんたも、その自動車の学校さ行ってる間は、誰かに自分の仕事を替わってもらうんだったら、倍にしてお返しするくらいの気持ちでおらねば、いけないよ」

「——お返し？　どんな？」

「どんなんでも、形になってるもんでな。こんな小《ち》っちぇえ団子一個、買ってくるんだっていいんだよ。そんで、『ありがとうございます』って忘れねえように頭下げんの。そうされて嫌だと思う人なんて、いねえもんだ。あれ、そんならまた何かやってやっかなあって気になってもらえっから」

「——分かった。そうする」

「いっつも、挨拶を忘れねえでな」

「うん、お祖母ちゃん」

まるで自分の祖母に対するように、杏菜が素直な面持ちで頷く度に、切ったばかりの髪がふわふわと揺れた。

昨年、杏菜がこっちに来た直後から住み込みで勤めていたホテルは、ホテルそのも

のが冬季休業に入るとかで、杏菜だけでなくすべての契約従業員が去年の十一月いっぱいで解雇になっていた。その少し前から、何とか新しい仕事を探したい、この土地で暮らしたいと、杏菜がおふくろに相談していたのは、耕平も知っている。だがその頃、耕平はひとみとつき合い始めたばかりで、とてもではないが杏菜のことを考えている暇など、どこにもありはしなかった。その後、どういう経緯からか、ウトロでも三本の指に入る規模の通年営業の観光ホテルで働けるようになったと聞いても「へえ」という程度のものだった。

「こりゃあ意地の悪りぃなあと思う人ほど、そうしてやんだよ。特に、あんたに辛く当たるような人にね」

「――でも――その人は、私が何を話しかけたって、返事もしてくれなかったりするんだよ」

「そんでも、こっちは他の皆さんにするのと同じか、もっと丁寧にね、やんの。そういう人ほど、知らん顔されたって言っちゃあ怒って、もっと意地悪しようと思うもんだ。だから、何でも一番にしてあげんの」

少しばかり憂鬱そうな表情で頷いている杏菜を見ながら、おふくろが『細うで繁盛記』のようだねと笑った。

「何だよ、それ」

「むかぁしさ、そういうドラマがあったんだよね。旅館の話でさあ、何ていったっけ、意地悪な女が出てくんだわ」

「私、ちゃんとやります。それで、出来るだけ早く、免許が取れるように頑張りますから」

たくわんを嚙みながら、耕平は、嬉しそうに笑っている杏菜を、ただ盗み見るようにしていた。免許を取るのはべつに構わないにしても、こいつは本当にそうやって、この土地に腰を落ち着けるつもりなのだろうか。そんなに知床が気に入ったのか。一体、何を考えているのかが、相変わらず分からなかった。

4

「あのさ」

その晩、そろそろウトロに帰ると腰を上げた杏菜を、おふくろに尻を叩かれて外まで見送りに出ると、杏菜は自分のスクーターの前まで行ったところで、ヘルメットを手に振り返った。

「そういえば、先輩に、教えて欲しいことがあったんだけどな」

「――なに」

「アイヌって、なに」

あくびを嚙み殺していた耕平は、思わず「え」と言葉に詰まった。

「――何で」

月と星と、耕平の家の玄関先から洩れるわずかな光の中で、杏菜は小首を傾げたまま、こちらを見上げてくる。

「聞かれたんだよね、私。おしぼり屋さんの配達のおじさんに、『あんた、アイヌなんじゃないのか』って」

「――それで、おまえ、何て答えたの」

「え――違いますって。っていうか、だから私、知らないし、アイヌって」

迷うことなく答える杏菜と向き合いながら、耕平の頭には、本当に彼女はアイヌではないのだろうかという疑問が湧き起こってきていた。祖母ちゃんの言葉を信じるなら、こいつは和人ではないかも知れないのだ。

耕平自身は、本物のアイヌと向き合った経験などないに等しいが、それでも昔から写真では老若男女、色々なアイヌの顔を見たことがある。だからこそ、「フレスコ」

でパートで働いている望月さんがアイヌの血を引いているはずだと聞いたときにも、なるほどと思った。岡部先輩の言葉を裏づけるように、彼女は顔の彫りが深くて目鼻立ちがはっきりしており、どことなくエキゾチックな容貌の持ち主だからだ。そして、そう言われてみれば杏菜の顔だって、どこか特徴的だという気がする。それがアイヌの特徴かどうかは判然としないものの。

「ねえ、どういうもんなの、アイヌって」

「どういうって——」

「人のことなんでしょう？　どういう人？」

あのとき、岡部先輩は言っていた。アイヌの血を引いている人の中には、自分のルーツを知らないままで暮らしている人も少なくないはずだと。それは、いわゆる和人との結婚を繰り返すことによって、百パーセント純血のアイヌがいなくなったせいでもあり、この北海道にはアイヌが差別されてきた歴史があるからでもある。激しい差別から逃れるために故郷を捨て、他の土地で生きる決意をした人たちの中には、自分たちの身体にアイヌの血が流れていることをひた隠しにし、子どもたちにも告げずに生きた人たちがいるのかも知れない。

「ねえ、先輩」

「だから、昔、この辺に住んでた人たちっていうか、要するに本州とかから開拓者が入る前から、住んでた人たちのことだ」

「そういう人たちがいたの？　それがアイヌっていうの？　アイヌってどういう意味？」

「意味？　知んねえけど」

「——この辺って、つまり、どこ？」

「北海道とかさ——」

「とか？」

「樺太《からふと》とか」

「カラフトって？」

「え——だから、あれだ。サハリンな。サハリン」

「サハリン？　日本？」

「——とにかく、いたんだよ、もともと。その——日本列島の北の方とかに」

薄闇の下で、杏菜の丸いひとみがキラキラと輝いて見える。そこに星が落ちてきたみたいだと、ふと思い、何だか急に落ち着かない気分になってきた。

「帰れよ、もう。遅いんだから」

「分かってる。ねえ、先輩、そのアイヌって、日本人とは違うの？」

こういう場合、どういう風に答えるのが正確なのだろうか。岡部先輩の言葉や、その昔、学校で習ったことなどを懸命に思い出そうとしながら、耕平は自分の中で言葉を探した。

「要するに——民族が違うんだって話さ。アイヌ民族っていうんだから。俺らのことは、大和《やまと》民族とかっていうだろう？」

「つまり、それって——」

杏菜は少し考える表情になって、一点を見据えるようにしながら、「琉球《りゅうきゅう》民族みたいなものなのかな」と呟いた。今度は耕平が目を丸くする番だった。琉球といえば沖縄だ。沖縄の人に対してそういう言い方があるとは知らなかった。

「沖縄人って、琉球民族っていうのか」

「よく分かんないけど。でも、そんな言い方、聞いたことあるから。だって沖縄は、もともと日本じゃなかったんだよ」

それくらいは耕平だって知っている。そうでなくても沖縄という土地は、第二次世界大戦の後、一時期はアメリカ軍に占領されていたと聞いている。つまり沖縄は、日本ではなかった時代があったということだ。それも大昔とまではいえない時代に——

ブツブツと考えているうち、ようやく「そうか」と思いが至った。

「要するに、おまえって、琉球民族なわけか」

「——え」

「そういうことだろう？　沖縄なんだから。なあ」

そんな言葉があると思わないから、祖母ちゃんの「和人でない」という言葉に引っかかっていたのだと気がついた。そうか、そうか、と一人で納得している間に、次の考えが頭に浮かぶ。沖縄人の杏菜が「アイヌか」と聞かれるということは、アイヌと沖縄人とは似ているということなのだろうか。日本列島の北と南で一番離れているというのに。

「先輩。アイヌって、どこにいるの」

「どこって——」

「だって、もともと、ここに住んでたんでしょう？　その人たち、今、どこにいるの？」

「知らねえけど——もうあんまりいないんだと思う」

「何で？」

「何でって」

何でだろうか。あまり深く考えたことはなかった。差別を受けた人たちがいるという話は聞いている。だから内地などへ移転してしまったという話も聞いた。それであまり見かけなくなったのだろうか。

「北海道に、いないの？」

「んなわけ、ねえじゃん。いることは、いるって。俺、小学校のときとか、見に行ったことあるもん」

「どこに？」

「そういうとこがあるんだよ。アイヌがまとまって生活してて、昔のまんまの家とかが建っててさ。アイヌの服着て、アイヌの踊りとか見せてくれるとこが。何とかコタンとかっていって」

「この辺にある？」

「ない、ない。この辺じゃなくてさ、俺が行ったのは白老《しらおい》」

「白老って、どこ」

「道南のさ――おまえ、アイヌに会いたいわけ？」

杏菜が「だって」と口を開いたとき、玄関先からおふくろが「あんたたち」と慌てたようなしかめっ面でやってきた。

「夜更けにいつまでも外で喋ってたら目立つんでない。杏菜ちゃんも、もう帰らねば駄目だよ。そんなに喋ることがあるんなら、帰ってから、携帯でもメールでもすりゃあ、いいんだから。そんでも足りなかったら、またおいで」

杏菜はちらりと耕平を見て、まだ何か言いたそうにしていたが、素直に「はあい」とヘルメットを被ると小さな赤いテールランプを光らせながら帰っていった。

さっきまであくびが出ていたのに、立ち話などしたせいで、すっかり眠気が吹き飛んでしまった。耕平は再び居間に尻を落ち着けると、おふくろが淹れた茶をすすりながら、杏菜との会話を思い返していた。おふくろは、例によって洗濯物を畳みながらテレビを見ている。

「あのさ、アイヌっているじゃん」

「ええ、アイヌ？　何、それが」

「今、どこにいるのか知ってる？」

おふくろは「どこにって」と目を瞬《しばたた》いた。

「何でいきなり、そんなこと聞くの」

「何となく」

「この辺では、ほとんど見ないよねえ」

「いることは、いる?」

「そりゃあ、噂では『あそこん家はアイヌでないか』とか、聞いたことはあるけど」

「まじで? どこのうちさ」

今度はおふくろはあからさまに疑い深げな顔つきになって、もう一度「だから、なして」と言った。

「なしていきなり、そんなこと知りたがるわけ。あんまり首を突っ込むようなことで、ないでしょうが」

「だから、何でさ」

「そりゃあ、みんな――そういうこと言わないようになってるんだから」

「何で」

「何でって――人の嫌がることは言うもんでないから」

「嫌がるのか、アイヌだって言われると」

おふくろは気難しそうに眉をひそめた表情で、少なくとも、この地域でアイヌではないかと言われている家は、そう言われることを嫌がっているだろうと答えた。だからこそ誰もが口を噤み、あえてそういう話題には触れないように気をつかっているのだそうだ。もう何年も。いや、何十年も。

「母さんがお嫁に来た当時から、そうだったもんねえ」

「何で嫌がるのかな」

「そりゃあ、これまでに色々と、嫌な思いをしてきてるんでない」

「差別されたりとか？　この辺でも、あんのかな、そういうこと」

「さあ、はっきり聞いたことはないけど——あったって、そりゃあ、不思議はないかも知んないっしょ」

「——おふくろはさ、会ったことある？　アイヌに」

するとおふくろは、わずかに背筋を伸ばして、改めて耕平の方を見た。

「だから、何でいきなり、そんなことばっかり聞くんだい」

「べつに。ただ、考えてみっと、俺もよく知らないからさ。北海道にアイヌがいたってことは、もちろん習ってるけど、学校のクラスにだっていた覚えないし」

おふくろは、「まあ、この辺にはね」と頷いた。

「もともと、そんなに大人数がいたわけでもないみたいだし——だけど、滅多なところで口にするもんでないよ。どこで誰が聞いてるか分からないんだから。普通に暮らしてる分には、うちらにはアイヌなんて関係ないんだから、わざわざ首を突っ込むような話でないっしょ」

「だから、何でさ」

「何でも。そういうもんなの。昔っから」

「――ねえ、会ったこと、あんの？　アイヌにさ。まじ、外ではこういう話、しねえからさ」

何だろう、この子は、しつこいねと言いながら、おふくろは少しの間、せっせと手を動かしていたが、耕平にしては珍しく食い下がってみせると、やがて、あきらめたように「子どもの頃にはね」と顔を上げた。

「母さん家の近くにも、いたよ。そのうちの一軒には、母さんと同い年の女の子がいて。名前は忘れちゃったけど、こう、眉が濃くて、目が引っ込んでる顔のね――あの子は、毎日毎日、ひどくいじめられてたよねえ」

「毎日？　どんな風に」

「男の子たちは、まず毎日でも、その子を見かける度に、『あ、イヌだ』って言ってねえ、はやし立ててるんだわ」

「『アイヌだ』じゃなくて？」

「だから、それをもじって、『あ、イヌだ、イヌだ』とかって」

「それって、ひょっとして、人間扱いしてねえってこと？」

「どうだか知らないけど——まあ、臭いとか汚いとか、色んなこと、言ってたよ」

おふくろの生まれ故郷は同じ道内の、内陸の町だ。そこで生まれ育って、当時、網走にいた遠縁が経営していた布団店の店員として働きに来ているときに、誰かの紹介で親父と知り合ったと聞いている。それが運の尽きだったと。

「ああ、たえちゃんって言ったかなあ。その子ん家は父ちゃんがいなくて、母ちゃんが内職仕事か何か、してたのかなあ。祖母ちゃんは目が不自由だったし、祖父《じい》ちゃんは、いつでも昼間っから酔っ払ってるような人で、真冬でもねえ、酔っ払って道ばたに寝てたりすんのさ。ものすごい立派な髭《ひげ》を生やした、身体の大きい人だったけど」

聞いているだけで悲惨な光景が目に浮かんできそうだった。耕平は、身を乗り出すようにして「それで」と先を促した。考えてみれば、おふくろの子どもの頃の話を聞くことさえ、これまで滅多になかった。しかも、そんなアイヌの思い出を持っているとは思ってもみなかった。おふくろは、最初のうちは憂鬱そうな話し方だったが、次第に思い出が蘇ってきたのか、その「たえちゃん」一家の話を始めた。町外れにある、電気も引けていないようなバラック小屋に住んでいたこと。たえちゃんには幼い弟妹が何人かいて、誰もが常に青っ洟《ぱな》を垂らしていたこと。目の不自由な祖母ちゃんが杖をついて歩いていると、近所の子どもが突き飛ばすようなこともあったこと。す

ると祖母ちゃんは大きな声で何か言って怒るのだが、その言葉の意味が、おふくろたちにはまるで理解出来なかったこと。

「あの頃は、まだ終戦後の何もない時代だったから、どこの家だってみんな貧しかったもんだけど、それにしても、あそこん家は特別にひどかったよねえ。子どもらはみんな構ってもらえないから、つぎはぎだらけのボロみたいな服着せられててさ。いつお風呂に入ったんだろうっていうような薄汚れた顔して、髪もボサボサでさあ。だから余計に馬鹿にされてたんだよねえ。臭いとか汚いとか言われて、石を投げられることもあったしねえ」

「おふくろも、やったの？」

するとおふくろは突然、憮然《ぶぜん》とした表情になって「まさか」と首を振った。

「あんたの祖父ちゃんって人は、とにかく曲がったことが大っ嫌いな性格で、何しろ信心深い人だったって、前に話したことあんでしょ？」

「覚えてるよ。神さま仏さまを毎朝毎晩、拝んでたんだろう？」

「そんな人だったから、たとえどんな相手のことも、絶対に悪口なんか言うもんでないって、母さんたちは、それはもう厳しく言われて育ったの。だから、あの子らと一緒に遊ぶようなこともなかったけど、いじめることも、しなかった」

ちょっと安心した。今で言う「いじめ」のような行為が日常的に繰り広げられていたのかと思うと、どうにも寝覚めの悪い気持ちになる。そこに自分の母親も参加していたとしたら、耕平としてはいたたまれない気持ちになるところだった。それにしてもなぜ、そこまでする必要があったのだろうか。その辺がどうにも分からなかった。

「それで、たえちゃんは？」

「中学生になってからは、もう学校にもほとんど来なくなったよねえ。それからしばらくして、ずい分派手に化粧して歩いてるたえちゃんを見かけて、噂だと、タチの悪い連中とつき合ってるとかってね。そのうち、大酒飲みだった祖父ちゃんが死んじゃって、それから間もなくして、あの一家はいなくなったんだよね」

「そんで？」

「そんだけ。あとは知らない」

その一家は、今ごろはどこでどうしているのだろうか。おふくろと同い年だというたえちゃんは、今はどんな顔つきになって、どんな暮らしをしているのだろう。汚かったのは仕方がないにしても、なぜ「あ、イヌだ」というような言われ方までしなければならなかったのか。そんなことを言われながら育った少女は、果たして幸福にやっているのだろうか。

「ちょっと。あんた、本当に今日はどうなったの」

「——杏菜がさ」

「杏菜ちゃんが？」

「誰かに言われたって言うんだよな。『アイヌじゃないのか』って」

「あの子が？」

おふくろの眉が、ぴくりと動いた。

「それで？」

「それでって——だから、あいつはアイヌのことなんか、これっぽっちも知らねえわけさ。そんで、さっき『アイヌって、なに』って聞かれたからさ」

「まあ——あの子は、違うっしょ。アイヌって顔と、ちょっと雰囲気が」

「——もしもの話だけどさ、もしも、万が一だよ、杏菜がアイヌだったら、どうすんの、おふくろ」

再び畳み始めた洗濯物から顔を上げ、おふくろは宙を見つめて、ふう、と鼻から息を吐いた。

「べつに、どうもしやしないよ。しやしないけど——そういうことだとすると、あんたと所帯持つような話にだけは、ならないようにしてもらわないとね」

それから、ちろりとこっちを見る。咄嗟にそんな話になどなるわけがないではないかと言い返しそうになって、耕平はその言葉を呑み込んだ。所帯を持つとか持たないとか、そういう問題ではなく、もっと違う、何とも言えない苦々しい不快感が、自分の中に広がっていった。

5

一般に梅雨がないと言われる北海道なのに、今年は六月に入った頃から馬鹿に暑い日があったかと思えば、突如として局地的に雹《ひょう》が降り、ゴルフボールほどもあろうかという氷玉が畑の作物を全滅させたり、車のフロントガラスを割ったりした。やっと初夏らしい爽やかな好天に恵まれたと思っても、午後にはもう頭上に灰色の雲が大きな渦を巻き始め、やがて突風と共に激しい雷雨に見舞われたりする。少し油断していると、霜が降りるほど冷え込む朝もあった。「フレスコ」の仕事は天候に左右されるわけではなかったが、それでも朝晩の通勤時などに、耕平は、自分が幼かった頃とは、どこかしら違ってきている故郷の四季を感じないわけにいかなかった。
七月に入ると、下旬にちょっとした人事異動が行われるらしいという情報が、噂の

域を超えて広がり始めた。

「ほら、やっぱ言った通りだろう？」

岡部先輩がにやりと笑いながら言った。当初の噂通り、正社員を増やし、新たな管理職ポストも作られるらしいという話が、他の連中の間でも囁《ささや》かれ始めたからだ。

「先輩、チャンスじゃないですか。こうなってくると、やっぱり大卒っていうのは、すげえ強みだし、店長も先輩のことは、よく見てる感じだから、いい線、いくんじゃないですかね」

もともと、このアルバイトを紹介してくれた後藤くんも耕平を嬉しがらせるようなことを言う。だが、その度に耕平は、ポーカーフェイスを装うことを忘れなかった。ぬか喜びして肩透かしでも食わされては、いよいよ立つ瀬がなくなる。ひとみのことで笑われたのとは、今度はわけが違うのだ。

実を言うと耕平自身、ちょっといい感触を得てはいた。と、いうのも、この数カ月、バイト料をもらうときには必ず店長に仕事の感想を聞かれ、それに対して耕平は、これまでの自分では考えられないくらい積極的に、何かしらの問題提起を行うようにしてきたからだ。商品の陳列に関することだったり、お客さまから尋ねられたことだったり、また納品や配達に関することだったりと内容は多岐にわたる。店長は、

常にうん、うん、と熱心に耕平の話を聞き、最後には必ず「頼りにしてるぞ」と笑顔で耕平の二の腕を叩いてくれた。

——俺、いける。きっと。

今のところ、正社員に登用されるかも知れないという話は、おふくろにも聞かせてはいない。だが、本当は誰かに言いたくて言いたくて、ことに七月に入ってからというもの、毎日うずうずしている有様だった。

そんな頃、高校時代の仲間同士で暑気払いでもしようということになった。ああ、残念だ。辞令が下りた後なら、ぱあっと派手に騒げたのにと思いながらも、浮かれ気分で約束の店に行ってみると、最初のうちこそある程度は賑やかだったものの、やがてすぐにため息混じりの愚痴が始まった。

「思うようになんて、なんねえって。第一にこの気候だもんなあ。地球全体がどんどん、おかしなことになってくりゃあ、農業なんて真っ先に駄目んなっちまうよ」

まず口火を切ったのが、実家の農業を継いでいる町支《ちょうし》だ。彼の畑は、先月の雹害をもろに受けたのだという。その上、今年は冷夏になるかも知れないのが、何よりの憂鬱のタネだということだった。

「しかも、この景気だろう？　ホント、やってらんねえって話だよ」

町支に続いて、今度は旅行関係の仕事に就いているヤツが話し始めた。このところの不況のあおりとやらで、一時は大幅に増えていた中国や韓国などからの外国人観光客数が激減して、このままでは会社そのものが立ちゆかなくなりそうなのだという。

「この夏のボーナスだって出なかったんだ、実は。家のローンだってどっちゃり残ってるしさあ、カミさんは文句ばっか言うし、どうなっちまうんだかなあ」

この前会ったときには、かなり羽振りのよさそうなことを言っていたのに、その変わりっぷりには耕平以外の仲間たちも驚かされるほどだった。

「観光客が減りゃあ、タクシーだって厳しくなって当然だもんなあ」

次いでため息を洩らしたのは、この春までダンプカーに乗っていたヤツだ。だが、勤めていた会社が倒産して、今は宅配便の仕事をしている。重い荷物を運ぶために腰を痛めたとかで、出来ればタクシーに替わりたいのだと前から言っている。

この秋だって、どれほどの鮭が戻ってくるか分からないとため息を洩らしたのは、漁期になると漁船に乗り、他の季節は観光船に乗っているヤツだった。秋鮭は年々その数を減らしているという。これもまた自然を相手にしているから、自分たちの力ではどうすることも出来ない。要するに、集まった連中は誰もが自分たちの足下の覚束なさを感じながら、日々を過ごしているということだった。

「こうなってくると片貝みたいな仕事が一番生き残っていけるんじゃねえ？」

「だよな。どんなことになったって、飯だけは食わなきゃならないんだもんな」

「やっぱ、強いのは小売りだよ」

ふいに仲間たちの視線が一斉に自分に集中して、「バイトの身じゃあな」と笑って見せながら、耕平は腹の底でガッツポーズをとっていた。これで正社員の座さえ手に入れることが出来れば、どれほど安心出来ることだろう。友人たちには申し訳ないが、これまでの遅れを取り戻せるというものだ。

――ここが踏ん張りどころだ。

夏の陽射しが照りつける中を、汗だくになって働きながら、耕平は「その日」を指折り数えて過ごした。気がつけば、以前に比べたらずっと筋肉がついた腕もいい色に日焼けして、いかにも健康そうに見える。腕だけではなかった。この仕事を始めたお蔭で、全身に筋肉がついてきているのだ。東京で、住む場所もなくその日暮らしを送っていた頃とは別人のようだ。

あの当時、毎日ろくなものも食べられず、何とか生き延びるだけで必死だった頃の耕平ときたら、我ながら貧相としかいいようのない体格だった。新聞配達をしていた頃だって、太陽が出ている時刻にはほとんど動き回ることもなかったから、青白くて

いかにも不健康そうな顔つきだったと思う。だが今は違う。あの頃の耕平しか知らないものが見たら、まるで別人だと驚くに違いない。これでさらに正社員になったら、もう怖いものなしだ。

《久々に日本に戻ってきてるんだ。どうしてる？　元気か？》

そんなある日、昼休みに携帯電話を覗くと、意外な人物からメールが届いていた。学生時代にアルバイト先で親しくなった内田だ。パフォーマーとやらを目指していた彼は、耕平が一番金に困っていた頃に一度、飯を食わせてくれたことがある。その後、どこだったか、海外に行くというメールを寄越したのが最後だったはずだ。へえ、生きてたのかと懐かしい気分で、耕平は早速、返事を送ることにした。

《お帰り！　俺は元気だよ。ずっと連絡がないまんまだから、まさか本当に野垂れ死にでもしたんじゃねえかと思ってた》

《ところがどっこい。まだ元気だよ。積もる話もあるし、一度、ビールでも呑まねえ？　おまえは今、何してるの》

《俺？　田舎に戻ってきてる。知床》

《えっ、知床って北海道か。いつまで？》

《いつまでって、ずっとだ》

《まじで？　東京は完璧に引き払ったってことか？》
《そういうこと。都会は性に合わないって分かったからさ。こっちでのんびり暮らすつもりだ》
《へえ、いいなあ！　すると、そっちで新しい目標が見つかったんだな！　何してるんだ？》
そこまでぽんぽんとメールの往復が続いていたのに、つい、返事に詰まった。そういえば、内田に飯をおごってもらったときの会話が何となく蘇ってきた。あのときも内田は、「夢」とか「目標」という言葉を使っていたように思う。当時の耕平の夢といったら、とにかくひたすら平凡に、穏やかに、ごく普通のサラリーマンとして暮らすことだった。それの、どこが悪いのだと思っていた。それを、内田はどう批判したのだったろう――そこまでは覚えていない。とにかく、耕平などよりもよほど浮世離れして、大道芸だのジャグリングだのということにばかり熱心だった内田の語る夢物語が馬鹿馬鹿しくて、そんなヤツに説教されたところで、誰が真剣に聞けるものかと内心でせせら笑っていた気がする。だからこそ、こんなヤツ、きっと見知らぬ国の路地裏かどこかで野垂れ死にするに違いないと思ったのだ。
《今んところは、まあ、バイトしながらぼちぼちやってるってとこだけどさ。ところ

で、おまえ、どうして帰ってきたの》

きっと、行き詰まったのに違いないと思った。この不景気の中で、誰が大道芸などしながら生きていかれるものか。どこに行ったたって、そんな呑気な暮らしが許されるような状況ではないではないか。

《日本の劇場に呼ばれたんだよ。その後で大道芸大会とかがあって、その後もイベント参加とか色々と言われてる。何だかんだ、半年くらいは、こっちにいることになりそうなんだ。その後また、あっちに戻るけど》

軽く頭でも殴られたような気分になった。

――こいつが。

劇場とか大会？　イベント？　半年したら、また海外へ「戻る」というのか。最初に海外に行くと知らされたときもそうだった。どうして、こんなヤツが好きなように生きられて、自分ばかりが貧乏くじを引くのだ。その違いは何なのだろうか。

《何か、すげえんだな。ひょっとして有名人ってか？》

《まあ、ごく一部では、ってとこさ。ほら、今は景気が悪いから、そういうときこそ、人っていうのは笑いとか癒しを求めるもんなんだよ。で、俺らみたいなのが呼ばれるっていうわけ。おまえが東京にいるんなら、一度、劇場にでも来てみないかって

誘うつもりだったんだけどな。知床なら、無理かな》
　近くにいなくて助かったと思った。もしもまだ東京にいて、誘われるまま、その劇場とやらに行ったりしたら、耕平はなおさら苦々しい気分になっていたに違いない。いや、もしもあのまま東京に残っていたとしたって、そんな場所へなど、行かれるはずがなかった。真夜中から起き出して新聞配達に明け暮れる毎日では、そんな余裕などとてもなかったに違いない。
《それは、こっちも残念だな。暇だったら一度、知床にでも遊びに来ればいいのに》
《あ、そうだよな！　久しぶりの日本だし、そういう時間が欲しいと思うもんな、俺も。ひょっとしたら何日か休みがもらえるかも知んねえし、ちょっと、事務所の人に聞いてみるよ》
《へえ、事務所とか、あるんだ》
《俺は身軽がいいんだけど、なんか色んなもんがくっついてるよ。プロモーターとか、マネージメント会社とか、スポンサーとかさ。そういうつき合いもあったりして、もしかするとテレビの仕事も入るかも知んないとか、言われてる。まあ、向こうも商売だしさ》
《まるっきり芸能人なんだな》

《そういうんでもないけどさ。とりあえず、日程がはっきりしたら、また連絡するよ。そっちに行けるようなら、そんときは案内、よろしく！》

最後のメールには《オッケー》としか答えられなかった。よせよ、本気で来ようなんて考えるなよなと言いたかった。

――急に連絡なんかよこされたって、知るかって。

内田が嫌いなわけではない。学生時代から続いている、数少ないつき合いのうちの一人だ。会って話せば気分のいいヤツだし、楽しい思い出もそれなりに持っている。なのに、どうにも不快になるのは、どういうわけなのだろう。関係ないと思いながら、どうしてこうも落ち着かない、もやもやした気分にさせられるのだろうか。

――夢。目標。

どうして忘れていたことを思い出させるようなことを言うのだろう。ちょっとばかり有名になったからって。畜生。そんなものだけで腹が膨れると思うのか。今はたまたま順風満帆、有名人気取りかも知れないが、世の中はそんなに甘いものではない。いつまで続くかなど、分かったものではない。そういう生き方が嫌だと思うから、耕平は、もっとも堅実に歩もうと思ってきた。多少の紆余《うよ》曲折《きょくせつ》があったって、とにかく地道に。

――そう。そうだ。

そして今では、ちゃんと目標だってあるではないか。今の耕平には「フレスコ」の正社員になるという具体的な夢がある。その夢さえかなったら、誰に何を聞かれたって、自分のことを胸を張って答えられるようになる。それなのに、内田には伝えそびれた。こんなに毎日、片時も忘れることなく念じ続けている希望だというのに。それが、どうにも不愉快だった。

頭の中で、急に時間が逆戻りを始めたような気がした。ここしばらく考えることさえ忘れていた様々な思いが一気に蘇ってきた。一体どうして、こんなことになったのか。こういう人生になったのか。どこでどう間違って、エプロンにゴム長姿で、友人からもらったメールに舌打ちなどすることになったのだろうか――畜生、こういう生活の、どこが悪い。

その晩、耕平は同じアルバイト仲間と四人でカラオケに行った。サワーを呑み、順番にマイクを回しながら、大して面白くもない冗談に手を叩いて笑う。いい気分転換になるのではないかと思ったのだが、それでも耕平は、頭の芯だけが妙にひんやりと覚醒している感覚をぬぐい去ることが出来なかった。

――これの、何が悪いっていうんだ。

田舎に戻ってきて、豊かな自然環境の中でゆったり暮らす。生活さえ安定していれば、これほどの贅沢はない。他に何の不満があるというのか。そう思うのに、どうにも不愉快でたまらないのはどうしたことなのか。同じ思いばかりが頭の中でくるくると回る。大道芸人なんかの、どこが羨ましいものか。劇場出演、テレビ出演の、何が偉いというのだ。俺だって。俺だって——。

最近になって覚えたばかりの歌は、早口の上にアップテンポで、少しでもタイミングを逃すと、すぐに歌えなくなる。それでも耕平は飛び跳ねるようにしながらマイクを握りしめ、声を張り上げた。アルバイト仲間たちは、いずれも人当たりがよくて陽気で、ふんわりと優しい雰囲気をまとっている。中でも塚原《つかはら》という耕平より一歳上ののっぽのヤツは、アルバイトとしては耕平よりもかなり古株だったが、いつもにこにこと愛想がよく、その優しい雰囲気が女性たちの間でも人気だった。もしも今回の人事異動で、本当にアルバイトに正社員登用の道が開かれるのだとすると、この男が最大のライバルになりそうだと、耕平は以前から睨んでいる。

「そういえば来週あたり、人事異動があるっていう噂、聞いてる?」

それぞれが順番に数曲ずつ歌い、このあたりでひと息入れようということになったときに、その塚原が思い出したように口を開いた。

「聞いてはいるけど、俺らにはまるっきり関係ない話っしょ」

実際に興味のなさそうな表情で答えたのは、「フレスコ」に来てまだ三カ月ほどのヤツだ。

「だけど、バイトからも正社員を採るかも知れないって話も、出てるんですよね」

もう一人のヤツが言う。思わず視線が塚原の方に向いた。彼は相変わらずの柔らかい笑顔のままで「そうなんだよねえ」などと頷いている。そして彼は、そのままの笑顔で耕平の方を見た。

「俺も最近、聞いたんだけどね。片貝くんなんか、チャンスあるんじゃないのかなあ。仕事も頑張ってるし、すごく積極的だしさ」

つい、顔の表面がピリピリとするのを感じた。耕平は「まさか」と笑って見せながら、氷で大分薄まってしまっているサワーのグラスに手を伸ばした。

「チャンスって言ったら、塚原さんの方があるじゃないっスか。俺より古株なんだし、パートのオバサンたちのアイドルだったりも、するし」

アイドル、という表現だけで、他の若い二人が手を叩いて笑っている。当の塚原は、特別不愉快そうな顔も見せず、相変わらずの笑顔のままで「えー」などと首を傾げているばかりだ。

「でもねえ、俺としては正社員になるつもりなんか、まるっきりないもんだからねえ。正直言って」

「え——何で、ですか」

すると塚原は長めの髪を撫でつけるようにしながら、少したためらう表情になった後、「本当はさ」と口を開いた。

「俺には俺の、夢があるから」

そのひと言を聞いた途端、耕平は自分の顔がぐにゃりと歪んだように感じられた。

「何、なに、夢って」

「そんな、人に言うほどのもんでも、ないんだけどさあ」

「いいから、教えてよ。何さ、塚原さんの夢って」

年下の二人にせっつかれて、塚原は相変わらずのにこにこ顔のまま、「あのさあ」とまた自分の髪を撫でている。からん、と氷の音を立てて薄いサワーを飲み干すと、耕平はすぐにメニューに手を伸ばして、追加のオーダーを考えるふりを始めた。

「アグリツーリズモって、知ってるかなあ」

塚原がおっとりした口調で話し始める。そんな言葉は聞いたこともなかった。メニューからちらりと目を離すと、塚原は笑顔で、実は自分は二年ほど前まで何年間かイ

いものさえ何一つとして見えなかった。耕平はさらに「畜生!」と吠えた。

「何が何とかツーリズムだっつうんだよ。要するに、ただ民宿やって、客に畑仕事手伝わせるっていうだけのことだろうがよ!」

だから正社員にはなりたくないだと。耕平が、こんなにも熱望している安定を、塚原は要らないというのか。それではまるで、耕平の方が余り物をもらおうとしているようではないか。大喜びで。尻尾を振って。

「俺の、どこが悪いんだっ!」

ハンドルを何度もばん、ばん、と叩きながら、さらに大声で怒鳴ったときだった。突然、視界に小さく赤く光るものが見えた。あれ、と思った次の瞬間、ヘッドライトが照らす中を、真っ黒い大きな影が横切った。大きなシカだ。思わず「うわっ」と声を上げて、ハンドルを切る。途端に、視界が大きく横滑りを始めた。立ち止まってこっちを見ているシカの顔が脳裏に焼きついた。同時にキキーッという嫌な音が頭の中に鳴り響く。あっと思う間もなく、フロントガラスの真ん前に何か大きなものが迫ってきたと思ったら、次の瞬間、全身にどん、という嫌な衝撃があった。しまった。やっちまったと思ったが、そこから先は、もう何も分からなくなった。息が、止まった気がした。

第六章

1

　意識が戻る度に視界に入る光景が変わり、聞こえる声も違っていた。誰かがしきりに何か話しかけてくる。おおい、分かるか。分かるね。大丈夫だからな。しっかりしろよ。聞こえてるな——うん、分かってる。うん——その他にも、まだ何か言われたような気がする。だが、どう答えたのかは自分でも分からなかった。すべての物音が妙に遠く聞こえた。どういうわけだか息が苦しくて、自分の身体が自分のものではないような感じだった。立っているのか寝ているのか、どんな格好をしているのかも分からない。畜生、俺、どうなってるんだと言いたかったが、その苛立ちさえ半ば夢で

も見ているような、不思議なくらいに現実感のないものだった。周りから何本もの手が伸びてきて、好き勝手に、身体中を触られている感じがした。そこから、すとん、と闇に落ちた。

「……、ホントにもう、……」

気がつくと色々な人の声はかき消えて、おふくろの声だけが聞こえていた。耕平、耕平としつこく呼ぶ声は、確かにおふくろだ。うるせえなあ、聞こえてるってと言い返しているつもりだったが、その通りに口が動いていたかどうかは分からない。いつもの、ただ横になって寝ているときとは何となく違っていた。そしてまた、闇に落ちた。そういうことが何回か、あったと思う。

「気がついたか。分かるかい、見えてるか？」

本当に目が覚めたとき、まずぼんやりとした視界に飛び込んできたのは、耕平を見下ろしている見知らぬ顔だった。誰だっけ、これ、と思う間もなく、男は「まあ」とため息混じりに言葉を続けた。

「生命《いのち》に別状がなくて、何よりだったよ」

あんた誰、と言おうとしたが、喉が詰まったように声が出ない。つい咳払いをしようとした途端、首筋から胸にかけて、これまで経験したことのない類《たぐい》の痛みが走っ

た。ついでに肩にも腰にも背中にも、さらに脚にまで、それぞれに違う類の痛みが、波のように広がっていく。思わず顔をしかめようとしたが、その顔にまで、ぴりぴりとした痛みが走った。

——どうなってんの。何だよ、これ。

悪い夢でも見ているみたいだ。声を出すどころではない。結局、喉の奥からはひゅう、という音をたてて空気が絞り出されただけだった。

「痛むかい」

男のぼやけた顔が、わずかに哀れむような表情に変わった。ああ、眼鏡をかけていないんだと思ったが、ここがどこなのかも、眼鏡をどこにやったのかも分からない。

「麻酔が切れてきたんだ。君はな、手術したんだぞ。肩と脚とを骨折して。それに肋《ろっ》骨《こつ》も二本、折れてるそうだ。それだけじゃあ、ない。頸椎《けいつい》は捻挫《ねんざ》してるし、全身打撲もある。生命に別状はないっていうことだけどな、下手すりゃあ一生、車椅子っていうことにもなりかねなかったんだ。それくらいひどい事故だった。分かるか？」

痛みの向こうから男の声が聞こえている感じだ。何をぺらぺらと一人で喋っているんだろう。だが、男の口から発せられる、手術、骨折、車椅子、事故などという言葉だけは、断片的にでも脳味噌に染み込んでいく感じがした。事故——事故だって？

「もう少し症状が落ち着いたら、改めて事情を聴かせてもらうことになるけど、とにかく今は、早く怪我を治すことだ。どれ、看護師を呼んできてやるから」

男が立ち上がると、耕平の視界からはその顔が見えなくなった。彼の顔を見ようとしたが、なぜだか首が動かない。歩き始めた男の姿を、目玉だけ動かして追おうとして、密かにぎょっとなった。眼鏡をかけていないから、はっきりとはしないが、耕平のそばから立ち去ろうとする男の服装は、どう見ても警察官の制服に見えた。

──俺、何やった？

記憶のテープを巻き戻そうとする。自分の身に起きたことを、どこまで遡《さかのぼ》って思い出せばいいのだろうか。だが、何しろ身体中が痛くて、とても考え事など出来る状態ではなかった。

「片貝さぁん、目ぇ覚めましたぁ？」

カーテンを手繰《たぐ》るらしい音が勢いよくシャッと聞こえたと思ったら、今度はきゅっきゅっという靴音と共に、女性の声が耕平を呼んだ。薄ピンク色の服を着た、やはり見知らぬ顔が視界に飛び込んでくる。なるほど、看護師の服装だ。

「ご気分はぁ？　悪くないですぅ？」

「あ──ここ──」

「ここ？　ここはねえ、病院。分かりますぅ？　斜里のね、組合病院」

「——組合病院？」

「片貝さんねえ、救急車で運ばれてきたんですよ、昨夜《ゆうべ》ね。事故しちゃって。麻酔、覚めたばっかりだから、まだ思い出せないかも知れないけど、怪我しちゃったんですよねえ。今ねぇ、先生お呼びしますんでねぇ。ちょっと待っててくださいねぇ。何かあったら、これね、これ押してくださいよねぇ。ここに、置きますからねぇ」

声の調子は軽やかで親切そうだが、それとは裏腹に顔はほとんど無表情の看護師を見上げている間に、動悸《どうき》がしてきた。救急車だって？　事故った？　昨夜？

——やべえ。かなり、やべえかも。ひょっとして。

やがて現れた中年の医師は、耕平が左大腿部《だいたいぶ》と左肩、さらに肋骨を骨折していること、頸椎は捻挫しており、その他にも全身に打撲があって、顔も少し切っていることなどを淡々と説明してくれた。要するに、さっきの男の話とほとんど同じだ。

「幸い、脳や内臓に損傷はみられないようだけどね、念のためにもう一度ちゃんと検査した方がいいとは思ってます。まあ、今の段階で一番気がかりなのは、頸椎捻挫かなあ。いわゆるむち打ち症ね。後遺症が残らないとも限らないから。だけど、ハッキリ言わしてもらうけど、この程度で済んでよかったと思うことだよね。アレでしょ

う、あなた。呑んでたんでしょう」
「――いや、あの、よく――」
医師は「ふうん」と言うようにゆっくり頷いて、口元だけでにやにやと笑ってい
る。すべてお見通しだというような、冷ややかで嫌な笑顔だと思った。
「覚えてないかな?」
「――いや――何となく、は」
「思い出さなきゃ思い出さないで、またあらたに検査の必要が出てきますがね。ま
あ、そういう心配はないと思うんで、ゆっくり思い出すことだよね。どうせ、しばら
くは横になってるより他にしようがないわけだし」
「――」
「いいですか。僕らは患者さんを選べないわけですよ。どういう患者さんが来たっ
て、精一杯に治療はします。それが我々の使命だしね、仕事だから。だけど、正直な
ところ、その人の性格や考え方までは、治療してあげるってわけには、いかないから
ねえ。分かります?」
「――」
「あなた――ええ、片貝さん? 片貝さんは今、あちこち痛くて大変な思いをしてる

ことだと思うけど、何ていうかなあ、ある意味で、これは十分に防ぐことの出来た怪我だし、言うなれば、身から出た錆《さび》なんだよね。分かります？　今回、この程度で済んだのは、本当に不幸中の幸いだと思ってね、肝に銘じて、もう二度と同じことはしないでもらいたいよね」

心臓がバクバクしてきた。だが、いくら気を鎮めようと息を吸い込みたくても、胸が詰まって痛みが走るばかりだ。こんな状態では、何か言いたいと思ったって、言葉を返すことなど到底、不可能だった。

医師は、当分の間は化膿《かのう》止めや鎮痛剤などを投与する必要があること、傷口がふさがるまでは感染症も心配しなければならないこと、そのため毎日かなりの時間は点滴を我慢しなければならないこと、出来るだけ早い時期からリハビリを始めるべきであることなどを説明し、何かあったらすぐに看護師に相談するようにと言い置いて、離れていった。

——事故った。俺。

そう言われれば、そんな気もしてきた。つじつまが合うと思った。ここは病院。耕平は怪我人——何だか妙に疲れを感じた。つい目をつぶると、まぶたの奥がじん、と熱く痺れて、自然に涙が滲んだ。吐く息も熱い。熱の匂いがする。

　ああ、この匂いを嗅《か》ぐのは久しぶりだ。前にこの匂いの中で身体を横たえていたのは、いつのことだったろう——そうだ。何年か前、インフルエンザにかかった。ただの風邪かと思っていたら瞬く間に高熱になって、這うようにして病院に行くと、生まれて初めて点滴というものを打たれた。あのインフルエンザのせいで、耕平はようやく落ち着きそうだった進学塾での職を失い、アパートを追い出され、あれよあれよという間に坂道を転げ落ちていったのだ。

　——まさか。

　今回もまた、似たようなことになるのだろうか。何だって、こうもツイていないのだろう。ようやく波に乗りかかると、いつもこうして邪魔が入る。

　とにかく順序立てて、もう少し何か考えなければならない気がしたが、とにかく傷が痛みすぎる。やってらんねえ。ああ、もう嫌だと思いながら、自分の浅い呼吸を聞いているうちに、また意識がぼんやりしてきた。こんな時は眠るに限る。痛みから逃れ、現実を忘れ、時間を稼ぐには、寝るのが一番かも知れなかった。

「——何してんだ、おまえ」

　次に目が覚めたとき、まず視界に飛び込んできたのは、杏菜の丸い顔だった。相変わらずびっくりしたような丸い瞳をぱちぱちとさせながら、杏菜は「起きた」と呟い

た。そして、ふうっと息を吐きながら、わずかに顔を傾けてくる。

「大丈夫？」

「んなわけ、ねえだろう」

「痛い？」

「――痛えよ」

「あのさ、おばさんも、すぐ来るから。今、看護婦さんのとこに行ってる」

「――おふくろ？」

「昨夜、全然寝てないんだってよ、おばさん。ずっと先輩につきっきりで」

何だよ、それ、と思わずしかめっ面になろうとしたが、また顔の表面が痛んだ。さっきは、これが夢であればなどと思ったが、どうやらべたべたに現実のようだ。面倒なことになった。まじで厄介なことになりやがった。おふくろに付き添われてたなんて――ああ、畜生。

「どうしちゃったの、先輩」

「――知るか」

「あのさ――お酒、呑んでたって、本当？」

「――誰が言ったんだよ、そんなこと」

杏菜は、丸い目をきょろきょろとさせてあたりの様子を窺う。そういえば、自分がどういう環境に身体を横たえているのかも、それまでまったく考えなかった。耕平は、杏菜につられるようにして、自分も精一杯目玉だけ動かしてみた。何しろ、首が固定されていて、まるで思うように動かないからだ。

「おばさんが、そう言われたんだって。警察の人に。ここの病院の先生も言ってたってよ」

ベッドの左側と足下にはカーテンが巡らされている。右手には窓があって、その窓の向こうには、藍色の空が見えていた。

「――今、何時」

「今？　もう六時半過ぎ」

「――朝の？」

「まさか。もう日が暮れるの。これから夜になるんだよ」

杏菜の顔に小さな笑みが浮かんだ。その瞬間、あたりの空気がぱっと明るくなったように感じた。髪が短くなって以来、杏菜はいつ会っても、何だか、ものすごく楽しいことでもあったみたいに見える。だが何も今、そんな顔をすることはないではないかと思った。人が怪我をして苦しんでいるというのに。おまえなあ、と言いかけたと

き、足下まで引かれていたカーテンが開いて、おふくろが顔を出した。耕平が目覚めていることに気づくと、その顔がさっと歪められる。

「あ、おばさん——痛いって。やっぱり」

耕平が、つい視線をそらそうとしている間に、杏菜が席を譲るようにして立ち上がる。ベッドと壁の間の、さほど広くもない隙間を二人が身体をすれ違わせて、今度はおふくろの顔が急接近してきた。鼻から大きく息を吐き、おふくろは、いつになく硬い表情でしばらくの間、口も開かずに耕平の顔を見据えている。

「——罰、当たったんだからね」

やがて、おふくろの声が低く聞こえてきた。

「この、親不孝者」

呟くように、ゆっくりと、いつものおふくろからは想像もつかないような声が、カーテンで仕切られた狭い空間に広がっていく。

「あんた、呑んだときには絶対に運転してないって、母さんに言ってたんでない。ちゃんと代行屋さんに頼んでるって。ええ？　あれ、嘘だったんだね。母さんをだましてたんだ」

だますという言い方はないではないかと、ついおふくろの方を見てしまった。

「生返事ばっかして、母さんの言うことなんか、まともに聞く必要なんかないって、そう思ってたんだよね。適当に誤魔化してりゃあ、どうってことないって」

おふくろは、目からじわじわと涙をしみ出させながら、唇を震わせる。

「――嘘ついて、だまして、そのまんま、あんた、死んでたかも知れないんだよ」

「――ったく。大げさだからなあ」

「大げさ？　現にあんた、こんな怪我してるでないのっ。そうでなくたって、あんた、一つ間違ったら人殺しにだって、なってたかも知んないんだからねっ」

その言葉には、正直なところ耳を疑った。急に不安と恐怖がこみ上げてきそうになる。耕平は、にわかに落ち着かない気分になって、おふくろの顔を見上げた。

「俺――誰か轢《ひ》いたりしたの？」

「まさかっ！　そんなことんなってたら、もう、目も当てらんないっしょっ。一人でぶつかって、一人で怪我したのっ」

よかった。尻の穴の力が抜けるようだ。

「そんじゃあ、べつに――」

「べつに、何。ねえ、ちょっと。よく聞きなさい。もしもだよ、他人様《ひとさま》を巻き添えなんかにして、死なせたりしてたら、ええ？　耕平、あんた、どうやって償うつもりだ

ったのよ。どんだけ頭を下げて、たとえあんたの生命を差し出したところで、もう、本当に取り返しがつかなかったんだよっ」

どうしてこうも大げさなのだろうか。怪我をしたのは耕平一人だという話ではないか。誰も怪我させていないどころか、轢いてもいないというのなら、どうしてそこまで心配する必要があるのだ。人がこんなに苦しんでいるというのに、この母親は、何を枕元でぎゃあぎゃあわめき散らしているのだろう。

「いい？　あんたはねえ、償いようのないこと、しでかすところだったんだよっ」

「――声がでけえよ」

「しょうがないんでないっ。あんたみたいな親不孝の馬鹿息子を持ったんだからっ。世間の人にだって、分かっておいてもらわなきゃ、みっともなくて、いられたもんでないっしょ！」

おふくろの背後に控えていた杏菜が、「おばさん」と囁きかけながら、おふくろの肩に手を添えている。おふくろの目の周りはびしょびしょに濡れていた。片手にタオルハンカチを握りしめたまま、おふくろは「本当に」と歯を食いしばるようにして声を絞り出した。

「こんな時だって、父さんは電話にも出ようとしないし。もしも、あんたに何かあっ

たら、母さん一人で、どうなってたもんだか――あんた、母さんがどんな思いして、今日まで暮らしてきたか分かってんのかい？　あんたを酔っぱらい運転させるために、来る日も来る日も働いて、大学まで行かしたとでも思ってんの？」

「思ってねえって」

「だったら、何。母さんのこと、馬鹿にしてんの？　どうせろくな学校にも行ってない、田舎のおばさんの言うことなんか、まともに取り合う必要ないって、そう思ってたのかい？」

「んなわけ、ねえじゃん」

「同じことでないっ。聞いてなかったんだからっ」

おふくろの声は鼓膜にびんびん響いて、そのまま身体中の傷まで震わせるようだ。頼むから今、こういう状態の時に、そんなにうるさく言わないでくれよと、思わずおふくろを見上げると、おふくろはびしょびしょの顔のままで「この子は」と声を震わせた。

「――馬鹿なことして。ホントにもう――」

その途端、意外なほどに胸の奥がざわめいた。

馬鹿なことをした。

それは、本当だ。多分。

馬鹿だった。

酒を呑んでの運転など、もってのほかと分かっていながら。十分すぎるくらい、頭では承知していながら。

「いいかい、耕平。こういうことしてねえ、損をするのは誰でもない、あんたなんだよ。あんたがねえ、自分で自分の人生に泥を塗るの。分かってる？　誰も代わってやることも出来なけりゃあ、救ってやることも出来ないんだから。あんたが自分で責任を持って、償わなけりゃあ、ならないんだよ」

目の奥が熱くなってきた。本当だ。怪我なんかして。俺の、あの可愛い愛車だってどうなったことか。きっともう乗れる状態ではないのだろう。

「せっかく、そろそろ落ち着いてくれそうだと思ってたのに。何も好きこのんで、自分からこんな遠回りすることなんか、ないんでない、ええ？　普通に歩いてて災難に遭うのと、わけが違う。あんたの場合はねえ、自分で種まいてるんだよ」

「——早く、治すからさ」

喉の奥にせり上がってきている熱いものを飲み下すようにして懸命に呟いた。するとおふくろは、今度は眉根をぎゅうっと寄せて、さらに情けない表情を作り、「この

子は」と呟いた。

「気がついたばっかだからかも知んないけど——あんたねえ、自分がやったこと、まだよく分かってないんだわ。いい？　いくら他に誰も傷つけてないっていったってねえ、あんたの車はぺしゃんこだわ、ガードレールは壊れてるわ、おまけに交通標識と電柱も壊してるんだよ」

ああ、そういうことかと思った。要するに、また金だ。こういうことになったからには相当な金がかかるのに違いない。だが、保険には入っている。自賠責の他に、任意の保険だって一番安いものには入っているのだ。対物と対人、両方とも。つまり、そういう意味でも出費は最低限に抑えられるはずだった。

「——治ったら、また一生懸命働くからさ」

半ば自分に言い聞かせるように呟きながら、そういえば、と閃《ひらめ》いた。バイト先では、今度のことをどう受け止めるだろう。正社員登用の話は。まさか事故を理由に、話が流れる可能性もあるのだろうか。

「あんたっていう子は——」

おふくろはタオルハンカチを目元に押し当てて、喉の奥から、うっ、とか、くっとかいうような声を洩らしている。こんな風に泣くおふくろを、初めて見た。見てはい

けないものを見てしまったと思った。やめてくれよ、そういう声出すの。そんな顔すんのも――情けないのと気まずいのと、申し訳ないのと苛立たしいのが入り混じった、どうにも居心地の悪い不快感に、無理矢理にでも身体をねじ曲げようとした。おふくろは、すっと顔を上げると、自分の気を鎮めるように大きく息を吸い込み、「いいかい」と口を開いた。

「耕平。あんた、よく聞きなさいよ。母さんねえ、警察の人に言われたんだわ。『お母さん、酒気帯び運転がどういうことか、分かりますか』って」

おふくろは真っ赤に充血した目で、今にも身を捩《よじ》りそうな表情のまま、耕平を見つめている。

「つまりねえ、いい？　あんたはねえ、犯罪者になったっていうことなんだってさ。犯罪者！　誰かを傷つけたわけでなくても、法律違反したんだから。だから警察の人はねえ、あんたのことを『逮捕することになります』って」

枕に乗せている頭が、そのままぐん、と沈み込んでいくような気がした。天井には耕平の横たわるベッドをぐるりと取り囲むようにカーテンレールが巡らされている。そこから垂れ下がっているカーテンと天井の隙間から、蛍光灯の青白い光が洩れていた。唯一、カーテンが引かれていない、おふくろの背後に見えている窓の外は、もう

真っ暗な闇になっていた。

2

「フレスコ」の店長が見舞いに来てくれたのは、それから五日ほど過ぎた頃だ。果物と数冊の雑誌を持ってカーテンの向こうから顔を出した店長は、わずかに緊張した面持ちで、耕平のベッドの横に腰掛けるなり、「なあ」と口を開いた。

「病室の外に警官がいるの、知ってるか？」

まだ熱も下がっていなかった。気だるい気分のまま、耕平は「ああ」と無理矢理のように笑って見せた。途端に、少しずつかさぶたになってきた顔の傷が引っ張られて、ぴりぴりと不快な痛痒《いたがゆ》さに見舞われる。そこだけが、はっきりと目覚めているかのようだ。

「たまに、俺の様子を見にくるんスよね——一応、決まりだからっていうことらしいんスけど」

「それって、つまり——片貝くんを警戒してるっていうことか？　ちゃんといるかどうか、とか？」

店長の顔に一瞬、信じがたいといった表情が浮かび、それが困惑とも同情ともつかない、奇妙なものに変わっていった。ああ、事故った状況を知られているのだなと、咄嗟《とっさ》に悟らなければならない顔だった。店長は、その顔のままでわずかに目を細め、

「要するに」と声を落とす。

「かなり厄介なことになりそうな状況っていうこと、かな」

「分からないスけど――まあ、一応、まだ調書も何もとられてないんで、このまま逃げられたらまずいとか、思ってんのかも知れないっスね」

「逃げたりなんか――しやしないよなあ。それじゃあ、まるで――容疑者みたいじゃないか、何か、すごいことでもやらかしたみたいな――なあ」

病室の外を意識してか、ふいにわざとらしいくらい陽気な声を上げる店長に、本当っスよね、とまた笑おうとしたが、やはりガーゼで覆われた部分がぴりっと引きつれて、思うような顔が出来なかった。

「それにしても――災難だったっていうか、とんでもないことになったもんだな」

カーテンで仕切られた狭い空間をひとしきり見回した後、今度は店長は深々とため息をついた。無理に愛想笑いを浮かべるのも面倒になって、耕平も、つられるように息を吐き出した。この五日の間に、呼吸だけはずい分、楽になった。

「君が事故った翌朝、お家の方から連絡をもらったときには、信じられなかったよ。その後すぐに後藤くんからも同じ話を聞いて、やっと『本当だったのか』って思ったくらいでさ。スタッフたちもみんな、ショックを受けてたよ。アレだって？　あの晩は、他のアルバイトの連中と一緒だったんだって？」

「――そうなんですよねえ。みんなに心配かけちゃったっスかねえ」

「当たり前じゃないか。生命に別状はないって聞いたから、取りあえずはホッとしたけど、でも、やっぱり、こうして見れば大怪我だもんなあ」

「――まあ、骨がね、折れちゃってるんで」

「よりによって、あんな見通しのいい場所で、どうしちゃったんだよ」

「確か――シカが、飛び出してきたんだと思うんスよね。でっかい。そんで、急だったからあわてちゃって」

「思うって――曖昧なのか、やっぱり」

店長の視線が痛い。耕平はそっと視線をそらした。

「普通、の状態だったら、避けられたかも知れない、とか？」

「――分からないっスけど」

「スピードも、かなり出てたんだろう？」

多分、そうなのだろう。普段だって、ことに夜更けはスピードのことなど気にしたこともない道だ。いつだって、走りたいと思う速度で走ってきた。

「今さら何を言ったって遅いけど——残念だと思ってるんだ。僕も、本社の方でも」

「——すいません」

「期待してただけにね」

店長はまた大きなため息をつき、それから舌打ちを一つ、した。

「正直言って、ガッカリもしたし、それ以上に腹も立ってさ。ただのスピード違反とか、単なる運転ミスの物損事故っていうんなら、まだ、よかったのにって」

それは、耕平自身が一番強く思っていることだ。運が悪かったとしか言いようがない。よりにもよって、呑んで帰る日にシカの野郎が飛び出てこなくたってよかったではないかと。ところが、まるでこちらの心を見透かしたかのように、店長が「運が悪かったなんて、思うなよな」と言葉を続けた。

「ちょっと酷な言い方だけど、いつか、こうなってたはずなんだから。そういう癖を身につけちゃうと。つまり、呑んでハンドルを握るっていうことだけど」

思わず口元に力が入るのを感じた。密かに唾を飲み下す。癖なんて。俺、そんな、と言いたかった。だが店長は、耕平の方を見ないままで言葉を続けた。

「実は以前も、そういう従業員がいて、事故を起こしたことがある。しかも彼は勤務時間中、店の車を運転してて、そういうことになったんだ」

その人物はほとんど一日中、トラックやバンを運転していることが多い部署にいたという。四十代の働き盛りで、まだ小さな子どもを二人抱える父親でもあったと店長は言った。そんな彼がいつの頃からか、昼食後などに、ほとんど日常的に缶チューハイなどを呑むようになっていた。

「きっかけは分からない。最初は本当に軽い気持ちだったんだそうだ。呑んで、コンビニの駐車場あたりで仮眠でもとれば、それでいいだろうって」

駄目じゃん、そんなの、と呟きかけて、さすがに口を噤んだ。呑んでハンドルを握っていたという点では耕平だって同じだ。そして、しごく軽い気持ちだったということも。耕平だって最初のうちは、ビールをほんの一口呑む程度でおさえていた。ちゃんと罪の意識があったし、何かあったらやばいとも思っていた。それがいつの間にか、「これくらいなら」と思うようになり、普通に呑んでも運転代行を呼ばなくなってしまった。

「そうして何年かは事故一つ起こさずにいたらしい。それがついに、やっちまったんだ。しかも彼の場合、飛び出してきたのはシカじゃなくて、対向車線を走るバイクだ

った」

「――え」

「その上、バイクを避けきれなかった――運が悪かったじゃ、済まされないことだ」

「その――バイクの人は、どうなったんですか」

店長は、「ほぼ即死だった」と応えた。耕平の二の腕から首筋、耳の裏にまで、ぞくぞくとした感覚が駆け上がった。

――俺も、やってたかも知れない。

おふくろにどやしつけられたときには誰も轢いていないのだからと啖呵《たんか》まで切ろうとしたが、今はシカでさえ轢かなくてよかったと、心の底から思っている。もしも避けきれなくてぶつかってしまっていたら、こっちだって相当のダメージを受けていたかも知れないが、シカの方も無事では済まなかっただろう。たとえ相手が人間でなく、どれほど不可抗力だったといっても、さぞかし寝覚めが悪かったに違いないと。それが人間だったら――考えただけで吐き気がしそうだ。

「分かるだろう？　片貝くんの場合、こう言っちゃ何だが、相手がいなかった分だけ、まだ運がよかったと思うべきなんだ」

「――はい」

「やっちゃったことは、もう仕方がない。今はとにかく、素直に過ちを認めて、心の底から反省することだよ。そして、今後もう二度と同じ失敗は繰り返さないと誓って、心機一転、出直そう。なあ」

店長はちらりと耕平を見た後、一つ深呼吸をし、その出直しに関してだが、と思い切ったように言葉を続けた。もはや「フレスコ」には、耕平が戻ってくる場所はないと言う店長の顔はひどく苦しげに見えた。

「分かるだろう？　単なる事故なら、こんな決断を下すはずはないんだ。たとえアルバイトに対してだってね。だが、うちの店の場合は、今話した前例がある。あのときは当然のことながら会社側の管理責任も問われたし、大騒ぎになったんだ。だから余計に、今回のことは、いくら勤務時間中じゃなかったとしても見過ごせないと、上は言ってる。店の仲間と呑んでて、その後でこういうことになったっていう点でもね」

会社としてはお客さまの信頼が失われることをもっとも恐れている。今回下した結論は、理不尽とは言い切れない、致し方のないことだと、自分自身も考えていると店長は語った。話を聞きながら、耕平は、腹の奥底の方から、笑い出したいような不思議な感覚が湧き出してくるのを感じていた。

――俺って、ホント。

まじで、馬鹿だ。つくづく。何しろ、ほんの数分前まで、密かに期待していたのだ。こうしてわざわざ店長が来てくれたからには、ひょっとすると正社員に登用するという知らせを持ってきてくれたのではないかと。店長の口から、早く元気になれ、みんな待ってるぞとでも言ってもらえるのではないかと、勝手に想像していた。おめでたいにもほどがある。

「君にだって、それなりの言い分はあるだろうとは、思う。だけど、何しろこういうご時世だしね。さすがに僕も、かばいきれなかった」

「――分かってます」

「だからって、君のすべてが否定されたわけじゃない。人生に失敗はつきものだからさ。ことに若い頃は、誰にだって一つや二つの苦い経験はあるもんだ。手遅れなんていうことは絶対にないんだから、立ち直ろうよ、なあ」

「――そうっスよね」

「二度と同じ失敗を繰り返さないって、まず自分に言い聞かせて、誓ってさ。こんなに痛い思いまですることになったんだから、これ一度きりで懲りて、な。ご家族だって、さぞ心配なさってるだろう」

「――ああ、今度ばっかりは――はい」

「ここで再起して、名誉挽回しないとな。君は、いいものを一杯持ってるんだから」

「——そうですかねえ。俺が？」

「そうさ！　君は、小さなことにも手を抜かないし、誠意がある。基本的には、どんなことにも真面目に取り組もうとする姿勢があるし、色々な意味で問題意識を持ち続けることも出来ると、僕は思ってるんだ」

「まじっスか？　なんか、すげえ、いいヤツみたいじゃないスか」

「もちろん。君はなかなかどうして、見所があるヤツだ。だからこそ、こんな馬鹿げたことで、取り返しのつかないことになんか、ならないで欲しいんじゃないか」

「本当っスよねえ。そんなら、気合い入れ直すかなあ」

ついでに、えへへ、などと笑って見せる。頭とこころ、口の動きとがまったくばらばらだった。畜生、何だって、と思っているくせに。本当は、ちょっと待ってくださいよ、俺から仕事まで取り上げないでくれよと、すがりついてでも頼みたいくせに。

店長の苦しげな顔を見るのも、もう辛かった。

「実はね、俺、ちょっとした夢があるんですよね。まじで、そのことも考えてみようかなあ」

「へえ、片貝くんには夢があるのか。どんな」

「いやあ、それはまだまだ言えないっス」

「それならますます、その夢に向かって頑張らなきゃな」

「ですよねえ。任してくださいよ。元気になったら、もうバリバリ、やりますから——ああ、そういえば、正社員登用の話って、どうなったんですか。そんな噂、ありましたよねえ」

店長は「ああ」と頷き、その話ならば耕平と同じアルバイト店員から一人、正社員になることが決まり、昨日、内示があったと言った。

「こんなこと言っても、今さらどうしようもない話だけど、僕としては、本当は君を推《お》したかったんだ。だけど、まあ、君には君の夢があるっていうんなら、かえってよかったのかな。逆に、打診しても断られてたかも知れないもんな」

「——で、誰になったんですか」

鼓動が背中まで伝わっている。耕平は密かに生唾を飲み下しながら、店長の唇が「つかはらくん」と動くのを見、その声が途切れるか途切れないうちに、もう「へえっ」と声を上げていた。

「塚原くんですかあ。そうかあ。よかったなあ——あ、でも、彼もでっかい夢があるみたいな話、してませんでした？　俺、何か聞いた記憶があるんだけどなあ」

店長は、それは知らないと首を振り、とりあえず塚原も張り切っている様子だから、期待しているのだと言った。背中が、どきん、どきん、と揺れている。頭とところ。手足。唇。全身がまるでまとまらない。どこもかしこも、耕平の思い通りになっていない。

「まあ、ひとまず安心したよ。身体はともかく、精神的な部分では君のダメージも、それほどじゃあなさそうだし。いくら自分に責任があるとはいったって、これでウチの仕事までなくなるとなると、やっぱり落ち込んじゃうんじゃないかと思ってたからさ——その上、たとえ時々でも、警察官にまで見張られてるなんて」

「きっと、向こうも暇なんですよ。散歩がてら、来てるんじゃないスかね。俺は『逃げたりしないっスから』って言いたいところなんスけど」

言うべきことを言ってしまって、肩の荷が下りたのか、店長は帰る間際になってようやくこれまで耕平が見慣れていた、そして親しみを感じてきた笑顔になり、「そうかも知れないいな」と頷いた。

「いつか、またどっかで会おうな。その時には、今度のことも笑い話になってるように、頑張ってくれよ」

軽く手を振り、いかにも身軽な様子で帰って行く店長を、耕平は心の底から恨めし

く思った。文句など言える筋合いでないことくらいは百も承知だ。だが、どうしてあんなにもすっきりした表情で、すたすたと帰ってしまえるのか、どうして察してくれないのか、その上どうして、あの塚原を正社員などにしたのだと、割り切れない思いばかりが次から次へと身体の中でくすぶった。第一、塚原は、正社員になんかなりたくないと言っていたではないか。何とかいう、農業と民宿の抱き合わせのようなヤツをやりたいのだと。それなのに、大喜びで登用されるとは。畜生。そんな程度のヤツに、チャンスを持っていかれるなんて。

「風が気持ちいいから、少し空気、入れ替えましょうねえ」

看護師がやってきて、患者たちのベッドを囲っているカーテンをすべて開け放ち、さらに窓も少し開けていった。途端に視界が開けて、八人部屋の病室に乾いた夏の風が吹き抜けた。

窓の外に広がる夏の空は、馬鹿馬鹿しいほどくっきりと青く澄み渡り、もくもくと湧き始めた入道雲は、触れてみたいと思うくらいに白く輝いている。しばらく眺めている間にも、ぐんぐんと背丈を伸ばし、様々に形を変えていった。病院の外の道を通る車の音が時折、小さく響いた。誰かが、どこかへ向かっているのだ。夏の陽射しを浴びながら、忙しく働いている。

ふと、眼鏡のレンズがずい分と汚れていることに気がついて、耕平は、ギプスで固定されているために思うように動かせない左手をかばいながら、おふくろが薄掛け布団の襟元に置いていったタオルガーゼを使って、不器用に、ゆっくりと眼鏡のレンズを拭き始めた。

——時間が、流れてる。

どこで誰が大怪我をしていたって。ベッドから離れられなくて、日がな一日、空を眺めているしかなかったとしたって。生き生きと暮らし、確実に前に進んでいる人たちがいる。耕平だって、ごく当たり前にそういう日々を過ごしている一人だったはずだ。それなのに、自分から外れた。誰を責めることも、恨むことも出来はしない。すべて自分の責任だ。

事故のせいで、眼鏡のフレームも歪んでしまっていた。動けるようになったら、すぐにでも調整しに行きたいところだが、考えてみたら、この眼鏡そのものだって、もうずい分長い間、替えたことはなかった。改めて見てみると、かなり使いこんでいるせいか、汗や皮脂が作用するのか、フレームのあちこちのメッキだか塗装だかがはがれてきている。もしかすると、レンズの度だって、合っていないかも知れない。この眼鏡を通して、耕平は一体どれだけの人の顔を見、景色を見てきたことだろうか。

——だけど、みんな消えた。結局。

さっき、ふつふつと湧き起こってくるかに思えた可笑《おか》しみなど、とうにひんやり固まって、胸の奥底に沈んでいった。レンズを拭き終えた眼鏡を改めてかけると、少しずつ西に傾き始めた陽の光を受けて、さらに大きく育った入道雲の輝きが目に沁みた。あの空の下で、今ごろは岡部先輩も、後藤くんも、いつものように働いていることだろう。そして、耕平の噂をしているに違いない。本当に馬鹿な野郎だ。あんな女とつき合って、有り金全部を使い果たしたと思ったら、今度は酒気帯び運転で事故るなんてと、呆れ果てて、笑っているに決まっている。そこには正社員になった塚原も加わっていることだろう。

——要するに俺って。

自分で考えているよりも、よほど駄目な人間だということだ。呆れるくらいに。もともとよりそれほど大した出来でないことは、耕平だってある程度は自覚していたつもりだ。分かっていた。それでも、そこそこいけている部分もあるのではないかという気持ちは、どこかで抱き続けてきたと思う。東京時代、どれほど職を失い、女にだまされ、借金取りに追われたり、ネットカフェで寝起きを繰り返していたときだって。仕事運が悪くて出逢い運がなくて、真夜中から起き出して働かなければならなか

ったときだって。そう。いっそ死んでしまった方がずっと楽になれるのではないかと、夜ごと日ごとに思い続けていたときでさえ、この運の悪ささえ打開出来れば、どこかで運が好転すれば、あとはまったく問題なく生きていかれるに決まっていると信じていた。

——そんなことじゃあ、なかったのに。

どうして今まで気がつかなかったのだろうか。こういう事態に陥るまで。このおめでたさは何なのだろう。

「よう、どうだい、まだ痛むかね」

ふいにベッドの足下から声が聞こえた。まるで見覚えのない五十代くらいの男がにやにや笑いを浮かべながら、こちらを見ている。誰だよ、こいつは。耕平が何も答えず横を向くと、その男はわざわざベッドの脇にまで回り込んできた。パジャマ姿で、頭にネット包帯を被っているところを見ると、要するに同じ入院患者らしい。

「なあなあ、外にいるお巡り、あんたを見に来てんだってな」

男が近づいてくると、ぷん、と煙草の臭いがした。たった今、吸ってきたばかりという感じだ。全体に日焼けしており、ネット包帯から透けて見える髪の大半は白い。

斜里は小さな町だ。顔見知りというわけでなくとも、何となく見覚えのある顔が多

い。だが、男の顔にはまるで見覚えがなかった。

「なあ。あんたよう、何したんだい、ええ?」

「——るせえなあ」

「アレか、やばいことにでも、なってんのか。まさかよう、ムショを出たばっかりとか、そういうんでも、ねえんだろう? ほら、網走のさ——」

「うるせえって、言ってんだろうがっ!」

自分でも驚くくらいの怒鳴り声が出てしまった。途端に、首にも胸にも、足にも顔にも、鋭い痛みが走る。思わず顔をしかめたままで睨みつけると、男は一瞬ぎょっとした顔になったが、次の瞬間には、いかにも小狡《こずる》そうな表情に変わって、ふん、と鼻を鳴らした。

「そんな格好で、威勢のいいところ見せようとしたって無駄だってえんだよ。何だよ、ええ? 聞かせなよ。ひょっとして、アレか。どっかから逃げようとして、そのざまなのかい?」

「ほっとけ、クソ野郎っ! 人のことに構ってる暇があるんだったら、てめえの怪我のことだけ考えろってえんだ!」

「そうカッカしなさんなってばよう。冗談だって。分かってる、分かってる。事故っ

「いいから、放っといてくれよっ！　俺のそばに、来るなっ！」

若い警察官は、まだ何か言いたそうな表情で口元を動かしかけていたが、結局、ふう、とため息をついただけで、黙って立ち去っていった。思った通り、ようやく退き始めていた痛みの波が、また戻ってきた。耕平は顔をしかめたまま、ひたすら窓の外に広がる青空を見つめていた。目尻から伝い落ちた涙が、耳に入った。

3

自分で自分がどうなっているのか、分からなかった。頭の中は、しん、と静まりかえっていると思うのだ。特別イライラしているというつもりもない。それなのに、誰から何を話しかけられても、返事しようとすると、つい声を荒らげてしまう。ことに相手がおふくろの場合は、姿を見ただけでもう、いきなり怒鳴り声が出てしまった。うるさい。そばに来るな。話しかけるなと、顔も見ないままで、ただ荒々しいものの言い方しかできなかった。

「ちょっと。好い加減にしなさいって、もう、毎日毎日。人にさんざん迷惑かけておいて、何でその張本人が、そんなに威張り散らして、母さんのことまで怒鳴らなけり

ゃなんないんだか。冗談でないよ」

最初の頃こそ、「はいはい」などと受け流すようにしていたおふくろも、ついに怒り始めた。その険しい表情が、余計に耕平の神経を刺激した。頼むから、そんな顔をしないで欲しい。一体、耕平はこれまでに何回くらい、おふくろを笑わせたことがあるのだろう。耕平の記憶の中のおふくろは、大抵しかめっ面をしているか、ため息をついているか、または怒っているかといったところばかりだ。機嫌がよかったこと、笑い転げていた姿など、ほとんど思い出すことも出来やしない。あんな親父だから仕方がないとも思ってきたが、もしかすると、その原因は耕平にもあったのだろうか。受験に失敗し、無理に学費を出してもらい、仕事は長続きさせず、借金取りには追いかけられ——その都度、おふくろは今と同じような顔になったはずだ。

「あんたのお蔭で、こっちがどんだけの思いしてるか、分かってんの?」

「だからもう、放っときゃあ、いいじゃねえかよっ」

「ああ、ああ。そうだね。そうしたいのは、母さんだって山々だわ——」

「じゃあ、そうしろよ! いつだってパートで疲れた疲れたって、嫌みばっか言ってんだから、その上ここまで来ることなんか、ねえじゃねえかっ。どうせ人の顔見たって、文句言うだけなんだからっ!」

「あんた――」

「来るたんびに何回も何回も同じことばっかり言うだけだろうっ。どうせ俺は、親の顔に泥塗ったよ！　病院から出たら、次はサツにパクられるだけだからなっ！　そっから先は留置場だか拘置所だかだろうっ！　だから、もう、放っとけよっ！」

おふくろは疲れた顔のままで口を噤み、黙って耕平を見ていた。その視線だけでも、耐えられなかった。

「何、見てんだよっ！　いいから、もう帰れっ！」

やがておふくろは、深々とため息をつきながら、サイドテーブルの上に、持ってきた果物やスポーツ新聞などを置いて、腰を屈《かが》めるようにして帰って行った。カーテン越しに、他の患者に挨拶している声が聞こえた。すみませんねえ。お騒がせしちゃって。申し訳ないです――。

――みっともない真似、すんなよ。

追い打ちをかけるように怒鳴りたかったが、その元気も残っていなかった。いくら少しずつ快復しているとはいえ、まだついていない骨の断面が、声の振動でこすれ合うような痛みが走る。

十分すぎるくらいに分かっている。みっともないのは耕平自身なのだ。おふくろが

人に頭を下げて歩く必要など、どこにもありはしないではないか。だから、せめて知らん顔をしていてほしかった。どうせ、こんな出来の悪い息子だ。もう、諦めてほしい。これ以上、おふくろを喜ばせることも、安心させることも、おそらく出来はしないだろう。そんな能力は持ち合わせていない。仕方がないのだ。そういう風に、生まれついてしまった。

雷の鳴る音が響いてきたと思ったら、細く開けた窓から流れ込む風が急に強くなり、束ねてあるカーテンをはためかせた。さらに空気そのものが、すうっと冷たく感じられると、おや、と思う間もなく、すっかり暮れた空を切り裂くように稲妻が走った。一瞬、辺りが藤色の光に照らされる。次いで激しい雷鳴がとどろき、窓ガラスがびりびりと震える。流れる風がさらに冷たくなった。それから数分後、ばた、ばた、というような音を立てて、窓ガラスに大きな雨粒が当たり始めた。

「ああ、びっくりした！」

誰か窓を閉めに来てくれないだろうか、このままではあっという間にびしょ濡れになるのにと思った矢先、視界に鮮やかな色が飛び込んできた。誰かと思ったら、杏菜が、慌てた様子で病室の窓を閉めている。白地にブルー、黄色、ピンク色のストライプのポロシャツを着て、振り返った彼女は、今日は白いハチマキのように見えるヘア

バンドをしていた。

「ちょうど病院の前まで来たところで、急に降ってきたんだ！　すごい、こおんなでっかい雨粒だったよ」

その証のように、杏菜の額も腕も濡れていた。耕平は、今度はこいつを怒鳴ることになるのかと、密かに息を殺していた。

「あれ、おばさんは？」

「知らねえ」

「だって、昼間は、パートの後で病院に寄るからって、言ってたんだよ。だから私も、それに合わせてって――」

「何で、合わせる必要があるんだよ」

「何でって――いつも、そうしてるし。私、ほら、今日は教習所の日だったから。帰りにここ寄って、で、おばさん家《ち》でご飯食べさせてもらって――」

「だ、か、らっ」

口元にぎゅっと力を入れて、杏菜を睨みつけた。いつも持ち歩いている布製のバッグからタオルハンカチを取り出して額を拭きながら、杏菜はきょとんとした顔をしている。

「教習所だか何だか知んねえけど、何で、ここに寄る必要があるんだって、聞いてんだっ」

歯を食いしばるようにして、わざと目を細め、耕平は杏菜に挑みかかるように言った。杏菜はわずかに顎を引いて、戸惑った顔をしていたが、急に思い出したように「そうだ」とバッグに目を落とした。

「これ」

取り出したのは、携帯式のデジタルプレーヤーだ。

「私の好きな曲ばっかり入ってるから、先輩が気に入るかどうか分からないけど。退屈しのぎにはなるかなあって」

イヤフォンをくるくると巻きつけてある小さなプレーヤーを差し出しながら、杏菜は少し照れくさそうに笑っている。耕平は、それを一瞥し「おまえは」と杏菜に視線を戻した。

「——え？」

「どうすんだよ。これ置いてったら」

「どうするって？　何が？」

「おまえが聴くものが、なくなるだろうが」

　すると杏菜はにっこり笑いながら「平気、平気」と首を振る。

「私はさ、そこに入ってる曲はもう、ほとんど全部、覚えちゃってるんだもん。本当はもう少し新しい曲も入れたいとは思ってるんだけどね。だから全然、平気なの」

　いつ怒鳴ろうかと思っているのに、どうもタイミングが摑みづらい。耕平は手のひらに収まるほどの薄型プレーヤーに目を落としたまま、黙っているより他なかった。実を言うと、ずっと気だるい毎日が続いていて、テレビも雑誌も見る気になれないから、音楽はありがたい。けれど、素直にありがとう、という言葉も、容易に出てきそうになかった。

「ねえ、先輩」

「──何だよ」

「私、もうすぐ、卒検なんだよ。やっと」

「──だから」

「免許が取れたら、先輩の怪我が治るまでは、私が運転してあげるからね」

「──何で」

「だって、不便じゃん？　だから、私が運転して、どこにでも連れてってあげるよ。休みの日にはねえ、お祖母ちゃんも、色んなところに連れてってあげるって約束した

し――」

「何でおまえが、そんなことする必要があるんだっ！」

チャンスとばかりに大声を張り上げていた。杏菜はきょとんとした顔のまま、何度か目をぱちぱちとさせて、それから小さく微笑んだ。

「――機嫌、悪いんだ」

「つせえっ！」

「そりゃあ、そうだよねえ。落ち込むに決まってると思ったんだ」

「おまえに何が分かるっていうんだっ！」

杏菜は少し考える顔になっていたが、やがて小さくため息をつくと「分かるよ」と呟いた。

「おまえなんかに、分かるわけ、ねえだろうがっ」

「そんなこと、ないよ。ぴったり同じじゃないかも知れないけど。でも、分かる。そのう――何ていうかさ――消えちゃいたいっていうか」

その瞬間、手のひらに載せられていた杏菜のプレーヤーを彼女に向かって投げつけていた。小さなピンク色のプレーヤーは杏菜の胸のあたりに当たって、ぽとりと落ちた。杏菜の口から「あ」という小さな声が洩れた。

「もう帰れ、おまえなんかっ！」

「え――でも、おばさんが――」

「おふくろも、もう帰ったんだよ！　うるせえことばっか、があがあ言ってってからっ。俺が帰れって言ったの！　家に寄るんならなあ、おまえから、おふくろに言っとけ。もう来なくていいからって。おまえも、もう来んなよなっ！」

杏菜は初めて心底びっくりしたような顔になって、足下に落ちたプレーヤーをゆっくりと拾い上げると、「先輩」と小さく呟いた。

「あの――」

「うるせえって言ってんのが、分かんねえのかよっ！　二度と来んな、この馬ぁ鹿！　クソ野郎！」

言いたいことだけ言ってしまって、耕平はきつく目を閉じた。何しろ身動きがとれないのだから、相手を拒絶したいと思うなら、こうするより他に方法がない。

――頼むから、一人にしてくれ。

雷が鳴っている。窓を叩く雨の音も激しさを増して、他の雑音を消す勢いだ。誰がこんな天気のときに帰りたいものか。せめてもう少し小降りになるまで、中にいればいいと思うのが普通だ。杏菜だって、そう言えばいい。そうしたら耕平は「勝手にし

ろ」とか何とか、また怒鳴るつもりだった。だが杏菜の声はなかなか聞こえてこない。雨音が全身を包みこむようだ。文字通り降り込められている気分で、耕平はひたすら息を殺していた。

ふと、新聞を積んだカブにまたがり、ヘルメットに雨粒を受けながら走り回っていたときの光景が蘇った。ゴム引きの雨合羽を着ていても、袖の継ぎ目や襟元から雨が染み込んできてじっとりと身体が冷えた。ヘルメットのシールドに無数の雨粒が当たって、それが対向車のヘッドライトを四方に散らし、さらに視界を悪くした。ふいに目の前に飛び出してきた野良猫に、コケそうになったこともある。来る日も来る日もカブにまたがって、小さな家がひしめき合っている同じ町内ばかりをぐるぐると駆けずり回っていた――あの頃だって、何の希望もありはしなかったと思う。だが、今にして思えば、まだましだったかも知れない。いざとなれば、どこかに逃げ場所があるような気がしていた分だけでも。何もかも捨てて、逃げてしまえば、そこで一からやり直せるのではないかなどと思っていただけでも。

――どこに行ったって同じなのに。

今ごろになって分かった。要するに問題なのは耕平自身なのだ。どこで何をしたって、失敗する。それは、耕平に問題があるからだ。愚かすぎる。阿呆すぎる。何もか

もが中途半端すぎる。あまりにも考えがなさすぎる――どうして、こんな風に生まれついてしまったのだろう。酒を呑んで、勝手に事故って、正社員になる夢まで絶たれた上におふくろを怒鳴り、杏菜まで怒鳴って――一体自分は何をしようとしているのだろうか。

大地を震わせるような雷が響いた。反射的に身体がびくん、と弾んだが、それでも耕平は頑《かたく》なに目を閉じたまま、ひたすら雨音だけを聞いていた。ざあ、ざあ、と窓ガラスに当たる雨音は、激しい分どこか潔くもあり、半ば波に洗われているような気分にもなるものだった。海といえば、外房の海を思い出す。考えてみれば、あんな場所まで杏菜を連れて行ったから、彼女は耕平のことを誤解したのかも知れない。変になついて、知床くんだりまで追いかけてきて――。

――消えちゃいたいっていうか。

どきりとなった。

思わず目を開けてしまい、周囲を見回す。まだいるはずだとばかり思っていたら、いつの間にか杏菜の姿はなくなっていて、ただベッドサイドに、彼女のデジタルプレーヤーだけが置かれていた。隣に充電用のアダプターまで添えられている。

《間もなく面会時間が終わります。この後、各病室は消灯させていただきます。お見

舞いの方は、お帰りくださるようお願いいたします》

廊下に放送が流れ始めた。耕平は、ゆっくりとサイドテーブルに手を伸ばして、杏菜のプレーヤーを取り上げた。まだ何となくどきどきしている。杏菜は、消えたいと思ったことがあるのだろうか。

耕平自身は携帯電話で好きな曲をダウンロードすることはあっても、こういうプレーヤーを持っていない。今ひとつ使い方がよく分からなかったが、何となくいじっている間にすぐに分かってきた。イヤフォンを両耳に装着して、スイッチを入れると、すぐに日本語の歌声が聞こえてきた。耕平もよく知っている女性アーティストの、バラード調の静かな曲だ。へえ、あいつってこういう曲が好みなのかと思いながらも、その歌詞にまで真剣に聴き入る気にはなれないまま、耕平はただぼんやりと窓ガラスを叩く雨を眺めていた。音楽に包まれたお蔭で、ただの雨がひどくドラマチックなものに見えてくる。曲そのものは、好きとも嫌いとも言えなかったが、ただ、周囲から自分一人を切り離すのには役立った。

――消えたい。

言葉にさえ出来ないまま、胸の奥底に漂っていた思いを、まさしくズバリと言い当てられたと思った。そうなのだ。耕平は消えたいと感じている。いや、もはや消える

しかないと考え始めている。その方がいい気がしている。このベッドの上で気がついたときから、日増しにその思いばかりが強くなっていた。

衝動とか、思いつきとか、そういうものとは違う気がした。以前、いっそ死んでしまえたらなどと思っていたときとは、この感覚はまるで違っていた。何と言えばいいのか、「もう、いい」とか、「この辺で終わりにしよう」といった、実に落ち着いた感じだ。静かに、まるで当然のことのように、「そろそろ」消えようと思い始めている。

価値がないということが、骨身に沁みて分かったからだ。この人生に、ではない。自分自身にだ。誰のせいでもない。耕平自身が愚かすぎるだけのことだ。この先いくら生きていたって、誰の役に立つこともなければ、誰を喜ばせることも、幸福にすることもないだろう。少し調子づけば、すぐに油断してまた失敗するに決まっている。おふくろに迷惑をかけ、泣かせる。そうまでして生きているほどの価値など、どこにもない。今度という今度は、そのことがよく分かった。頭でというよりも、全身で。実感として。

――だから、消える。もう、いい。

こんな風に静かに死を覚悟するときが来ようとは思ってもみなかった。自殺などというものは、誰かを恨んだり、悔やんだり、もっとジタバタと苦しんで、挙げ句の果

てに選ぶものだと思っていた。

「片貝さぁん――あら、音楽聴いてるの？」

シャッとカーテンが開かれる音がしたと思ったら、音楽の向こうから、担当の看護師の声が聞こえてきた。耕平は、ゆっくりとイヤフォンを外して、看護師を見上げた。三十四歳なのだそうだ。バツイチだと言っていた。小学生の息子を二人抱えていて、何かと大変なのだという話を、彼女はつい一昨日くらいに、笑顔で語っていた。

「ねえ、片貝さん、駄目じゃない？　今日も怒鳴っちゃってたでしょう。お母さんのことも、それから、彼女も」

「彼女なんかじゃねえって」

「またまたぁ、照れなくたっていいじゃない？　健康的で可愛いお嬢さんじゃないの。とにかくねえ、あんなに一生懸命、来てくれてるんでしょう？　自分にだって仕事もあるだろうし、アレなんだって？　ウトロで働いてるんだってねえ」

まったく。いつの間にそこまで聞き出したのだろうか。耕平は口の中だけで小さく舌打ちをした。だが看護師は、そんなことにはお構いなしで言葉を続けた。

「そりゃあね、まだまだ、お怪我も痛いだろうし、イライラするのは分かるんだけど、他の患者さんたちだって、みんなそれぞれに我慢してるんだよ」

他の患者の中に、退院してすぐに逮捕されるヤツなんか、いるはずないではないか。耕平だけだ。

「思うように動けないのも辛いしね、面白くないのも分かるんだわ。正直言ってね、事故のショックだって残ってるだろうし、この先のことを考えたってね――」

「そうだよっ！　どうせ俺は、退院すれば逮捕される身だっ！　だからもう、放っといてくれよっ」

「ほら。そうやってすぐに怒鳴らないの」

「あんたらがイライラさせるからだろうっ。一人にさせてくれって言ってんだよ――頼むからっ」

こんな、生きる価値もない人間になど、親切になんかしないで欲しい。心配する価値のない人間の世話を焼こうなんて、思って欲しくないのだ。べつにこの先、逮捕されるからではない。そんな問題ではない。もっと根本的な問題だ。

「心配いらないのよ。痛みが取れてねえ、少しずつリハビリでも始められるようになったら、気分だって晴れるし、どんどんよくなるもんだから。ね、だから今は短気を起こさないで、もう少しの間だけ我慢して、早く動けるようになろうよ、ねえ」

看護師はあくまでも余裕を失わずに、「じゃあ電気を消しますからね」と告げ、最

後に「おやすみなさぁい」と言い残して離れていった。頭上の蛍光灯が消された。闇の中で目を凝らすうち、また涙がこみ上げてきた。

——終わりだ。まじで。何もかも。

悲しいつもりはなかった。

ただ、いよいよその時が近づいてきたと思うと、ひたすらいたたまれない気持ちになった。何というつまらない人生だったのだろうと、つくづく思う。何とみっともなく、情けなく、実りのないものだったことか。今こそ感じる。要するに耕平は、親父に似てしまったのだ。駄目なところばかり。

自分の息子が大怪我をして、やがて逮捕されることも知らずに、東京くんだりまで落ちのびていったきり、おそらく今も女と暮らしている親父。百歳近い祖母ちゃんのことも放ったらかしにしたままで、既に孫がいる立場になったことも知らず、未だに妙な夢ばかり追いかけているつもりになっている、あの親父にそっくりなのに違いない。あれが、このまま生き長らえた場合の耕平の将来の姿だ。結婚していようといまいと、子どもがいようといまいと、どんな相手のこともまったく考えようともせずに、ただ風に吹かれるように生きていく。

いや、もしかすると親父よりも、さらにタチが悪いかも知れなかった。何だかんだ

言っても、親父にはまだ夢らしきものがある様子だったではないか。実現可能か不可能かはべつとしても、これからでもまだ何かやりたいような話しぶりだった。耕平には、それさえもない。

——本当の本当に、何一つ、ねえんだ。俺には。

夢も希望も。金も未来も。能力もなければ運もない。心強い後ろ盾もいなければ、将来を相談出来る存在も、誇れる父親も、安心して身体を寄せ合える恋人もいない。あるのはひたすら背負うべき家族と、返しても返してもまた出来る借金だけ。その上、今度は前科まで加わる。どこから見たって、生きる理由そのものが、まるでないということではないか。こんな人生なんて。あんまりだ。

右手で頭の下の枕を引き抜き、それを自分の顔に押し当てて、耕平は泣いた。いっそ、このまま息が詰まってしまえばいいのにと思いながら、ただ泣き続けた。雷の音は、遠くなりながらもまだ響いていた。

4

翌日からぱたりと、耕平を訪ねてくる人間はいなくなった。多分、おふくろも杏菜

も呆れ果てたのだろう。わざわざ見舞いに来て、口汚く罵《ののし》られたり怒鳴りつけられたりすることに、好い加減嫌気がさして愛想も尽きたのに違いなかった。高校時代の友だちも、もちろん「フレスコ」からも、誰も来ない。世間の流れや人々の、日々の営みから、耕平一人がすとんとこぼれ落ちた。そんな感じだった。

それでよかった。どうせ、もうじき消えるのだ。今からでも気配を消してしまえるなら、その方が有り難い。

医師の回診のとき以外は、ほとんど誰とも口をきかず、看護師が何か話しかけてきても、ろくすっぽ返事すらせずに、耕平は、ただベッドに横たわり、窓から見える空を眺めて過ごした。眼鏡をかけるのもやめた。気がつくと眠っている。目が覚めると、陽射しが変わっている。空を見上げる。また眠る。

目覚める度に、まだこうして息をしている自分が不思議に思えた。寝ても、寝ても、爽快感など、まるでない。もしかすると、もう心の方は一足先に死に始めているのかも知れないと思うほど、虚ろに沈んだままだ。それなのに、何とも皮肉なことだった。肉体ばかりが日ごとに快復していくのが、自分でも感じられるのだ。

どうせ自由に動けるようになったところで、その直後には自分自身の手でその動きを封じることになる。そして今度こそ永遠に、引き返せないところまで行く——そう

決めている。それなのに毎日少しずつ、確実に、耕平の身体は変化していた。薄紙を一枚ずつはがすように、壊れた部分が修復され、新しい組織が生まれてくるのが感じられる。痛みを忘れていく。そうでなくとも爪が伸び、髭が伸び、髪はべたついて、さらに全身が垢《あか》じみてくるではないか。そうなると、こんな自分などどうなったって構わないと思いながら、ああ、風呂に入りたいとか、さっぱりしたいとか、そんなことを望んでしまう。

自由に身動きのとれない今、それでも「終わり」に向かいたいと思うなら、手っ取り早いのは何も食わずに過ごすことだ。多少の時間はかかるだろうが、理屈ではそれだけで餓死出来ると分かっている。だが、たった一日でも食事を抜くということが、もう出来なかった。食欲なんかあるはずがない、腹など減らないと思っていながら、時間が来ると不味《まず》い病院食でさえ綺麗さっぱり平らげてしまう。後悔しながらも、食ってしまうのだ。そうして自己嫌悪に陥る。死ぬつもりの奴が何をやっているのだと思う。さらに、浅ましい食欲を満たした当然の結果として、じきに排泄の欲求が生まれる。出すものを出してしまうときには、ある種の快感がある。すっきりした気分になっている。

まったく馬鹿げていた。生きている価値など何もないと思っていながら、そんな主《あるじ》

の思いとはまったく無関係に、耕平の肉体は、呆れるほど正しく機能し、健康を欲して日々、力を取り戻そうとしていた。

一日三食の飯を食らい、うとうととしては目を覚まし、四角く切り取られた空を見上げるだけで日々を過ごすうち、何日めかに「そうだ」と思い立った。これ以上、無駄に時間を過ごすべきではない。そろそろ、本気でけりをつけるべきだ。

耕平だって少しくらいは自分というものが分かってきているつもりだった。つまり、こんな風に毎日少しずつ健康を取り戻すうちに、やがて死ぬ気なんか薄れて、ついつい目新しい何かに気持ちを奪われたり、面白いことでもしたくなるのが自分という人間なのだ。「喉元過ぎれば」のことわざではないが、これまでやらかしたことなどころりと忘れてしまい、そうこうするうち調子に乗って、やがてまた性懲りもなく同じ失敗を繰り返す。そうしてまたおふくろに迷惑をかけることになる。今度こそ取り返しのつかないことになってしまう可能性だってある。そういう人間だった。やっぱりあのとき死んでおくんだったと、後から悔やんで涙を流したって手遅れだ。それだけは避けなければならない。

こうなったら手っ取り早く、きちんと死ねる方法を考えて、さっさと実行に移すべきだと結論を下した。警察の取調べが始まる前に。つまりは、この病院にいる間に。

——病院なんだから、薬とか。

眠ったように死ねるなら、それが一番楽そうだ。だが、薬の知識もなければ、どうやって手に入れればいいかも分からない。眠れないと嘘をついて睡眠薬でもためこんでみるとか？　いかにも時間がかかる。第一、ちゃんと眠れているかどうかなんて、見ていれば分かる話だ。そうでなくても、ついさっきだって看護師が「よく寝てたわね」と笑いかけていったではないか。たくさん眠れば、それだけ早く快復しますよ、とも。こんな嘘など簡単に見破られるに決まっている。

それならいっそ本物の劇薬を手に入れるのは、どうだろうか。看護師を脅して、場合によってはナースセンターにでも立てこもり、劇薬をよこせと迫るというのは——馬鹿馬鹿しい。今度こそ本物の犯罪者になるだけではないか。第一、どう考えても現実離れしている。こっちは人の手を借りなければ歩くことも出来ないというのに。成功するはずがない。

刃物で傷つけるか。腹とか、手首とか。だが痛いのは嫌だし、何よりも血を見るのは苦手と来ている。パニックでも起こして騒いでしまっては元も子もない。耕平の希望としては、痛みを感じる間さえなく、一瞬のうちに決着をつけられる方法だった。失敗する心配もなく、確実に実行出来なければならない。そうでなければ、この優柔

不断な自分は、すぐに迷って死にきれなくなるに決まっている。

――飛び降りる、か。

あの青い空に向かって、飛び立つつもりで。それなら、出来ないことはないと思った。今すぐにでも。ぱっと、そこの窓枠から飛べばいい。

ちょっとドキドキしてきた。耕平は、その手順を頭の中で組み立て始めた。

他の患者に見られたら面倒だから、まずはベッドの周りにカーテンを引いておく必要があるだろう。その上でベッドから下りる。壁までの距離は数十センチしかない。手を伸ばして窓枠にでも摑まれば、ギプスをしていたって転ぶ心配はないだろう。それから、出来るだけさり気なく、ゆっくり窓を開ける。窓は、耕平のみぞおちほどの高さだ。足に重たいギプスをはめていることと、右手しか使えないことを考えると、踏み台のようなものがあった方がいいかも知れない。雑誌でも何でも構わない。そこいらにあるものを積み上げて、窓から大きく身体を乗り出し、または、窓枠に腰掛けて、その上で、羽ばたくように飛び立つのだ。空に。

――一瞬で、終わりが来る。

その時、果たして自分は身体に衝撃を感じるものだろうか。そして、何もかもが分からなくなるものか――考えている間に、全身を震えが走り、心臓がぎゅっと縮こま

った気がした。鼓動が速まり、額のあたりがじっとりと汗ばんでくる。

——出来る。それなら。

ドキドキしながら、試しに、右足だけでそっとベッドから下りてみた。たった今、思い描いたのとはまったく異なる、ひどくのろのろとした慎重な動きで、素足の裏にスリッパの感触を味わいながら、ベッドに片手をついて、小さく気合いを入れて腰を上げる。そのまま足のつけねからくるぶしまで固定されている左足の、そのギプスの重みに身体をぐらつかせながら、窓の方に手を伸ばしたときだった。

「あら、片貝さん、おしっこか何かかな？」

背後から声をかけられた。振り返ると、坂田という大福餅みたいな印象の看護師が、足早に近づいてくるところだった。

「まだ一人じゃ無理だって、お話ししたでしょう？　遠慮しなくていいんだから、いつでも呼んでくださいねって。ねえ？　今、変な転び方でもしたら、もっと大変なことになっちゃうかも知れないんだから」

明るい大きな声で話しながら、坂田看護師はもう車いすを耕平の方に運んでくる。耕平は仕方なく彼女に背を向け、そろそろと車いすに腰を下ろした。看護師は、耕平が腰掛けたことを確認すると、すいすいと軽快なテンポで手洗いに向かって歩き始め

る。病室を出たところで、警察官と出くわした。以前、耕平が自分をからかいに来た他の入院患者を怒鳴りつけていたときに、たしなめに来た若い警察官だ。彼は耕平を見ても特に表情を動かすこともなく、ゆっくりと横を向いた。

——今日やったら、こいつの責任にも、なるんだろうな。

こうしてたまたまやって来た日に、耕平に死なれでもしたら、その時はどういう責任を問われるのだろうか。上司から叱責を受けるくらいで済むだろうか。それよりも、まずは彼自身が死んだ耕平を見なければならなくなる。そのことを考えると、少し気の毒な気もした。悪い奴ではなさそうだ。それに、まだ若い。さぞショックを受けることだろう。

「ねえ、片貝さん。最近、彼女、来ないみたいじゃない？　どうした？　喧嘩でもしちゃった？」

背後から坂田看護師の声が降ってくる。耕平は返事をしなかった。何度、彼女などでないと言っても信じないのだから仕方がない。

「しょうがないなあ。入院中はねえ、患者さんって、ついつい、わがままになっちゃうもんなんだよねえ。甘えが出ちゃうんだけど、それが喧嘩の原因になっちゃうのって少なくないみたい。もちろん、彼女とかご家族は、そんなことはよく分かってくれ

てるんだろうけど。それでもさあ、あんまり患者さんのわがままが過ぎると、やっぱり腹も立つし、傷つくこともあるものなんだよねえ。お見舞いに通うのだって、意外に大変なんだから。そのへんは、患者さんの方でも分かっておかなきゃ駄目だよ」

要するに俺が悪いんだよな。分かってる。少し前までの、ああいう類の苛立ちが蠢《うごめ》きそうになっても、それは腹の奥底だけのことだった。それを爆発させるような、そんな気力も、もはやない。耕平は黙って廊下を進み続けた。

「それにね、こう言っちゃ何だけど、ほら、近くに私たちみたいなのが、いたりするわけじゃない？　これもちょっとねえ、あちらにとっては心配の種なのかも、知れないんだよねえ」

首を固定されているから、振り向くどころか大きく顎を動かすこともままならない。だが相手はプロで、怪我人の扱いにも十分に慣れている看護師だった。耕平が相《あい》槌《づち》を打とうが打つまいが、まるで気にする様子もなく、勝手に一人で喋っている。

「つまりさあ、ほら、私たちって、要するに『白衣の天使』ってヤツだからね。患者さんたちから見ると、何かもう、すごく素敵に見えちゃうっていう話じゃない？　あっははは！」

自分で言って、自分で笑っている。そんな、大福餅みたいな天使がいるものかと、

耕平もつい笑いたい気分になった。だが、胸の中ががらんどうのようになってしまっていて、笑おうとする力さえも湧いてはこなかった。どんな言葉も、ただ虚しく響くばかりだ。やはり、心から死に始めているのだ。

「こっちにそんなつもりはなくてもね、患者さんの方が、何ていうかなあ、この制服に色々と妄想をかき立てられちゃってさ。結構、嫌らしいこと考えてたりする人も、いたりしてね。退院した後になっても、手紙とかもらっちゃったりするんだよねえ。まあ、分かってんのよ、こっちだって。要するに、このナース服のせいだってね」

坂田看護師はお構いなしに話し続けている。耕平は、ただ病院の廊下を見つめているだけだ。

「でもさあ、私たちだって困っちゃうとき、あるんだわ。仕事だから、どんな方にでも親切にするし、お世話もするけどさあ、それで一方的に好きになられたり、ご家族に焼き餅焼かれたりしちゃうとねえ」

妙な自慢話を聞いている間に、手洗いに着いた。車いすごと入れる個室まで運び入れてもらい、そこから先は一人で用を済ませる。べつに、尿意などもよおしているつもりはなかったが、こうして便座に腰掛ければ、それなりに出るものがあった。その間に、すっと気が抜けた。つい今し方、自分は確実に死ぬチャンスを逃したのだとい

うことが、急に実感となってこみ上げてきた。おしゃべりな大福餅のお蔭で。よかったのか、悪かったのか――。

　再び車いすを押されて、病室まで戻ってきたところで、ベッドに戻る前に窓辺に立ってみた。改めて下を眺めると、意外に地面が近いような気がする。そういえば、この病室は建物の三階だと聞いていたが、これくらいの高さで、果たして確実に死ねるものだろうかと、ふと不安になった。

「ねえ、ここの病院って何階建てだっけ」

　太い腕を振り上げて、耕平のベッドの薄掛けを整えてくれていた坂田看護師が、

「ここ？」と首を傾げた。

「五階建て。どうして？」

「屋上って、あるのかな、と思って。俺らでも行ける？　車いすでも――もう少し違った景色が見たい感じ、するんだけど」

　坂田看護師はにっこり頷いて、エレベーターを使えば車いすでも行かれるようになっていると教えてくれた。

「今度、時間のあるときに連れてってあげるね。今の季節なら気持ちいいよ。よかったねえ、片貝さん」

「――何が？」

「少し、気持ちが前向きになってきたみたいじゃない？」

微笑む大福餅に、耕平はうん、と薄く笑って見せた。

――どっちに向かって前向きなんだか。

これで、カウントダウンが始まったと思った。たった今、手洗いから戻ったばかりなのに、すぐにまた小便をしたいような感じだ。いよいよ本当の終わりを迎える。何もかもに別れを告げるときが来る。

看護師が去って一人に戻ると、耕平はベッドに横たわったまま、その時のことを考え始めた。何の実りもなかった短い人生が、もうすぐ終わる。その一瞬を迎えるとき、果たして自分はどんな心持ちになるだろうか。悔しいか。悲しいか。嬉しいか――とにかく、この惨めさからだけは解放される。息苦しい思い、悔やんでも悔やみきれない苦々しさ。そういったすべてから解放されるなら、それでよかった。

風に吹かれて屋上の縁に立つ自分を思い描く。最後に見る景色は、じき閉じられるこの瞳に、どんな風に映るだろうか。そのときの記憶さえ、息絶えた後には何も残らないのだろうか。今、こうしてこんなことを考えている自分は、この意識は、果たしてどこへ行くのだろう――考えているうちに、胸が苦しくなってきた。こうなったか

らには、もう後戻りは出来ないと思っている。とうに諦めもついたつもりだ。仕方がない。今回の人生は失敗だったのだから。それなのに、たった一人で消えていく自分という存在が、ひどく哀れに思えてならなかった。こんなに惨めで、みっともない奴は他にいない。

久しぶりに緊張したせいか、または多少なりとも頭を使ったためだろうか、急にぐったりと疲れを感じた。耕平は大きく息を吐き出して、ゆっくり目を閉じた。今はこうして、自分の呼吸と鼓動を感じている。この肉体そのものが消えてしまう、その感覚がどうしても分からない。

気がつくと、何も見えないところをさまよっていた。いつの間にか、手足のギプスも取れている。ああ、楽になった。全身がすごく軽やかで、ぽん、と大地を蹴れば、そのまま宙に浮かび上がれそうな気分だ。風が吹いているのだろうか、清々《すがすが》しい心地よさが心に満ちていく。こんな気分は久しぶりだった。いや、これほど軽やかに、穏やかに、すべてから解き放された気分になるなんて、生まれて初めてのことかも知れなかった。

——ひょっとして。

もう肉体から離れてしまっているのかも知れないと思った。この実感のなさは、そ

うとしか思えない。すると、もうやったのだろうか。屋上から。病院の。

まるで覚えていない。だが、あまりの緊張と恐怖で、その瞬間、その前後のことを忘れてしまったのかも知れない。自分のキャパシティを越えるほどの恐怖や苦痛に見舞われたとき、きっと人は、その部分を忘れ去るのだ。自分を守るために。

――そうか。もう終わったのか。

だが、まだ自分としての意識はあるようだ。それなら、この意識が残っている間に、せめて皆に最後の別れでもしておこうかと思いついた。「死んだ」自分の肉体のことも気になる。果たしてどんな姿になってしまっていることだろうか。恐ろしいけれど、見てみたい。

それにしても、どっちに行けばいいのだろう。霧が深くて何も見えないではないか。さまよいながら考えるうち、遠くから「耕ちゃん」と呼ぶ声が聞こえた。あれは、祖母ちゃんの声だ。いけねえ、祖母ちゃんにも挨拶をしなけりゃあな。先にこっちに来て、祖母ちゃんを待ってるからね、とでも伝えようか。

「耕ちゃん」

呼んでいる。近くにいるのだろうか。辺りを見回そうとして、急に窮屈な自分に気がついた。首が動かないではないか。それに、妙に足が重たい。つい今し方、あんな

に軽やかに、宙を舞い飛べそうに感じたのに。あれ、何なのだろうと思っていたら、目が覚めた。

ぼんやりと辺りを見回し、ついため息が出た。なんだ。まだ生きている。さっきと変わらない病院のベッドで、丸太ん棒のように横たわっているだけだ。

「――夢か」

小さく呟いて、もう一度、深々と息を吐き出したところで、ベッドの足下に二つの人影があることに気がついた。ぼやけた姿が、もう一度「耕ちゃん」と言った。

「――祖母ちゃん？」

確かに小さな祖母ちゃんが、杏菜に付き添われる格好で、こちらを見ていた。

5

祖母ちゃんはベッドの脇に腰掛けるなり、耕平の怪我をしていない方の足をさすり始めた。何度か「大丈夫だから」「いいよ」と言ったが、それでも祖母ちゃんは手を動かし続けた。寝間着を通して、乾いた手の感触が伝わってくる。しばらくの間、顔も上げず、耕平の方を見ようともせずに、ただ黙って手を動かして、それから祖母ち

やんはようやく呟いた。

「なまら、おっがねえ目に遭ったなあ」

足に続いて、今度は耕平の右腕だった。ゆっくり、ゆっくりとさすってもらっているうちに、怪我していない方の足や腕がずい分と疲れていたことに気づいた。寝ているだけで何をしているわけでもないのだが、やはり怪我した方の手足をかばっているから、普段よりも負担がかかっているのだろうか。ただされているだけで、こんなに心地よく感じるなんて不思議なくらいだ。耕平は、俯《うつむ》きがちの祖母ちゃんを見つめたまま、ただされるままになっていた。自然と喉の奥に、熱いかたまりがこみ上げてきそうになった。

皺だらけの祖母ちゃんの手は、身体に比べてずっと大きくて、曲がりかけている指の関節ばかりが大きく目立つ。大きな爪は見るからに厚そうで、指先の皮膚はところどころひび割れているように見える。幼い頃は、その乾いた手に触れるとざらざらと引っかかるように感じて、ちょっと嫌だった。だが今、ささやかな重みと共に、耕平の腕の上を飽きることなく何度でも、ゆっくりと移動し続けている手は、あくまでも優しかった。

近くの眼科医院まで、目薬をもらいにきたのだそうだ。それに今日は杏菜が付き添

ったらしい。おふくろは一昨日から札幌に行ったのだという。姉貴のところの赤ん坊が風邪をこじらせ、さらにその風邪が姉貴にもうつったとかで、おふくろにSOSの電話があったのだと杏菜は言っていた。

「でも、もう落ち着いたみたい。今日のお昼過ぎに電話があってね、明日くらいには帰れるからって」

おふくろも大変だなと思った。息子はこんな状態だし、姉貴の方もどうやらバタバタしているらしい。おふくろ一人が、あちこちに行って立ち働かなくてはならない。それでも、杏菜がいてくれるから何とかなったのだろう。姉貴の出産の時と同様に、留守中に祖母ちゃんの面倒をみてくれて、ついでに今日は、祖母ちゃんがここへ来たいと言ったから連れてきたらしい。あいつ、自分の仕事は大丈夫なのだろうかと思ったが、さっき祖母ちゃんをこの椅子に座らせた後で、杏菜自身はちょっと買い物をしてくると言って出かけていった。

窓から夏の風が流れ込んでくる。

「祖母ちゃん」

ぼんやりと宙を見上げたままで呼んでみた。祖母ちゃんは手の動きを止めることもなく、小さく、うん、と言った。

「——ごめんな」

「なんも。なんも」

「俺さあ——こんなつもりじゃ、なかったんだけどなあ」

「分かってっから」

やっと祖母ちゃんの方を見た。

祖母ちゃんは、瞼《まぶた》にまで皺が寄って、しかもその瞼が垂れ下がってきているせいで、いつも眠たげに見える。その顔で、ゆっくりと耕平を見ている。笑うでも怒るでもなく、いつもと同じように、ただ目をしょぼしょぼとさせているばかりだ。こんなに小さな年老いた祖母ちゃんに労《いたわ》られて、身体をさすってもらっている自分が、つくづく情けない。

「俺さあ——」

「なじょうだ」

「どうしてもさ——本当、駄目だなあと思ってさ」

「なんも、そんなこと、ないよ」

「だってさあ、俺——また、何もかも、なくしたんだ」

「なんもかも？」

「何もかも、だ」

「んだが」

「――んだ」

不思議だった。ついさっき、大福餅みたいな坂田看護師に話しかけられたときでさえ、腹の奥底ではまだイライラが渦を巻いていて、ことと次第によっては噴き出しそうな気配を感じたというのに、祖母ちゃんの声は、波の音のようにすんなりと耕平の中に染み込んでくる。まるで、祖母ちゃんの手が、耕平の中から苛立ちを吸い取っていくかのようだ。

「俺なんかさあ、せっかくなあ、正社員になれるとこだったんだ。それも駄目んなった。また借金も出来たしさ――これで少し怪我が治ったら、今度は警察に捕まるんだ――しょうがねえんだけどさ。全部、自分が悪いんだから――俺って、どうしてこんな風になっちゃうのかなあ」

祖母ちゃんの手が、柔らかく耕平の腕を握る。握っては移動して、握っては移動する。その、意外なほどの力強さが心地よかった。大きくため息をつきながら、耕平は喉を鳴らして熱いかたまりを飲み下し、「本当に」と呟いた。声が、かすれた。

「本当に――俺――何やったって、ろくなことになんねえんだなあと――思ってさ」

言いながら、ふと、子どものように泣いてみたい気分になった。「えーん」と声に出して、泣きじゃくってみたい。「えーん、えーん」と声を張り上げて、手の甲で涙を拭い、鼻水をすすり上げながら、広い野原でも歩いてみたい。

「あるもんだ。ほーだぁときが」

祖母ちゃんが、ぽつりと呟いた。

「何やっても、うめえことがいがなぐでな、右見ても、左見ても、なぁんも見つかんなぐで、ぽつーんと独りぽっちになったなあ、と思うようなときが」

祖母ちゃんの低い声は、この耳からではなく、祖母ちゃんの手のひらから伝わって、耕平の中に染み込んでくる。

「誰かのせいのときもあれば、誰のせいでもねえときもある。勝手にどうにかなっちまうときも、あるんだがらなあ。分がんねえもんだ」

「――祖母ちゃんにも、あった？　そんなこと」

祖母ちゃんの頬が微《かす》かに動いて、何本も寄っている深い皺が形を変えた。

「そりゃあ、あったよ、あった。何べんでもなあ。ほーだぁことなあ」

「え――まじ？」

「もうなあ、こんでもかってぐれえなあ。やれやれ、これで一つ終わったなあと思っ

たってな、また次に何かあんだ。それもやっとこさっとこ片付けだなあと思っても、息つく間ぁ、ねえの。まんだまんだ、何かしらあっでなあ」

　耕平は、わずかに姿勢を変えて、祖母ちゃんの方を向いた。

「そんなに？　そんなに次から次へと？　そんでも、平気だったの？」

「なんが」

「何ていうか、嫌にならなかったのかなってこと。その——生きてることとかさあ、暮らしてることとかさあ」

「なるさ。なるよ。やんだなあっでな」

「じゃあ——」

「んだげんと、生きてんだもんなあ。人は、生きねばなんねえんだもん。なんがあったって、生きてるうちは、しようがねえ」

　祖母ちゃんは何べんも目をしょぼしょぼさせながら、今度はもう少しはっきりと笑った。

「明日ってのは必ず来るもんだから。生きてるうちはな」

　それが今は嫌なのだ。明日がやってくること。それが、もう耐えられないと思う。

「意味、ねえじゃゃん。明日なんか来たってさあ——特に、今の俺なんか、こうやって

寝てるだけだし、そのうち警察に捕まるって分かってんだよ——もしかすると、そのまんま刑務所に入れられるかも知んないし。そうしたら俺なんか、完璧に前科者だ。もう、まともになんか生きていけっこねえよ」

祖母ちゃんは首を傾げるような格好のまま、耕平の言葉を一つとして聞き漏らすまいとしているように見えた。

「本当言うとさ、俺なんか、その前から失敗ばっかさ——祖母ちゃんにも、おふくろにも心配かけたくないと思うから、ずっと黙ってたけど。東京にいるときから、何やったって、一個もうまくいったこと、ねえんだもんなあ——これって、親父に似たのかなあ」

「父さんのことは、うっちゃっときゃあ、よがっぺよ。ありゃあ、耕ちゃんとなんか、似でも似つがねえよ」

「——そうかなあ」

「あったらろくでなしとは、わけが違う。母さんが、どんだけ電話したって、一回も出ねえような、そんなもんとは、人間の出来が違う」

祖母ちゃんの目が遠くを見る。本当は、こんな話をすべきではないのかも知れなかった。年老いた祖母ちゃんが、どれほど親父を心配し、また落胆もしていることか、

さらにおふくろに申し訳ない気持ちでいるか、耕平だってある程度は分かっているつもりだった。だが今は、胸の奥底に溜まっていたものをすべて吐き出してしまいたい気持ちを抑えることが難しかった。

「――祖母ちゃん」

実は、親父は東京にいるのだと、耕平は自分の手元だけを見つめたまま話し始めた。浅草で、一度だけ会ったときのことだ。あまりのことに驚いてしまって、結局、ちゃんとした住所も、相手の女の名前も聞けなかった。せめて手伝っているというスナックの店名だけでも聞いておけばよかったと、今は後悔しているというところまで話して、ようやく顔を上げると、祖母ちゃんは遠い目をしたまま、「大方、そんなこったろう」と呟いた。

「あの子は――耕ちゃんの父さんは、根っからの悪人ってわけではねえの。だけんども、どういうわけだか、だらしがねえんだなあ。何をやらしても中途半端で、金にも、仕事にも、女にも、どういうもんだかだらしねえ。あの子はなあ、ありゃあ、祖母ちゃんの、おどっつぁに似たんだなあ」

「おどっつぁ？」

「祖母ちゃんの、父ちゃん」

「え――祖母ちゃんの、父さん？　俺のひい祖父《じい》ちゃんってこと？」

祖母ちゃんは目をしょぼしょぼとさせながら小さく頷き、それから思い出したようにガーゼのハンカチを取り出して、目頭を押さえた。眼科で目薬でも注《さ》されたのだろうか、皺だらけの祖母ちゃんの目元は、来たときから少し濡れているように光って見える。

「祖母ちゃんのおどっつぁて人もなあ、もう、ろくなもんでなかったんだ。だから、祖母ちゃんのおっかぁは、どんだけ苦労させられたか分かったもんでなかった。ほだもん、生まれ在所にも居れなくなって、最後にはとうとう、知床まで来ることになったんだから」

あの子は似たんだなあ、と呟く祖母ちゃんの顔は、すべての表情が無数の皺に呑み込まれてしまったようで、悲しんでいるのかどうかも見分けがつかない。ただ、目元だけが光っている。きっと薬のせいだ。

「あの、おどっつぁのお蔭でなあ、祖母ちゃんのおっかぁは、そりゃあ大変な思いをしたもんだ――もう、みぃんな、昔のことんなったけんど」

耕平がいることさえ忘れたかのように、祖母ちゃんは小さく呟いて、しばらくの間、遠くを見つめていた。もっとその続きを聞いてみたいと思った。自分の血が、こ

の祖母よりも、さらに前の代の人から受け継がれてきたことなど、これまで考えたこともなかった。

「俺のひい祖父ちゃんって、どんな人だったの」

「まあ、どういうかなあ——おどっつぁのお蔭で、祖母ちゃんのおっかぁも、祖母ちゃんも、みぃんな、運命ってえか、変わってしまったんだろうなあ——遠いとおい、昔のことだけんども」

やがてようやく我に返ったように、祖母ちゃんは姿勢を変え、今度は耕平の手の甲に自分の手を重ねてきた。

「なえ、耕ちゃん」

「——うん」

「ええな。忘れるんでない。耕ちゃんには、なんもないこと、ないんだから。これがあるんだよ。これが」

祖母ちゃんの手が、耕平の手をぽんぽんと叩く。

「——何」

「何って。あんたの、手だ。それから、ほら、足。なに、ちぎれてなくなったってわけでねえんだから、こんな怪我ぐれえ、じき治る。なあ、耕ちゃん。母さんが丈夫に

産んでくれた、立派な身体があるってこと、忘れんでないよ」

さっき見た夢を思い出した。あの夢の中で、耕平は本当に肉体から抜け出したように感じた。その軽やかさ、清々しさ、何ともいえない爽快感を今も覚えている。肉体から解き放たれてしまえば、ああいう感覚を味わえるのだとしたら、祖母ちゃんが撫でさする、こんな身体など要らないではないかと思いたくもなる。

「いいねえ、耕ちゃん。この身体さえあれば、何とでもなるもんだ」

だが祖母ちゃんは、もはや持ち主がほとんど棄てかけているこの身体を慈《いつく》しむように、何度も撫でさすり続けている。今、自分が本当に死んだら、この百歳近い祖母は、どれほど嘆き悲しむことだろうか。

「耕ちゃん」

「――うん」

「今日のことだけ、考えでな」

「――今日のこと?」

「んだよ。今日、夜んなって寝るまでのことしか考えねえでいいから」

祖母ちゃんの手が、ぽん、ぽん、とリズムを刻む。

「明日のことなんか、誰にも分かりっこねえもんだ。いっくら考えたって、どうなる

「だって、おまえ、来るたんびに金使っててんじゃん」

杏菜は「気にしない、気にしない」と半ば得意げにも見える顔で笑い、そして、そそくさと帰って行った。祖母ちゃんに夕飯を食わせたら、すぐにウトロに戻らなければならないのだそうだ。「じゃあね」とだけ言って、杏菜は他には何も話さずに、素っ気ないほどあっさりと帰って行った。きっと、さぞ忙しいのだろうと、後から思った。無理をして、祖母ちゃんの世話をしているのに違いない。そこまでする必要なんて、ないだろうに。要するにお人好しなのだ。馬鹿なヤツだ。

急に、ぽかんとなった。

足にも腕にも、そして頭にも、祖母ちゃんの手の感触が残っている。軽く痺《しび》れたように残っているその感触を味わいながら、耕平は夕方に向かう窓の外を眺めた。

——今日だけ。

明日のことなど考えずに、今日一日のことしか見ずに暮らす毎日。よくよく考えてみると、そういう生活は、実は既に経験したことがある。東京時代、ネットカフェに寝泊まりしては、日雇い派遣の仕事で食いつないでいた頃の自分が、まさしくそれだった。

あの頃は、明日のことなど考えていては不安に押しつぶされてしまうから、取りあ

えずはその日のことしか考えない、そういう癖がついていた。毎日毎日、違う仕事にありついてはその日のねぐらを探し、ときとして野宿してでも、何とか飢えを凌《しの》いで、ただそれだけで生きていた。食うことと、ねぐらのこと、日銭を稼ぐこと以外、何も考えていなかった。時折、ひょっとすると自分はもう人間以下になろうとしているのではないかなどと感じることもあったが、いつしかそんな思いも振り捨てた。渦中にいた頃は、無論、幸福であるはずはなかったが、だからといって不幸だとも思っていなかった。そんなことを考える余裕さえ、なかったからだ。とにかく、生きていた。ただ、生きて、暮らしていた。

——耕ちゃんも、今日のことだけ考えてりゃあ、いいんだよ。

今日のこと。

今日のことだけ。

すると、差し当たっては——。

サイドテーブルに置かれた雑誌が目に入った。その横には、杏菜が貸してくれているデジタルプレーヤーもそのままになっている。全部で何曲入っているのか、多分まだ全部は聴いていないはずだった。耕平は、のろのろと手を伸ばすと、プレーヤーのイヤフォンを耳に入れ、それからパズル雑誌を開いた。取りあえず今日のところは、

残りの時間をこうして過ごすことにしようと思った。

6

今日が、一つ、二つと積み重なっていく。その間に、耕平は初めて屋上に上がることが出来た。例の大福餅看護師が連れて行ってくれたのだ。車いすを用意され、さあ行きましょうかと声をかけられたとき、耕平の心臓はにわかに波立ち、急に緊張が高まった。取りあえず今日は生きるつもりだったが、図らずも死ぬことになるのだろうか、などとも考えた。だが、実際に屋上に着いてみて、力が抜けた。屋上にはきちんとフェンスが巡らされていたからだ。考えてみれば当たり前の話だ。万一のことを考えたって、それくらい、ないはずがない。これでは、そう簡単に飛び降りることなど出来そうになかった。

「十五分くらいしたら、また迎えにきますからね」

夏とはいえ、薄着で風に吹かれていては風邪をひく心配があるからと、薄手の毛布を耕平の膝にのせて、忙しい看護師は威勢よく腕を振りながら立ち去っていった。一人になると、耕平は改めて、屋上に巡らされたフェンスを見渡した。どこかに切れ目

などは出来ていないものだろうかと思ったからだ。大人の胸の高さくらいだろうか、屋上をぐるりと取り囲んでいるフェンスは、その気にさえなれば、というよりも、ギプスなどしていなければ、容易に乗り越えられそうなものだった。それでも、今の身体では難しそうだ。

落胆と安堵の両方がない交ぜになって、つい大きなため息が出た。それから初めて、フェンスの向こうに広がる斜里の町に目がいった。乾いた風に吹かれながら、耕平は、自分が生まれ育った町を見渡した。こういう高さから眺めるのは、生まれて初めてだった。

すぐ傍に見えているのは、耕平自身も通った中学だ。その先にはやはり母校の高校も見えている。さらに向こうには釧網《せんもう》本線の知床斜里駅が見えた。たしか、耕平が高校生の頃までは、単なる「斜里駅」だったと思うのだが、気がつくと頭に「知床」がくっついていた。その後、知床が世界自然遺産に登録されてからは駅舎も変わって駅前の再開発も始まり、その界隈は、耕平が幼かった頃とはずい分雰囲気が違っている。背の高いホテルも建ったし、道そのものも変わったところがあるようだ。それでもやはり、斜里は斜里だった。どの道も、どの角も、ほとんど通ったことがある。よく見れば小学校のときによく遊びにいった友人の家を見つけることも出来た。

自分は、ここで生まれて、ここで育ったのだ。そしてまた、戻ってきた。少なくとも今日までは、ここで生きてきた。明日は——明日のことは分からない。明日も生きているかどうかなんて、そんなことは考えたくもない。

「ごめんなさいね、一人にして。どう？　風は冷たくないですかぁ？　少しは気分転換になったかなぁ？」

坂田看護師が戻ってきた。

——今日は、ここまでだ。

少しだけ首を巡らせて、看護師に頷いて見せた。今日のところは、この景色を眺められただけで十分に満足だった。

「リハビリが始まったら、あんまり退屈しなくなると思うから、もう少しの我慢ですからねえ」

開放的な屋上から、空気がこもって感じられる屋内に戻り、さらに病室まで運ばれたところで坂田看護師に言われても、耕平は静かに頷いて見せただけだ。そんな先のことは、考えないことにしようと思う。今日の残りの時間は、杏菜から借りているプレーヤーで音楽を聴きながら、パズルでもするつもりだ。

「やっぱり、彼女が来ないと淋しいのねえ。あんなに威勢がよかったのに、すっかり

おとなしくなっちゃって。こっちとしては素直で助かるけど、あんまり静かだと、ちょっと心配になっちゃうなあ。大丈夫ね？　落ち込んだり、してないですよねえ？　彼女にメールか電話でも、してみたら？」

わずかに悪戯《いたずら》っぽい表情で、相変わらずとんちんかんなことを言う看護師に、小さく苦笑しながら、ベッドの上で姿勢を整えた後、耕平は「ありがとう」と彼女を見た。看護師は一瞬、不思議そうな顔をしていたが、にっこりと笑顔を返しただけで立ち去っていった。

クロスワードパズルも数独も、お絵描きなんとかというパズルも、これまでほとんどやったことがないものばかりだ。そういうものに向かって、少しばかり頭を使ったと思うだけでも意外に疲れる。一日に一問か二問も解ければいいくらいだ。だが、せっかく杏菜が買ってきてくれたのだから、最後のページまでやりたいと思っている。

デジタルプレーヤーのイヤフォンを装着して、昨日の続きまでのページを繰り、「たてのヒント」の項目を読み始めたときだった。ふと、聞き覚えのあるメロディーが鼓膜を震わせた。

がんばれ

いつの日か花になる
だいじょうぶ

どきり、となった。
耕平は思わずパズルから目を離し、流れてくる音楽に耳を澄ました。聴いたことがある。この歌は、確かに知っていた。

ひたむきに笑って
ひとりで泣いて
君が帰りたいとき
待っている
遥かな町

杏菜がいつも口ずさんでいたメロディーだ。耕平は一点を見つめたまま、その歌を聴いた。確か、夏川りみの歌だと言っていたと思う。この声は間違いなく夏川りみの声だった。

負けないで
がんばって

ドキドキしているうちに曲が終わってしまった。耕平は慌てて杏菜のデジタルプレーヤーを手に取り、その曲をもう一度聴こうとした。だが、どこを操作すると、そう出来るのかが分からない。あちこちいじり回して、ようやくアーティストごとの曲目リストにたどり着いた。確か以前、杏菜にあの曲のタイトルを聞いたような記憶がある。だが、彼女が何と答えたかは覚えていなかった。仕方がない。耕平は、夏川りみのリストに入っている曲を最初から聞くことにした。

どうして自分がこんなに慌てているのか分からない。まるで身体の細胞が今初めて、長い眠りから目覚めたように息づいている気がした。長い間、頭の片隅を覆っていた霧が、今ようやく晴れようとしている感じがする。

改めて聴き始めて何曲目かに、同じ歌が流れ始めた。プレーヤーのディスプレイには、「花になる」というタイトルが出ていた。

——そういえば。

確か杏菜も、そんな曲名を口にしていたかも知れない。耕平は息を殺して、その歌声に耳を澄ました。

強い風にふるえても
冷たい雨に打たれても
空を見上げている
花になりたい
春夏秋冬《はるなつあきふゆ》と
時が過ぎても
遠い夢に逢うまで
終わらない
心の旅
がんばれ

いつの日か花になる
だいじょうぶ

優しい言葉かけるより
あたたかく抱きしめるより
君が歩く人生《みち》の
花になりたい

ひたむきに笑って
ひとりで泣いて
君が帰りたいとき
待っている
遥かな町

がんばれ
いつの日か花になる

だいじょうぶ
星に願いをこめて
太陽に微笑んだら
がんばれ
いつの日か花になる
がんばれ
いつの日か花になる
負けないで
がんばって

聴いているうちに、あらゆる場面が思い出されてきた。

杏菜が初めて新聞販売店に来た日のこと。カブの乗り方も分からなくて四苦八苦していたこと。誰かに何か言われる度に「あ、あ」と慌てた様子で、ひたすらバタバタ

と動き回っていたこと。男たちの下品な冗談にさらされて、犬に咬まれて、そして、薄い壁を通して、耕平の部屋に、この歌が聞こえてきた日のこと——。

——あいつ。

こんな歌を口ずさみながら、あの日々を過ごしていたというのか。自分を励まし、慰めながら、懸命に耐えていたということなのだろうか。そうまでして耐えなければならない、一体、何があったというのだろうか。

一度終わると、また最初から、その歌を聴いた。何度も繰り返し同じ歌を聴きながら、耕平は、自分が記憶している限りの杏菜の姿を思い浮かべた。

長い三つ編みを両肩から垂らして、いつでもびっくりしたような顔つきで。東京にいた頃の杏菜は、今のように明るく笑うことなど一度もなかったと思う。あの頃の彼女と比べたら、今の杏菜はまるで別人だ。一体、何がどうなって、そんなことになったのだろう。

考えてみれば分からないことだらけだった。突然、何の前触れもなしに知床に来た当時だって、そういえば何か話したい素振りだったのに、結局何も言わないままで今に至っている。耕平自身、いつも自分のことで手一杯で、杏菜のことなど考えている余裕は、どこにもありはしなかったから、「そういえば」と思い出すことくらいあっ

ても、やはりそのままにしていた。ただ、やたらと人の親になついて、家族みたいな顔をして、家に入り込んでいる彼女を変な奴だと思っていただけだ。

こんな歌を聴きながら、そして、自分でも口ずさみながら、一体、杏菜は何を考えて今日まで過ごしてきたのだろうか。

その日は、パズルも手につかなかった。何度でも、飽きることなく同じ歌ばかり聴きながら、耕平は夜になるまで、杏菜のことを考えて過ごした。

翌日から、またおふくろが来るようになった。耕平がさんざん怒鳴って、追い返すようにして以来だったのに、おふくろはいつもとまるで変わらない様子で、札幌の姉貴の話をし、赤ん坊の話をしながら、せっせと耕平のベッドの周りを片づけ、新しく持ってきた花を活けたり、襟元に使っているタオルを取り替えてくれた。

「だけどさあ、血は争えないもんだよ。にこっとしたときとか、何かのときに見せる、その顔がねえ、あんた、うちの父さんに似てんだわ。お姉ちゃんとか祐司さんでなくさ」

あんな風に八つ当たりしたことを、一度くらいは謝った方がいいのだろうなと思いながら、タイミングも摑めないままでいる耕平の周囲を行ったり来たりしながら、おふくろは一人で喋り続ける。

「お姉ちゃんも『嫌んなっちゃう』って笑ってたけどね、でもまあ、父さんは、顔立ちそのものは、そう変《へん》ってわけでもないんだし、中身まで似るとは限らないからさ」

「――親父は、知らないまんまなんだよな」

「そりゃ、知ってはいるんだろうよ。こっちは知らせては、あるんだから。今度の耕平のことだって、どんだけ留守番電話に残したって、結局は、うんでもなけりゃ、すんでもないような人だもん。一体、何を考えてんだか」

「ひょっとして、携帯を解約しちまったんじゃねえのかな」

「そんなら、つながんなくなるはずでしょうが。こっちの用件だけはね、聞いてんのよ。間違いなく。そういう性格なんだ。そんで、ああ、まだ俺のこと忘れてねえな、そんじゃあ、いざってときには帰れんな、とか思って、一人で満足してんでない」

そうだろうか。ひょっとして、一緒に暮らしている女が、親父の携帯電話を隠したりしているのではないだろうか。だが、女がいることは、おふくろには言っていない。今の口ぶりからしても、祖母ちゃんも耕平から聞いた話は口外していない様子だ。それなら、黙っていた方がいい。いつかは親父だって、現実に立ち返って戻ってくるかも知れないのだ。そのときには、すんなりとはいかないまでも、それなりに受け入れてもらえるように、決定的なことは言いたくない。

「さあ、こんでまた明日っからパートを頑張んねばねえ。結局、一週間以上も休んでしまったし。本当に、次から次だ」

一通りの片付けを終えて満足したのか、おふくろは、今度は家から用意してきた密閉容器を取り出した。中には、食べやすい大きさに切ったスイカがころころと入っていた。

「冷えてるうちに、食べなさい。塩も、かけっかい？」

おふくろは、やはり家から用意してきたフォークを耕平に持たせ、タオルを敷いた上に容器を置く。耕平は、赤いスイカにフォークをたてて、一つ、口に運んだ。

「――あのさ」

「甘くないかい？」

「――甘いよ。わりと」

そんじゃあよかった、と笑うおふくろは、いつもとまるで変わらない。自分が死んだら、このおふくろは一人になるのだと、ふと思う。そして、耕平がこの病院に運ばれたときよりも、もっと泣くだろう。死んでしまっては、怒鳴りつけることも出来ないから、もしかすると耕平の遺体でも叩きながら、一人でいつまでも泣くのに違いない。そういう目には、やはり遭わせたくないと思う。出来ることなら。

――今日のところは生きている。夜までしっかり生きるつもりだ。そして、眠る。

「あんたも、あんまり母さんが顔出すと邪魔みたいだし、母さんもさ、ちょっと気合い入れて、パート頑張らねばなんないから、明日から、そう毎日は来れないからね。その代わり、杏菜ちゃんも来てくれるだろうし、町支《ちょうし》くんも近いうち顔出すって連絡あったんだわ。それこそ、あんたの携帯に何回か連絡したけど、出ないって言ってたよ。あんた、普段はいつでも携帯電話を肌身離さず持って歩ってたんだから、たまには確かめてみなさいよ」

「携帯は、ロビーとか外に出なきゃ、ここじゃあ使えねえんだって。どこに行くにも、今んとこは車いすだしさ」

おふくろは「ふうん」とわずかに顎をしゃくるようにして、こちらを見ている。それから、一人で何かに納得したように頷いた。

「まあね、杏菜ちゃんもちょこちょこ来てくれんだろうし。必要なことがあれば、町支くんにでも、誰にでも、頼めばいいよ」

おふくろはおふくろで、何か言いたいことがあるのだろうと感じた。だが、何も言わない。耕平がまた怒鳴り出すのを警戒してか、または、他の何かを気遣っているの

かも知れなかった。耕平も、結局のところは「ありがとう」も言わないまま、帰っていくおふくろをベッドの上から見送った。

——明日のことは、考えないにしても。

このまま二度とおふくろに会わないというわけにもいかないだろうという気がする。もう少し時間が必要かも知れない。これ以上の親不孝をしでかすことを、しっかりと覚悟するためにも、必要に応じて遺書くらいは書いた方がいいかも知れない。あれこれ考えると、なかなかそう簡単には死ねないものだった。

翌日も陽が傾いてきた頃に、耕平はまた屋上に連れて行ってもらった。まだ夏の盛りのはずだが、吹き抜ける風には確実に秋の気配が感じられる。心なしか、空も高くなったようだ。

鳥の声。

車の音。

犬の声。

小さな子が遊ぶ声。

もしかすると、ずい分遠くから聞こえてきているのかも知れないそれらの音が、風にのって柔らかく上ってくる。ああ、生きてるんだなあ、と思う。

今日も今の時間まで、何とか生きた。あとは夜になるのを待つだけだ。例によってパズルでもやって、杏菜のプレーヤーを聴いて。そうして眠りにつけば、何とか終わりそうな自信が湧いてくる。だから最近、耕平は夕方が一番好きだった。以前は特別、何とも感じなかった時間帯なのに、今は、この時間帯さえうまくやり過ごすことが出来れば、今日も何とかおふくろと祖母ちゃんを泣かせずに済むと思う。それが一番、ほっと安心することだった。

目をつぶり、大きく胸を膨らませて深呼吸をしていたら、頭上から「あらっ」という看護師の声が降ってきた。

「片貝さん、よかったわねえ。今日は彼女が来てくれたじゃない」

何かと思って坂田看護師の方を振り返ろうとした視界に、真っ赤なポロシャツを着た杏菜の姿が入ってきた。

「ここにいたんだぁ」

いつもの布製のバッグを肩にかけ、相変わらず丸っこい体つきの杏菜は、にこにこ笑いながらこちらに歩み寄ってくるところだった。肩より短くなった髪が、ふわふわと心地よさそうに揺れている。耕平は、何も言わずにその姿を見ていた。少しずつ西に傾いていく陽射しの中で、赤いポロシャツ姿の杏菜は、彼女自身が輝いているよう

にも見えた。

7

「これが斜里の町かぁ」

風に吹かれながら、杏菜が嬉しそうな声を上げる。大福餅みたいな坂田看護師は、耕平の世話を杏菜に任せて自分は階下に降りてしまった。いつもは耕平よりもずっと小柄なはずの杏菜を見上げる格好で、耕平も杏菜と並んで風に吹かれていた。

「あれ、学校だよね」

「俺が行ってた中学」

杏菜が「へえっ」と言いながら遠くを見つめている。

「先輩、あそこに通ってたのかあ。じゃあ、あっちは？」

「高校」

「先輩が行ってたとこ？」

頷いて見せる耕平に、杏菜は「ふうん」と、感心したような顔をした。

「ここは、先輩の全部を、見てきた町なんだね」

ふいに、あの歌の一節を思い出した。

ひたむきに笑って
ひとりで泣いて
君が帰りたいとき
待っている
遥かな町

耕平は、手を後ろに組んで景色を眺めている杏菜を少しの間見上げ、それから思い切って「なあ」と声をかけた。杏菜は「うん？」と笑顔を見せた。

「前から聞こうと思ってたんだけどさ」

風が、杏菜の髪を揺らしていた。耕平は、その顔を少しの間見つめて、それからまた風景に視線を移した。

「おまえ、どうしてこの町に来たの」

言い終えて、しばらくしてから、また杏菜を見上げる。杏菜は、もう笑ってはいなかった。丸い目を何度となく瞬かせ、懸命に頭の中を整理しているような顔だ。

「あそこの店を辞めるのは、俺も賛成だったし――あんな、ことも、あったしさ――俺自身、東京はもういいやと思って、こっちに戻ってきたわけだけど――おまえにはおまえの田舎があるだろう？　前にも、もう帰らないみたいなこと言ってたけどさ。だけど、だからって、どうしてこっちに来たのかなあと思って」

夜ごと、あんな歌を口ずさみながら懸命に自分を励まし、耐えていたはずの生活に、どういう理由で見切りをつける気になったのか。そうして次に選んだのが、なぜこの知床だったのか。それが分からないのだと、出来るだけ言葉を選んで話す間、杏菜はわずかに唇を噛んだまま、黙って宙を見つめている。

「まあ、言いたくなかったら、いいんだけどさ。べつに」

「言いたい」

「――え」

「言いたいんだ。言いたいっていうか――先輩に、聞いて欲しかったんだよね。本当は、ずっと前から。あの、千葉の海に連れて行ってもらったときから。ほら、あのときも先輩は私に聞いてくれたでしょ」

杏菜はさらにもう一歩、屋上のフェンスに近づいた。それからしばらくの間、耕平には彼女の後ろ姿だけが見えていた。やがて「あのね」という声が聞こえた。

「先輩、知ってる?」

「何を」

「アメラジアンって」

「アメ――何、それ。知らねえ」

振り返った杏菜が、喉をごくりと鳴らした。いや、聞こえたわけではない。ただ、耕平からも、彼女がひどく緊張している様子なのが見て取れた。

「ほら、アメリカ人のことはアメリカンっていうでしょ? で、アジア人はアジアン、だよね」

急に何を言い出すのかと思った。耕平は、目線だけで頷いて見せた。

「つまり、アメラジアンっていうのはさ、アメリカンとアジアンが、混ざり合ってるってこと――私が、そう。私は、アメラジアンなんだ」

え、と小さく呟いたきり、しばらくは反応が出来なかった。すると、要するに杏菜にはアメリカ人の血が流れているということなのか。

――ハーフ。

何だよ、そういうことか。自分がどんな顔をすればいいのか分からないくらいに緊張していた耕平は、思わず尻から背中のあたりに入っていた力が、すっと抜けそうに

を感じた。
なるのを感じた。ああ、それで筋が通ってくるではないか。だから祖母ちゃんは、杏菜のことを「和人《わじん》でない」と言ったのだ。自分で気づいたのか、杏菜から聞かされたのか。それだけのことか。耕平は「なんだ」と呟く自分の顔が、ほっと緩んでいるのを感じた。

「すげえな。じゃあさ、本当はおまえ、英語とか、ぺらぺらだったりするわけ？」

杏菜は少しの間、笑っていいのかどうか分からないような顔つきになり、ゆっくり首を左右に振ると、再び身体を斜めにして、斜里の町の方を向いた。「沖縄ではさ」と、風にのって声だけが聞こえた。

「アメラジアンっていったらね——特にアメリカ軍の兵士と、沖縄の女の人との間に出来た子どものことをいうんだけどね」

沖縄が基地の町だということぐらいは、耕平だって知っている。基地があるなら当然のことながら軍人だって多いだろう。長い間、沖縄に駐留していれば、現地の女性と知り合う機会だって出てくるに違いない。耕平は、それがどうしたのだと杏菜を見ていた。甲にえくぼが浮かぶ杏菜のぷくぷくした手が、屋上のフェンスにしがみつくようにしている。

「沖縄には、私と同じような子が少なくない。つまり——私みたいに、お父さんの顔

も、名前も、何も知らない子っていう意味」

杏菜の手がフェンスをぎゅっと摑んだ。

「私が知ってるのは、お父さんが黒人だっていうことと、お母さんのことなんかべつに好きでも何でもなかったっていうことと——お母さんも、私を産むつもりなんか、まるっきりなかったっていうこと」

胸を、どん、と衝《つ》かれた気がした。

突如として、頭の中に、いっぺんに色々な言葉が飛び込んできて、それらの言葉が破片のように飛び交い始めた。アメラジアン。黒人。産むつもり——自分は今、何を聞いたのだろう。誰の話をしているのだろうか。

——だけど。

黒人、という言葉が、パズルのように、頭のどこかにぴたりとはまった。ああ、畜生。だから杏菜は、自分たちに比べて——ああ、自分は何という愚か者なのだろう！

——そういうことか。

アメラジアンと聞いて、ハーフだと分かって、それで杏菜に白人っぽい部分を見出せるか？　そんなことも気づかなかった自分は、何という間抜けなのだ。鈍感な大馬鹿野郎だ。まあ、だが、それである程度、納得出来たではないか。それならそれで、

構わないではないか。けれど、その上、今、杏菜は何と言っただろうか——車いすの肘掛けに乗せている手が、びっしょりと汗ばんできていた。

「あのさ、それって——」

「つい、うっかりね、出来ちゃったんだって。で、気がついたときには、堕《お》ろすことも出来なかったからって——それが、私」

　杏菜の母親は当時まだ十六、七歳で、毎晩のように盛り場に出入りしては酒を呑み、時にはホステスまがいのことをして小遣いを稼いでいたらしい。家も貧しかったし、何をしても面白くなかったのだろうし、つき合っていた仲間も悪かったのだと、後に杏菜の祖母は語っていたそうだ。祖父は母親が幼い頃に漁船の事故で亡くなっていた。杏菜の母親は、まだ年端もいかない頃から家に居着かず、それまでにも何度か問題を起こしてきたが、やがて取っかえ引っかえアメリカ軍兵士とつき合うようになり、あるとき、杏菜の父親と知り合った。朝から晩まで働きづめだった祖母は、娘のお腹が膨らんでいくことにも、ずい分長い間、気づかなかった。

「私が生まれてすぐ、お祖母ちゃんは、私の髪の毛と肌の色に気がついて、これは大変なことになったと思ったたって。父親のいない子なんか産んで、それも、黒人の子なんてって、お母さんを、叩いたたって」

もともと、ほとんど行きずりのような関係だったらしい。杏菜の母親は、妊娠したことが分かってから、相手の男を探して出入りしていた店や、彼の仲間と思われる連中にも尋ねて歩いた。そしてようやく一度は彼と連絡が取れたのだが、その直後から相手の男は姿を見せなくなり、それきり行方をくらましてしまったという。つまり杏菜の父親は、自分が日本人の女性を妊娠させた事実にそっぽを向いて、そのまま逃げたということだ。

十代だった杏菜の母親に、一人で赤ん坊を育てる力などあるはずがなかった。結局、生まれたばかりの杏菜を祖母に預けて、自分は外に働きに出るようになった。

「お祖母ちゃんは、いっつも言ってた。戦争で苦労して、占領で苦労して、せめて老後くらいはのんびり生きたかったのに、どうしてこんな運命なんだろうかって」

やがて杏菜の母は、本土へ行くと言い残して沖縄からいなくなった。他の子どもたちや親戚から責められながらも、一人で幼い孫を育てていた祖母は、杏菜が十歳になる前に持病が悪化して、入院しなければならなくなった。そうして杏菜は施設に預けられたのだそうだ。母の姉弟も親戚も、誰一人として杏菜を引き取るとは言わなかったからだ。

沖縄と聞いて思い浮かぶものといったら、青い海や白い砂浜、燦《きら》めく太陽といった

ものばかりだ。そんな明るくのどかな土地には、同じように楽しくて賑やかな話ばかりが溢れているのに違いないと、勝手に思い込んでいたことに気がついた。耕平は何度も生唾を飲み下し、呼吸を整えなければならなかった。もはや、杏菜を見つめる勇気もなかった。だが杏菜は話し続けた。

「ずっと思ってた——私なんか、生まれて来なきゃよかったって。生まれてくるはずじゃなかったのにって。私がいたって、世界中の誰も喜ばないんだし、誰の役にも立たないんだしって」

声も口調も静かなままだ。それだけに、言葉の一つ一つが、まるで杭《くい》でも打ち込むように耕平に突き刺さってくる。だが、最後まで聞かなければいけないのだと思った。杏菜は、ずっとこのときを待っていたのに違いない。それが、おそらく今日、耕平に与えられた課題なのだ。

「中学出て、就職したけど、やっぱり分かる人には分かるし、私には親もいなかったから——どこも、居づらかった。私と似たような子でも、親がちゃんと結婚してたりすればね、基地の中の学校に行けたり、アメリカに留学したりして、英語だって普通に喋れるようになるし、普通の子より全然、恵まれてることもあるんだよ。でも、私の場合は、まるっきり。世の中には意地悪な人っていてさ——分かっててわざと、私

の肌のこととか、髪のこととか言ってきたり、『お父さん、何してる人』とか、聞いてきたりね」

もっとはっきりと肌が黒ければ、逆に開き直ることも出来たのかも知れない。だが、杏菜の肌の色は、そう言われなければ分からないくらいに、黒人とのハーフの肌としては、かなり薄い色だった。それが余計に、杏菜の気持ちを不安定にさせた。いくつか職を替えながら、杏菜は何度となく安い給料をはたいては高い化粧品を買って、どうにかしてこの肌の色をもっと白く出来ないものかと必死になったこともあるのだと語った。

「無理に決まってるのにね」

わずかに微笑む杏菜とまともに目が合ってしまった。耕平には、何も言えなかった。胸が苦しくて、押しつぶされそうだ。

「せめて、お父さんの写真でもあればさ、肌の色とか、顔つきとか、そんなのも分かるんだけど。本当、綺麗さっぱり、何一つないんだよね」

働き始めて数年が過ぎたある日、老人ホームの祖母を訪ねた杏菜は、もはやまったくの寝たきり状態で、手紙を読むどころか普段の会話さえ出来なくなってしまっている祖母の荷物の中から、未開封の手紙を見つけた。母からの便りだった。

「東京で暮らしてるって、書いてあった。結婚して、幸せにしてるからって。もう過去は忘れたし、振り返らないつもりだから、娘には自分の話を一切、聞かせないで欲しいって。私の名前も、書いてなかったよね。『娘』っていうだけ」

「――そんな勝手な話、あるかよ」

張りつきそうな喉から、やっとのことで声を絞り出した。頭が破裂しそうだ。

「そうなんだけどねえ――だけど、私、馬鹿だからさあ。その手紙読んだとき、何だか嬉しくなっちゃったんだよね――ああ、私にもお母さんがいたんだって。過去は忘れたって書いてあるのにさあ、会えば、きっと思い出してくれるんじゃないかって」

一目でいいから見てみたい。せめて、どんな顔をしているのか、本当に幸せにしているのかどうかだけでも確かめたい。自分を生んだ人の温もりだけでも感じてみたい――その一心で、杏菜は他に誰一人として知り合いのいない東京に出てきたのだそうだ。ふるさとには二度と戻らない覚悟だった。そして、母親の住所を探り当てた。

「それが、あの町だった」

「そうか――だから、おまえ――」

少しだけ照れくさそうな顔で、杏菜は小さく頷く。あの頃、杏菜は暇さえあれば一人でどこかへ出かけていた。友人や彼氏がいる様子でもなかったのに、いつもどこへ

行っているのだろうかと不思議に思っていたものだ。あの新聞販売店からさほど遠くないところに、杏菜の母親は暮らしていた。杏菜は、少しでも母親の近くにいたいという思いだけで、あの界隈で仕事を探し、住み込みも可能だという条件を知って、新聞配達を始めることにしたのだと言った。職種は関係ない。とにかく母の傍にいたい、それればかりだったのだそうだ。

「マンションの一階でねえ、小さな庭があるんだ。ベランダにいくつも植木鉢が下がってて、いつも可愛い花が咲いてて、家族の洗濯物もたくさん干されてた。子ども用の小さい服とか、運動靴とかも」

そしてついにある日、杏菜はその家の主婦を見た。一見すると、祖母の家に残っていた母の写真とは別人のような印象だった。ひょっとして母ではないのだろうか、母はまたどこかへ引っ越してしまったのだろうかと思ったが、よく見ているうちに、伯母に似ていることに気がついた。親戚の中で、杏菜をもっとも忌み嫌い、一度として優しい言葉をかけてくれたこともなかった母親の姉にあたる人と、とてもよく似た雰囲気の女性が、家族の布団を干していたのだそうだ。

「昔の写真に比べたら、ずっとすっきりした感じでねえ、普段着なのに、何となくお洒落で、最初から東京の人みたいに見えた——幸せそうだったな。私と似てるところ

なんか、どこもない感じなんだよね」

建物の陰から、そっと母親の様子を窺おうとする杏菜の姿が目に浮かぶようだった。場所を聞いてみると、耕平もしばらくの間、配達を担当していたことのある地域だった。つまり、もしかすると耕平だって、一度や二度くらいすれ違ったことのある女性かも知れない。

「何回か見に行ってるうちに、だんだん家族のことも分かってきた。旦那さんは、いつも普段着で出かけていくから、普通のサラリーマンっていうわけでもないんだと思うけど、でも優しそうな人だった。子どもは、男の子と女の子の二人。両方とも小学生。当たり前だけど、私みたいな肌の色でも、こんな、ちりちりの髪でもなくて、普通の、日本人の子――あれが私の弟とか妹なのかって、すごく不思議な感じがした」

「――じかに、会ったのか。話したりとか」

杏菜は小さく微笑んで「一回だけ」と呟いた。

「最後に」

「――最後？」

せめて一度くらいは言葉を交わしてみたいと決心したのは、耕平が新聞販売店を辞めた後のことだったそうだ。この先あと何年も、ただこうして見つめているわけにも

いかない、どこかでけじめをつけなければいけないと決心して、思い切って母親を訪ねてみる気になった。そして、新聞の勧誘のふりをして、マンションのインターフォンを鳴らしたのだという。ところが、出てきた母親は、杏菜を一瞥するなり「やめてよね」と吐き捨てるように言った。

「それまでドキドキして、心臓が破裂しそうだったのに、いっぺんに凍りついた感じだった。ものすごく、こわかった。『迷惑なんだよ!』って、最初っから怒鳴られてね。私、何も言えなかった。お母さんは、私を睨みつけて、『二度と来るんじゃないよ!』って。それだけ言って、バンッて、すごい勢いでドアを閉めた」

耕平は息を呑んだまま、杏菜を見つめていた。あの界隈は、マンションが密集している。息苦しいほど四角い建物ばかりがひしめき合っている辺りだ。その、マンションの一角で、ドアの前に立ち尽くす杏菜の姿が目に浮かぶ。

「つまりさ、あの人は、私に気がついてたんだよね。週に何回も、あそこの前まで行って、どれくらいでもうろうろしてたから。きっと、向こうからも見えただろうし、そのうち、私だって分かったんだと思う。この顔とか、肌の色とかで。私、あの人には全然、似てないから——つまり、お父さんに似てるのかも知れないし」

「それだって! 何でだよっ! それにしたって、母親じゃねえのかよっ!」

自分でも驚くほどの大きな声が、久しぶりに出てしまった。頭がかっかとして、じっとしていられないほどだ。今ここにその母親がいたら、襟首でも何でも、ひっつかみたいところだった。あんた、何を考えているんだと、杏菜は自分の娘ではないのかと、その顔を見据えて言ってやりたかった。てめえの身勝手のお蔭で、こいつが今日までどんな思いで生きてきたと思っているのだと、突き飛ばしてやりたい。だが、杏菜の表情は静かなままだった。

「あのとき、私さあ——ああ、お母さんは必死なんだなあって、思ったんだ。今の生活を壊されたらどうしようって、ずっとドキドキしてたんだろうなって。私がいたら、お母さんの幸せは壊れるんだって。だから、私——もう、この町にいない方がいいんだなあって」

「それで、辞めたのか？　そんなのって、あるかよ！　そんなことっ！」

自分でも何を興奮しているのか分からなくなりそうだ。杏菜は丸い目を何度も瞬かせ、軽く唇を嚙むようにして「でも、そう思ったんだもん」と言ったきり、また遠くを向いてしまった。

——何で我慢したんだよ。おまえはそれでいいのかよ。

少し前、杏菜が「消えちゃいたい」と言ったときのことが蘇っていた。耕平の気持

ちを理解出来ると。あのとき耕平は、おまえなんかに何が分かると怒鳴りつけた。とんでもない話だった。分かっていなかったのは耕平の方だ。杏菜の人生はあまりにも重たすぎて、耕平などには、とても想像もつかないほどではないか。彼女は生まれたときから、ずっとそんな思いを抱き続けてきたのだ。

いつの間にか太陽は沈み始めて、広い大地に黄昏《たそがれ》が迫ってきていた。風向きも変わったようだ。耕平は、身動き一つ出来ないままで杏菜を見つめ続けていた。

「私、いつも思ってた。私を待っててくれる人はいない。私を待ってるふるさともない。私に興味を持ってくれる人も、私を守ろうとしてくれる人も、世界中、どこにもいないんだって。このままずっと、道ばたの石ころみたいに、誰にも気がつかれないまんまで、いつか、ころん、って転がって死んじゃうのかなあって」

杏菜の肌。杏菜の髪。すべてがこれまでと違って見えた。杏菜自身も見たことがない国に暮らし、言葉さえ通じないに違いない、そういう人間の血が、杏菜の身体には確実に流れている。単なる南国生まれの娘ではなく、彼女はもっと広い地域から受け継がれたものを持っているのだ。しかも黒人なら、そのルーツをたどればアフリカに行き着くのかも知れない。もしかするともっと様々な大陸の歴史が、杏菜という存在の細胞になっているかも知れない。だが、それほど豊かなはずの彼女の背景が、杏菜

自身をこんなにも苦しめてきたのだ。

「先輩」

いつの間にか涙がこみ上げてきて、ふいに呼ばれても、顔を上げることが出来なかった。耕平は必死で涙を呑みながら、「うん」と声を絞り出した。

「先輩はさあ、最初から親切だったよね」

そんなこと、あるもんか。面倒くさくて嫌だった。本当だ。

「見た感じは、いつも不機嫌みたいだったけど。でも先輩は、私にひどいこととか一度も言わなかったし、私のこと、心配してくれてた」

煩《わずら》わしかっただけだ。あんなひどい職場に女の子が一人で入り込んでくれば、気になるのも当然ではないか。

「あの日――海に連れて行ってくれた日ね」

何も答えられない耕平に、杏菜はゆっくり語り続けている。

「私、すごく嬉しかった。すんごく。すんっごく。ラーメンも美味《おい》しかった。それに先輩が、私のことを聞いてくれたのが、やっぱり、嬉しかったんだ」

そんな風に関心を持って、何か聞いてもらったことすら、それまで一度もなかったのだと杏菜は言った。こらえきれず、耕平は寝間着の袖で涙を拭った。自分よりもず

っと年下の、しかも、こんなちっぽけな女の子ではないか。その子が、どうしてこんな思いまでして生きていなければならないのだ。

「だからかなあ、もうこの町にいる必要ないなって思って、辞めようって決めたとき、何となく、先輩の顔を思い出したんだよね」

これでまた見知らぬ街へ行き、誰一人として知っているもののいない環境で暮らして、そういうことを何度か繰り返すうち、やがて自分はまさしく誰かに蹴り飛ばされる石ころのように、どんどん頼りない存在になってしまいそうな気がしたのだと、杏菜は言った。いつもいつも口ずさんできたあの歌のように、自分を受け入れてくれる場所が欲しい。そこに根を下ろして、いつかは花を咲かせたい。単なる石ころではなく、せめて自分を知ってくれている誰かを見守る存在になりたいと、心の底から思ったのだそうだ。

「それに、先輩には、助けてくれたお礼だって、ちゃんと言えてなかったから——それも気になってた。それで、今はこんな石っころみたいな私だけど、でも、私だってそれなりに一生懸命生きてるってこと、誰か一人くらい知っててくれたっていいんじゃないかって。だから、最初は会って、話をするだけでもいいやっていうつもりで、飛行機に乗った」

――生きてて。

ほてった顔を風が撫でる。

それを人生と呼ぶのか、または単なる時の流れなのか、よく分からない。ただ、自分たちが何かの大きな流れの中にいることは確かなのだろうと思う。その流れは、おそらくこの世に杏菜や耕平を生み出すずっと前から、果てしなく続いてきたものだ。杏菜の存在さえ忘れ果てているかも知れないアメリカの父親や、そのまた父親や、耕平の親父に似ているというひい祖父さんや、さらにその父親や――様々な流れが時として交錯し、支流を作って、そして今ここにいる杏菜や耕平という流れになった。生きていれば、この流れはやがてどこかに行き着いて、また違う流れを生み出すのかも知れない。

車いすからでは、丸っこい身体を震わせて泣いている杏菜に手をさしのべてやることも出来なかった。だが、少なくともあの東京の、貧しい部屋で顔を覆って泣いていたときとは、今の涙の意味は確実に違っているはずだった。

西の地平近くに、ほんの少し夕暮れの名残を残している空に、星が瞬き始めていた。虫の音が、聞こえてくる。知床の短い夏が終わろうとしていた。

エピローグ

枕元でけたたましい音が鳴っている。

泥沼から引きずり出されるような気分で、やっと目を覚ました耕平は、手探りで鳴り続けている携帯電話を耳に当てた。「もしもし」というかすれた声を絞り出すまでにも、数秒かかる。昨夜《ゆうべ》の酒がまだ残っているらしい。頼むから、もう少し寝かせてくれよと言いかけたとき、鼓膜に「耕平かっ」という野太い声が響いた。

「そうっすけど――」

「どうすんだよ、今日っ！　おまえ、来ないつもりなのかっ」

その瞬間、本気で目が覚めた。何のことだろうと考えるまでもなく思い出していた。ベッドの上に跳ね起きて、窓の方を見る。カーテンを通して朝陽が射し始めてい

るのが分かる。とうに昇り切った陽の光だ。

——いっけねえ。

ベッドから転げ落ちそうになりながら、耕平は慌てて枕元を見回した。目覚まし時計が見あたらない。取りあえず「すいませんっ！」と見えない相手に頭を下げながら、耕平はベッドの横に直立した。

「こ、これからすぐ、すぐ行きますからっ」

「馬鹿野郎っ！　忘れてたんじゃねえんだろうなっ」

「えっ——いや、忘れてないっす——」

「だったら、早く来いっ！　ぐずぐずしてんじゃねえぞっ！」

「はいっ」

電話を切るなり寝間着代わりのTシャツを脱ぎ捨てたのはいいが、まだ頭が完全に働いていない。ただ、しまった、まずいことになったと、その思いばかりが寝起きの頭の中で渦巻いた。こんなはずではなかった。一体、どうして目が覚めなかったのだろう。

改めて見回すと、ベッドの下に目覚まし時計が転がっている。拾い上げてみたところ、昨晩の記憶通り、確かに五時にセットしてあった。だが、アラームボタンは解除

されている。つまり、時計はちゃんと鳴ったのだ。それを、耕平自身が止めてしまったのに違いなかった。

「まずったなあ、もう」

頭を掻きむしり、とにかく身支度を始める。動く度に、胃がむかついた。失敗だった。何も、早起きしなければならない日の前日に、酒を呑むことなどなかったのだ。それもこれも、町支《ちょうし》の野郎が悪い。あの野郎、自分だけ結婚が決まったと思って、はしゃぎやがって。

バタバタと着替えを済ませて乱暴に顔を洗い、そのまま居間に行くと、おふくろが台所から驚いたような顔を見せた。窓辺では祖母ちゃんが、いつものように新聞を広げている。

「なあに、あんた。今日、休みなんでないの」

「休みだけど、行くんだよ。なあ、俺の部屋で目覚まし鳴ってんの、聞こえなかった？」

「知らないよ、そんなこと。大体、あんた、今日は早く起きるなんて、言ってなかったっしょ」

「今日は、行くの！　七時半までに店に行くことになってたんだよ。大将が、仕入れ

に連れてってやるからって」

言い終わるか終わらないうちに、おふくろが「あらっ」と顔色を変えた。

「もう八時になるんだよ。やだ、あんた、そんな日に寝坊かい？　ちょっと大変でない。あんたんとこの大将は、そういうことにはえらく厳しい人だって、あんた、自分で言ってたでしょうが」

「だから焦ってんじゃねえかよっ」

「クビにでもなったら大変なんだから。土下座してでも、謝るんだよ。いいね」

「分かってるって！」

大声を張り上げながらリュックサックの中を確かめる間、祖母ちゃんは「朝から、まあまあ、賑やかだ」と半ば呆れたような顔で、こちらを見ている。この頃、前よりもさらに耳が遠くなってきたらしい。細かいやり取りまでは聞こえていないのかも知れない。

「あんた、ちょっと、こんだけでも飲んでいきなさい」

おふくろが味噌汁を持ってきてくれた。耕平は立ったままで味噌汁の椀を受け取り、熱い味噌汁の湯気を吹いた。

「気をつけねばだめだよ。慌てて走って」

「分かってる」

「ちゃんと右、左、見て」

「分かってっから」

「何が飛び出してくるか、分かんないんだからね」

「分かってるっつうの。ごっさん」

味噌汁を飲み終えて、ジャンパーのファスナーを上げ、ヘルメットを被る間も、おふくろは空になった椀を持ったまま、ずっと耕平のそばに立っている。耕平は、ヘルメットのベルトを締めながら、「じゃあ」とおふくろを振り返った。

「それから、忘れるんでないよ。今日」

「何が」

「また。ほら。今日は杏菜ちゃんが来る日だからって、言ったでしょうが」

ああ、しまった。そうだった。

「あいつ、今日は泊まっていくんだって?」

「そんな様子だったけど。何だったら、あんたのこと迎えにいってもらおうか？　あの子は今、どこにでも行きたくてしょうがないんだから」

その言葉に、思わず小さく笑ってしまった。つい二、三週間前に届いたばかりの、

全体にころりとして、まるで杏菜そのものみたいな雰囲気の真っ赤な軽自動車が思い浮かぶ。

「迎えに来たっていいけど、何時に帰れるか今んとこ分かんないしさ」

「そんなの、連絡取り合えばいいっしょ」

「それに、そうしたら明日の朝も店まで送ってくれるんじゃなきゃ駄目なんだからって、言っといてよ。でなきゃ、俺、明日が困るからさ。店に自転車置いて帰ることになるんだから」

話しているうちに、おふくろは何を思い出したのか、口を尖らせて憮然《ぶぜん》とした表情になった。

「そんなこと、じかに話せばいいんでない」

「何で。べつに、いいじゃん」

「何か、嫌だ。まるで、母さんがあんたらの間に割って入ってるみたいで」

「割って入ってるって——大体、俺よりかおふくろの方が、年がら年中、あいつと連絡取り合ってるからだろうが。ほとんど毎日だろう？　何だかんだ、喋ってんの」

「あら、あんた、そういう人聞きの悪いこと言うもんでない」

「本当のことだろうがよ」

澄ました顔で答えながら居間を出ようとして、それから耕平は「祖母ちゃん！」と部屋の奥に声をかけた。

「行ってくっから！」

祖母ちゃんは、耕平の声は比較的よく聞こえるらしい。前のめりになるような姿勢で新聞を読んでいたのが、「行っておいで」と顔を上げた。その小さな姿に軽く手を振ってから、玄関の中まで入れてある愛車を引き寄せる。

「いいね、大将に、ちゃんと謝んなさいよ」

玄関から出る間も、さらにグローブをはめて自転車にまたがる間も、おふくろは「気をつけて」と「頑張んなさい」を繰り返し、最後に耕平が背負ったリュックの上から背中をぽんぽん、と叩いた。それを合図のように、耕平はペダルを踏み出し、朝の道を走り始めた。家の前の道からいくつかの角を曲がり、広い道に出たところでギアをチェンジしていく。さっきの味噌汁のお蔭で、胃袋も頭もすっきりしたようだ。吐く息が朝陽に溶けて金色に見える。最初のうちこそ寒くても、じきに全身が温まってくるだろう。

山の方はまだ雪が残っているが、舗装された道路は雪解けの泥濘《ぬかるみ》も水たまりも消えて、もうほとんど乾いていた。まだ何回か雪の降る日もあるだろうが、これからは自

転車で走るのに気持ちのいい日が増えていくだろう。風を切り、汗を飛ばしながら、耕平は快調にペダルを漕《こ》いだ。ネットオークションで一万四千円で落札した安物中古のクロスバイクだが、すこぶる調子がいい。こいつが今や耕平の貴重な足だった。

昨年の夏、病院でのリハビリが始まるとほぼ同時に、耕平は警察による取調べを受けることになった。一日に一、二時間ほどの取調べが数日続き、実況見分なども行って、そうして出された処分は在宅起訴というものだった。逮捕しないんですか、と質問した耕平に、取調べに当たっていた警察官は「されたいのかい」と笑ったものだ。

「怪我さえしていなけりゃあ、現行犯逮捕っていうところだったろうがね。だが、君の場合は、大怪我もしたことだし、入院生活が勾留期間みたいなものだったしな」

逃亡の恐れがあるわけでもなく、証拠隠滅の恐れもない。無論、所在も確かな人物に対して、逮捕する必要はないと警察官は説明してくれた。ただし、起訴されたことは間違いないのだから、これで裁判所が有罪と判断すれば、場合によっては実刑を受ける可能性だって残っていることを忘れてはならないということだった。

なるようにしかならない。

あの頃の耕平は、毎日そう自分に言い聞かせていた。どうせこの世の中は、なるようにしかならないのだ。だからこの先何が起きても、とにかくすべて受け入れること

だ。そうして、ひたすら今日のことだけ考えて生きていくより他にないのだと。

そして、たとえ刑務所に行くことになろうと、とにかく生きて、再びここへ戻ってきて、見届ける——それが、耕平の中に生まれて初めて芽生えた感覚だった。別段、親父の代わりになろうなどというつもりはない。ただ、とにかくおふくろや、祖母ちゃんや、姉貴や姪《めい》っ子、そして、ようやく一カ所に根づこうとしている杏菜のことを、見届ける。見届けたい。もしかするとそれこそが、これから耕平が生きていく上での役割なのではないかと、そんな風に思うようになっていた。

「もし、刑務所に入るようなことになったら、うちのこと、見てやってくれるかな」

起訴された直後、耕平は杏菜に頼んだことがある。杏菜はしばらく口を噤んでいたが、やがて大きく、しっかり頷いた。

「大丈夫だよ、ちゃんとするから。おばさんたちと、先輩が帰ってくるの、待ってる」

「——まじで？」

「先輩こそ、もし、刑務所に入るようなことになったら、身体に気をつけてね」

自分自身の生い立ちを語ったあの日から、杏菜は、また少しずつ変化を見せてきていた。すべて吐き出してしまったことで気が楽になったのか、以前のようなおどおどした様子はすっかり消えて、さらに落ち着いた穏やかな表情を見せるようになった

し、それまで以上に明るく快活になった。それに、以前はまったく口にしなかった沖縄時代の思い出を話すこともあった。見てきた風景。祖母との関わり。学校の友人のこと。沖縄の食べ物のことなど。だが、最後には必ず言うのだ。帰るつもりはない、と。今は沖縄から一番離れた、この北海道の方が、自分のふるさとのように感じているると。そしてあるとき、この土地に親しみを感じる理由の一つとして、アイヌの存在も大きい気がするとも言っていた。

「何となく、似てる気がするから」

沖縄人も、もとをただせばいわゆる「和人」とは異なる人々だった。古い写真などを見ると、アイヌの人たちの風貌は、沖縄人と共通している点が多いように感じると杏菜は言った。その上、杏菜はアメリカ人の血、黒人のＤＮＡも受け継いでいる。

この日本で生まれ、日本に暮らしていて、自分としては日本人だと思っているし、そのつもりだけれど、本当は自分は何人で、どこにいるのがもっとも自然なのか、世界中のどこにふさわしい居場所があるのか、杏菜の中には常にそういった思いがあったという。その感覚が、民族の歴史という点ではまったく異なっているにしても、現代のアイヌたちと、どこか共通しているように思うのだそうだ。杏菜は図書館から本を借りては、少しずつアイヌのことを知ろうとしている様子だった。

耕平も知らなかったことだが、今現在、純血と言えるアイヌ民族は、ほとんどまったくと言っていいくらいに、いないのだそうだ。ただでさえ和人による強制労働や強制移住、病気などによって、明治以前までに人口が激減したところへきて、明治以降は政府の同化政策などもあって、和人との混血が進んだ結果だという。

「考えてる人、いるんじゃないかなあ。自分はアイヌと和人のどっちなんだろう、って。だってさ、いくら自分には和人の血も流れてるんだからって、和人のつもりでいても、顔がアイヌっぽかったら、もう『アイヌ』って言われるわけでしょう？　私だって沖縄にいた頃は、どんなにウチナーンチュのつもりでも、いや違う、黒人の血が流れてるんだから、アメラジアンなんだからって、そういう言われ方、したもん」

杏菜の抱いている感覚は、正直なところ、耕平には理解してやることが難しい。それに、無責任な言い方をするなら、べつに、どうでも構わないのではないかという気もした。

「だって、どこにいようと、アイヌはアイヌだし、おまえはおまえじゃん」

あるとき、耕平は言ったことがある。それが正直な感想だったからだ。あのとき、くるりとこちらを振り向いた杏菜の顔を、耕平は今でもはっきり覚えている。鳩が豆鉄砲を食ったような、ひどくびっくりした顔で、彼女はしげしげと耕平を見ていた。

何だよ、と聞くと、彼女はその顔のまんまで、口を開いた。

「先輩ってさ、そういうところ、すごく面白いよね」

「何が。何で」

「私が自分の話をしたときも、まるでいやがらなかったし」

「だから、いやがるって、何をだよ」

「私のお父さんのこととか」

「父さんの、何。黒人だっていうことか？　それがいやがることか？」

「だから。そういうとこ。こだわる人は、こだわるんだってば」

「俺は、どっちかっていったら、格好いいとは、思ってるけどな」

人種や肌の色や、そういうことにこだわる人間がいることは、耕平だって承知している。何よりも耕平自身のおふくろが、そのタイプではないか。だから耕平は、杏菜の出生については、これから先もおふくろには聞かせまいと思っていた。せっかくいい感じに杏菜を受け入れ、可愛がっているのだ。勝手に日本人の女を妊《はら》ませて、さっさと逃げ去った父親のことなど、持ち出す必要もない。

「私、先輩のそういうとこ、好き」

あのときは、あまりにも自然に言われて、返答のしようがなかった。だが、もしか

するとあの瞬間、耕平は本気で彼女を見守っていきたいと思ったのかも知れない。

略式裁判で罰金三十五万円という判決を受けたのは、ようやく退院出来てから一週間ほどした、ある日のことだ。懲役刑を言い渡されなかったことに、耕平は心の底から感謝した。まだ、この人生を諦める必要などない、すべてから見捨てられたわけではないと、初めて実感出来たときでもあった。

やがて足のギプスも取れて、幸いにして首の痛みや違和感も消え、ようやく普通の生活が送れるようになる頃には、知床はすっかり冬支度に入っていた。それを待ちかねていたかのように、町支を始めとするいつもの高校時代の友人が快気祝いを開いてくれた。そのときに、耕平はさらに新たな出逢いを果たすことになった。その日に訪れた店こそが、今の耕平の職場だ。

斜里から四十キロほど離れた、網走の中心部より少しだけ斜里寄りにある藻琴《もこと》の町に、『タパス大城《おおしろ》』はある。丸々と太った良質の寒しじみが採れることでも知られる藻琴湖からすぐのところに建てられている洒落た石造りの南欧料理店は、耕平が入院する少し前にオープンしたということだ。

「すんません！　遅くなりましたっ」

二時間近くも走り続けて、ようやく自転車を店の前まで乗りつけ、大慌てで裏口か

ら店に入るなり、「馬っ鹿野郎！」という声が飛んできた。

「どんだけ寝てるんだよっ！」

朗々とした大将の声が、すぐ目の前にいるかのように、がらんとした店内に響き渡る。耕平は、小走りで厨房に入ると、改めて「すんません」と頭を下げた。定休日だというのに、大きな鍋を火にかけて、レードルでかき回していた大将は、苦虫を噛みつぶしたような顔で耕平を睨みつけ、「ったく」と吐き捨てるように言った。

「おまえが自分から行きたいって言ったんだからな。連れてってくださいって」

「そうです」

「だったら、時間くらい守れよっ」

「すんませんっ」

「——何だ。昨夜、呑んだのか」

大将の口調が少しだけ変わった。耕平は、上目遣いに大将を見て、曖昧《あいまい》に口元を歪めた。

「町支のヤツが、嫁さんが決まったって言って、酒持って押しかけてきたもんで」

「へえ、町支さんとこの息子が」

大将は町支の家の農場からも野菜を買いつけている。もともとそういう縁があった

からこそ、今の耕平の縁へとつながった。

「相手は？　知ってんのか。会ったことある？」

「少し前に、一回」

「どんな女だ。可愛いか」

「まあ——俺に言わせりゃあ、結構キツそうな感じ、ですかね。あいつ、今からもう尻に敷かれてるって感じだし」

「顔は」

「まあまあ、普通ってとこじゃないスか。気の強さは顔に出てますけどね」

ふうん、と頷き、気の強い女ってえのも、なかなかいいもんなんだよな、としばらくにやにや笑っていた大将は、それから突然、表情を変えた。

「だからって、こっちの約束を忘れんなって話だ。仕事を何だと思ってんだよっ」

「ホント、すんませんっ」

日頃は「大将」と呼んでいるオーナーシェフの大城有一郎《ゆういちろう》は札幌の出身で、昔は絵描きになりたかったのだそうだ。高校を卒業してすぐに単身スペインに渡り、その後イタリアに移って絵の勉強をしながら、学費を稼ぐためにレストランでアルバイトをしていた。そうこうするうち、いつの間にか料理の世界に魅せられて、絵画ではなく

シェフへの道を歩むことになったという。

「じゃ、行くか」

手早くガスの火を止め、ダウンジャケットを羽織って店を出る大将の後について、耕平も大将の車に乗り込んだ。怒るときは猛烈な勢いだが、嵐が過ぎ去れば、あとはすっきりと機嫌を直してくれるところが有り難い。

「おまえ、いつになったら免許、取り直せるんだっけ?」

「あと、一年半くらいです」

「まだ大分あるなあ。要するにその間は、まだおまえに仕入れを任せるわけにいかないってことだもんな」

「——すんません」

「それまでに、ちゃんと目利き出来るようになっときゃあ、いいさ。いくら覚えが悪くたって、一年半も見続けりゃあ、少しは分かってくるだろう」

初めてこの大将の料理を口にしたとき、耕平は、文字通り目が覚める思いだった。確かに長い間、不味い病院食が続いていたせいもあるし、その後はおふくろが作る、代わり映えのしない味ばかりだったせいもあるだろう。だが、それまでほとんど食べたことのなかったスペインやイタリアのものだという料理を口にしたとき、それぞれ

の食材の味がものすごく豊かに感じられることや、食べ慣れていないにもかかわらず、何とも親しみ深く、満ち足りた気分になることに、本気で感動してしまった。パエリアやピッツァだけでなく、イカ、タコや他の魚介類、タマネギ、ニンジン、ジャガイモなどといった地のものを使った炒め物、和え物、さらにこれも地元で加工している干《ひ》ダラを使った煮込みなど、何もかもが生まれて初めての旨さだった。

料理一つで、人はこんなにも笑顔になり、満ち足りた気分になるものだということを、耕平は初めて知った思いだった。そして、自分もこんな味で人を喜ばせることが出来たら、どんなに楽しいだろうかと真剣に考えた。

「南欧料理は、たとえばフランス料理ほど絵画的ではないですよね。器の上に盛られたときの姿という点では、まるでかなわない。だけど、素材を生かしたパワーと情熱っていうかな。それでは断然、勝っている。僕は、南欧の料理は、食べる人と一緒になって初めて絵になると思ってるんです。笑顔、会話、温かさ、そういうものが似合うのは、南欧料理だってね」

初めて言葉を交わしたとき、大将はそんな話をしてくれた。そろそろ五十の坂が見えてきたという大将は、三十半ばに帰国して、その後は東京のレストランで働いていたのだそうだ。それが数年前に偶然にこちらを旅して、知床の豊かな自然や海の幸、

地元産の野菜などに触れ、こういう環境で、地産の食材をふんだんに使った料理店を開きたいと思うようになった。

身長はさほど高くないが、全体にがっちりした体格をしており、目元は涼やかだし鼻筋は通っている。少し白髪が混ざり始めた顎髭も、なかなかお洒落だ。大将は、コックコートや帽子がよく似合う、いかにもシェフらしい風貌をしている。雰囲気からして、さぞかし綺麗な女房でもいそうだと想像していたら、東京の暮らしを整理するに際して、家庭生活も整理してしまったと、苦笑していた。

そうして、たった一人で知床へ来て、店を建て、一人で店を切り盛りしているが、口コミで少しずつ店の名が知られていくにつれ、だんだん手が足りなくなってきたと聞いたとき、耕平は即座に、自分を使ってもらえないかと願い出た。東京で一人暮らしをしていたときだって、ろくすっぽ包丁も持ったことはないし、料理の「り」の字も知らないが、まったくゼロの状態から、是非とも修業させて欲しいと頼み込んだとき、最初、大将は笑って取り合ってもくれなかった。だが、その翌日、今度は昼間に一人で店を訪ねると、大将はひどく意外そうな顔になり、それから真面目に耕平の話を聞いた上で、自分は短気だし口は悪いし、苦労することになるぞと言った。

「大体、これまで包丁も握ったことがないんだろう？」

「でも、やりたいんです。お願いしますっ」

今でもあのときのことを思い出すと不思議な気分になる。それまで、自分が料理人になるなどという選択肢は、頭のどこにもありはしなかったのだ。もちろん、怪我が治ったからには一日も早く仕事を探さなければならないという気持ちは強く持っていた。入院費用や保険金が下りなかった分の弁償費用に加えて、廃車になってしまったジムニーのローンなど、借金は大きく膨らんでいる。手っ取り早い返済方法を考えるなら、一時的にでも知床を離れて、給料の高い業界で働く方がいいのではないかとも考えていたくらいだ。それなのに、料理人になりたいと思った瞬間、給料のことなど頭から消し飛んでしまった。無論、借金を返していかなければならないことは十分かっているのだが、そのためだけに生きるのは嫌だという声が、自分の中で聞こえた気がした。

結局、手が足りないこともあって、大将はひとまずアルバイト扱いで、耕平を雇ってくれた。最初の三カ月ほどは、皿洗いや店の掃除、接客ばかりで過ごした。ちょうど寒さが本格化する頃で、吹雪《ふぶ》く日も増え、二年間の免許取消処分を受けている耕平は、釧網《せんもう》本線や路線バスを使ったり、時にはおふくろや杏菜に車で送り迎えしてもらったりしながら、店に通い続けた。有り難いというか、不思議なくらいに、厳しい寒

さに閉ざされる時期でさえ、『タパス大城』は繁盛していた。外がどれほど吹雪いていても、客は大将の味に会いに来るのだ。それだけのパワーと魅力があるのだと思うと、耕平はますます自分も大将のようになりたいと思った。

ようやく野菜の下ごしらえなどをさせてもらえるようになったのは、つい先月のことだ。ある日、大将が耕平の前に一本のナイフを置いた。

「今日からこれがおまえの大切な道具だ。毎日きっちり手入れして、刃がちびてペティナイフになるまで、使いこむんだぞ」

雇用形態も時給扱いのアルバイトから、ちゃんとした月給取りになった。とはいえ、個人の店だから、他に何の保証があるわけでもない。それでも、耕平は嬉しくてならなかった。以来、毎日のように怒鳴られながら、ひたすら野菜を刻み続ける日々だ。そして今日は、初めて魚の買いつけに連れて行ってもらうことになっていた。そんな大切な日に寝坊したわけだから、どうしようもない。以前の耕平なら、寝坊したり叱られたり、ましてや怒鳴られたりすれば、とっくに挫折していたところだ。それが、今度ばかりはそういう気にならない。おふくろに尻を叩かれるまでもなく、どんなことをしてでも大将について行こうと思っている。我ながら、少しは進歩したのかも知れなかった。

「なあ。おまえも早いとこ、結婚しちまえばいいんじゃないのか？」

「俺が、ですか？」

「ほら、あの子とさ。そうすりゃあ、嫁さんに送り迎えさせりゃあ、いいんだから」

ハンドルを握りながら、大将はちらりとこちらを見る。杏菜のことを言っているのだ。耕平は曖昧に笑って見せた。

「あいつは、そんなんじゃないッスから」

「そんなんじゃないんなら、どんなんだよ。つき合ってんだろう？」

「つき合うっていうか——どういうんですかねえ、こういうの」

「どういうんだ」

「何ていうか——ちょっと、同志みたいなところがあって、べつに、惚れてるとか、そういう感じでもないんですよね」

春に向かう道東の景色が、窓の外を流れていく。耕平は、その風景を眺めながら、「本当に」と付け加えた。

とりあえず、見守るつもりにはなっている。幸せになって欲しいと、心から願っている。いつでも笑っていて欲しいと思う。ウェーブのかかった髪を揺らし、思い切り笑っている今の杏菜から、東京時代の彼女など、果たして誰が想像出来るだろう。耕

平たちは互いにあの時代を生き抜いてきた。よくもここまでやってきたと思う。そういう意味で、同志というか戦友のような存在と言えなくもないのだと話すと、大将は自分の顎髭を撫でながら「ふうん」と頷いた。

「そんな言い方するんだったら、じゃあ、誰かが彼女に手ぇ出しても、べつに構わんってことか？」

「誰かって、誰がですか」

「だからさ、たとえば俺とか」

一瞬、ぎょっとなって隣を見た。そういえば以前、杏菜もこの大将のことを「格好いい」と言っていたことを思い出した。そうだ。五十近いとはいえ、大将だって独身の男だった。しかも、見た目はまあまあだし、既に立派な店のオーナーシェフだし、貫禄《かんろく》もある。旨いものだって食わせてくれる。まさか、大将にもそういう気があるのだろうか。杏菜に？

「俺だって、べつに二度と結婚しないなんて決めたわけじゃあ、ねえわけだしさ」

「え、じゃあ、あのぅ――」

「杏菜ちゃんって言ったっけ？　なかなか可愛いじゃねえか。エキゾチックだし、よく働きそうな感じだし、明るいしさ」

大将と杏菜が——何をどう考えればいいのか、ちょっと分からなくなりそうだ。すると、自分の立場としては、どうなるのだろうか。二人の仲を取り持つのがいいのか？　大将は大切な師匠だ。杏菜は、大切な——。

「俺はさ、やっぱり長いこと向こうにいたせいかな、ああいう派手な顔立ちで、ケツでも何でも、こう、バーンと張ってる女が好きなんだよな。向こうはまだ若いから、せっせと子どもでも産ませてさ」

「——ま、まじっスか」

小さく呟いた途端、隣から鼓膜を震わすような笑い声が響いた。

「馬ぁ鹿。冗談だよ！」

「——え」

「そんな顔になるくらいなら、早いとこ、もう少し腹を決めろよ」

何だよ、冗談かと思いながら、背中の力が抜けていく。耕平は、思わず大将を小突きたいような気分になりながら「だって」とため息混じりに呟いた。

「どっちにしたって、今はまだ無理なんですって。俺——借金だってどっちゃりあるし、仕事だって一人前どころか、半人前にもなってないわけだから」

大将は「ほほう」と嫌らしい目つきで笑いながら、ちらちらとこちらを見てくる。

大将と杏菜が——何をどう考えればいいのか、ちょっと分からなくなりそうだ。すると、自分の立場としては、どうなるのだろうか。二人の仲を取り持つのがいいのか？　大将は大切な師匠だ。杏菜は、大切な——。

「俺はさ、やっぱり長いこと向こうにいたせいかな、ああいう派手な顔立ちで、ケツでも何でも、こう、バーンと張ってる女が好きなんだよな。向こうはまだ若いから、せっせと子どもでも産ませてさ」

「——ま、まじっスか」

小さく呟いた途端、隣から鼓膜を震わすような笑い声が響いた。

「馬ぁ鹿。冗談だよ！」

「——え」

「そんな顔になるくらいなら、早いとこ、もう少し腹を決めろよ」

何だよ、冗談かと思いながら、背中の力が抜けていく。耕平は、思わず大将を小突きたいような気分になりながら「だって」とため息混じりに呟いた。

「どっちにしたって、今はまだ無理なんですって。俺——借金だってどっちゃりあるし、仕事だって一人前どころか、半人前にもなってないわけだから」

大将は「ほほう」と嫌らしい目つきで笑いながら、ちらちらとこちらを見てくる。

「意外に分かってんじゃないかよ、自分のことが」

「そりゃ、そうですよ。こんな状態じゃあ、あいつのことなんか守れっこないんスから。あいつは――あいつのことは、ちゃんと守ってやれるようにならないと、駄目なんです」

口に出してみて、初めて分かった。

そうなのだ。

あいつを守れるようにならなければならなかった。単に見守るだけでなく、本当の意味で守れるようになりたい。自分で言っておいて、何だか急にドキドキしてきた。

「大したもんだなあ。すごいこと言うじゃないか。おまえ、意外に本気なんだな」

「何か――そういうことなんスかね」

その途端、隣から腕が伸びてきて、「何だよ」という声と共に、頭を小突かれた。

それから先は、言葉が途切れる度に、頭だの肩だのをど突かれ続けた。

「そういう、ことなんだよっ。このっ。しっかりしろよ、んっとに！　そんなら、彼女のためにだって、早いとこ、一人前になんなきゃ、なんねえんだろうがっ。寝坊して遅刻なんか、してる場合じゃ、ね、え、ぞっ！」

もう分かりましたからと、大将からの攻撃を必死で避け続け、負けないくらいに大

声を張り上げて、耕平は、つい笑ってしまっていた。思えばこんな風にうるさく口出しし、ちょっかいを出し、耕平を育てようとしてくれた人は、かつていなかった。これからも、この人にずっとついて行きたい。そして、いつかは一人前のシェフになる。その時こそは、本当に杏菜を守れる男になっていたかった。

「何、笑ってんだっ。ほらっ、このっ、聞いてんの、かっ」

大将は、しつこいくらいに隣から手を伸ばしてくる。「もう、勘弁してくださいよ」と顔をしかめてその手を押し戻しながら、実のところ耕平は嬉しくてならなかった。こんな日が来ようなんて、半年前には想像もつかなかった。

車は北に向かっている。海沿いの道に出ると、オホーツクの海のところどころに、小さな白いかたまりが浮かんでいるのが見えた。本隊から置き去りにされた流氷だ。もうすぐウニ漁も解禁になるだろう。道ばたの斜面には、黄色いフキノトウも顔を出し始めている。本当の新しい季節が来ようとしていた。

解説

榎本正樹

乃南アサという作家名を聞いて、読者は具体的にどのような作品を思い浮かべるだろうか。第一回日本推理サスペンス大賞優秀作を受賞した鮮烈なデビュー作『幸福な朝食』（'88年）であろうか。それとも第一一五回直木賞を受賞した、『凍える牙』（'96年）に始まる女刑事・音道貴子のシリーズだろうか。あるいは、その他多くの長編小説や短編集であろうか。

現代日本文学シーンの中で乃南アサの作品群をあえてジャンル分けすれば、広義のミステリにカテゴライズすることができるであろうが、サスペンスや心理小説の手法を取り入れた精緻な構成と描写と、社会小説的なテーマを含んだ物語内容には、ミステリを超越する要素が盛りこまれている。ジャンルとしてのミステリに依存するので

はなく、ミステリの枠組みで何を描くのか、という問いと実践が、乃南アサの小説世界のリアリティを支えている。数々の作品を通して乃南が提出するのは、「人間という存在が孕《はら》む根源的な神秘性」とでも表現可能な、人間の精神の働きへの飽くなき探求である。ここで小説ジャンルとしてのミステリ（Mystery）の本来の語義が、「秘密」「神秘」であることに注意を向けるべきかもしれない。逆説的な言い方になるが、ジャンル小説的な意味あいというよりも語義的な意味において、乃南アサはMysteryの作家であると断言することが可能なのである。

『ニサッタ、ニサッタ』は、乃南アサの小説群の中でも異色作といえる。それは、ミステリやサスペンスの要素が可能な限り抑えられ、結果として乃南作品で唯一の一般小説として成立しているからだ。すでに述べたように、社会小説への志向が明らかな乃南作品であるが、ゼロ年代の社会、経済状況を前提に構想された本作は、本格的な社会小説として読むことができる。

読者の前にまず現れるのが、小説の主人公としてはどこか頼りない、大卒一年目の二十四歳の片貝耕平《かたがいこうへい》という名の青年である。読者は物語の開始時において、早くも危機に直面する耕平の姿を目の当たりにする。「～スか」という若者言葉の言い回しを多用し、仕事を終えたら吉牛あたりで夕食を済まし、軽くパチンコでもすることを楽

しみとする耕平の姿には、どこか軽薄な印象を受ける。再就職して半年に満たない会社の社長が計画倒産をたくらみ逃走したことから、耕平の人生は大きな変化を迫られる。仕事を失った耕平は、頼るべき友人や知人がいない匿名性に覆われた東京という街の中で、かつて体験した「心地好いのか生温《なまぬる》いのか分からない倦怠《けんたい》の日々」へと追放されることになる。

ここから始まる耕平の転落の人生は、まさに「転げ落ちる」と表現されるにふさわしい壮絶なものだ。社会との接点がケータイ一つのみとなった耕平は、人材派遣会社に登録し、日雇い派遣や短期のアルバイトで食いつなぐ。しかし大卒のプライドと本来の飽きやすい性格に加え、現実認識の甘さと運の悪さが重なり、仕事は長続きしない。手堅い職場のオフィスワークとしてようやく手に入れた学習塾の仕事も、不運の病により契約解除となってしまう。消費者金融で借金をし、家財をすべて売り払い、東京の部屋を出た耕平は、ネットカフェに寝泊まりした後、週借りの格安ウィークリーマンションに落ち着くも、「地道にコツコツ」の流儀を捨てパチンコ生活に明け暮れた結果、父ゆずりの女癖の悪さがたたり、ツキにも見放され全財産を失う。

耕平の転落のプロセスは、直接間接にゼロ年代の労働環境を反映している。小泉改革の一環として制定された労働者派遣法の改正（'04年）は、非正規雇用の労働力を

「景気の調整弁」として使い捨てにする風潮を生んだ。正規雇用者と非正規雇用者間の不平等は、格差社会を助長させる要因となった。労働力を買い叩くことによって利益を得ようとする、一部の企業と株主の姿勢は批判されなければならない。派遣労働者になった耕平は、住む場所を奪われ、社会との関係を奪われ、経済的に追いつめられていく。帰属すべき場所と関係を奪い、労働力を低賃金で搾取し、経済的に逼迫《ひっぱく》させ、最終的に社会から分断されたばらばらの個人として生きるしかなくなる状況に追いつめることでシステムの管理下に置く。本作は、ワーキングプアに陥った一人の青年の日常生活に密着しながら、現代日本を覆いつくす新自由主義に基づいた経済システムの収奪の構造と、労働によって個人を縛る管理システムの核心こそを白日の下に晒《さら》す。耕平の転落の人生は他人事ではない。ほんの少しの判断の誤りが、時として生存を脅かすような危機を招き寄せてしまう。それは、わたしたち誰にも起こり得る、この時代が生んだ陥穽《かんせい》なのである。

その日暮らしの仕事から抜けだせない耕平は、次のような思いに促される。「一体、何をどうしたら、こういう日々から抜け出すことができるのだろうか。ただ安定した仕事をしたい、明日の心配をせずに暮らしたいと思う。それの何が悪いというのだろう。贅沢《ぜいたく》をしたいなんて言っていない。東証一部上場の企業に入りたいとも言っ

ていない。ただ普通に仕事をして、普通に暮らしたいと思っているだけなのに」。多くの読者の共感を得る独白ではないだろうか。ひと昔前までは当然であった、安定した仕事に就《つ》き、普通に暮らす生活の確保さえもが難しくなってしまったこの時代に、ばらばらの個人として生きることを強《し》いられるわたしたちは、どのような自己目標を設定し、どのようなライフスタイルを実現可能なのか。この小説は、そのような切実でリアルな同時代的な問いかけを読者に突きつけ続ける。

消費者金融で多額の借金を抱えた耕平は、新聞販売店での住みこみの仕事に流れ着く。わけありの男たちの中に交じり、あらゆる欲望を断ちきった耕平は、ひたすら働き続ける。紙受けに始まり、紙分け、配達、集金、営業、さらには新聞拡張団の存在など、普段接することが少ない新聞販売店の労働の現場をめぐる描写は、詳細かつリアルだ。作者自身の緻密な取材に基づいていると思われる新聞販売店のインサイドストーリーは、情報小説、業界小説として、この作品の骨格を支えている。

他者との関わりを排する生き方を貫く耕平の前に、新米の住みこみとして採用された一人の若い女性が現れる。竹田杏菜《たけだあんな》と名乗る彼女もまた、耕平と同様に物語に登場した段階で負の属性を与えられている。三つ編みのお下げ髪、日焼けした丸い顔、太い眉、ぺしゃりと横に拡がった鼻……。耕平を「先輩」と呼び慕う杏菜との出会い

と、ある事件を契機に芽生える彼女への共感が、耕平に帰郷を決意させる一因になるとともに、彼と杏菜のその後の運命を大きく変えていくことになる。杏菜は耕平にとって常に謎めいた存在だ。男ばかりの新聞販売店でなぜ彼女は働き続けるのか。彼女が自室で口ずさむ歌にはどのような意味が託されているのか。そして沖縄出身の杏菜の出自をめぐる謎こそが、本作最大のミステリとして機能していく点において、杏菜は耕平にとって絶対的な他者としての役割を担い続ける。

『ニサッタ、ニサッタ』は物語構成上、前半と後半のふたつの部分に大きく分けることができる。前半のプロローグから第三章までは主人公・片貝耕平の東京での生活を描き、後半にあたる第四章からエピローグまでは耕平の郷里、北海道斜里《しゃり》町での日々が綴られる。前半と後半、東京と斜里という二つの場所を対照的に置くことで、中央と地方の生活の格差を際立たせている。北海道東部、オホーツク海に面した斜里郡斜里町は、二〇〇五年にユネスコ世界自然遺産に登録された知床半島を有し、農業、漁業、観光を主な産業としている。町の名は、アイヌ語のサルまたはシャルより転訛《てんか》したもので、「アシの生えているところ」を意味するという（参考・斜里町役場ホームページ www.town.shari.hokkaido.jp）。

大学時代を含め東京での九年間の生活に見切りをつけ、郷里に帰還して心機一転、

新たな人生を歩み始めると思いきや、耕平のダメ男ぶりは、加速の一途を辿る。友人の仲立ちで網走のスーパーでアルバイトとして働くことができるようになるも、実家での生活が安定し始めると徐々に箍《たが》が緩み、女性とつき合い始め有頂天《うちょうてん》になり、結果として痛い目に遭う。労働意欲が希薄で女性に甘い性格は父親ゆずりといえようが、経験から学ばず、同じような失敗を繰りかえす主人公の言動に、歯がゆい思いをする読者は多いはずだ。キャラクターへの愛を感じさせない、突き放したような作者の書きぶりも、耕平の軽佻浮薄さを強調することになる。

耕平を頼って斜里の地にやってきた杏菜との関係が、物語に新たな局面をもたらす。片貝家にやってきたばかりの杏菜への耕平の母親の評価は、「みっともない子」「どこの馬の骨とも分からないような子」と否定的だ。しかし杏菜が頻繁に家に出入りし、溶けこんでいく中で徐々に見方が変わり、「杏菜ちゃんは、うちの末っ子だ」と、家族の一員のような存在として認めるまでになる。

片貝家における杏菜の受容には、耕平の祖母の存在が大きく関わっている。耕平にとって父方の祖母である彼女は、父の力が機能していない片貝家にあって、家を取りしきる「長」のポジションにある。女性の力が強い片貝家は母系家族といえるだろう。片貝とは貝殻が一方だけにしかないアワビのような貝を意味するが、片一方にし

か貝殻をもたない片貝は、まさに片貝家の家族の事情を象徴している。

祖母は杏菜が和人《わじん》でないことを瞬時に見抜き、耕平に「だから、あんたはね、よおつく気を使ってやらねば、なんねえよ」と諭す。身寄のない故郷喪失者である杏菜の出自には、戦後の沖縄の抱えた問題が集約している。耕平は杏菜が和人ではないという祖母の言葉を手がかりに、それまで意識することがなかった北海道の先住民族アイヌへの関心へと導かれていく。北海道出身の耕平と沖縄出身の杏菜が東京で出会い、北の地で出会い直す。ふたりの出会いの物語は、和人ではない人たちが暮らし、本土とは異なる独自の歴史と文化を育《はぐく》んできた北海道と沖縄という二つの土地の出会いの物語を含意している。北海道と沖縄をめぐる地勢的、歴史的、民族的、文化的な問題を、人生の隘路《あいろ》に嵌《はま》った耕平と、帰属すべき居場所を喪《うしな》った杏菜のコミュニケーションと相互認証の物語に還元し表現している点に、表象装置としての小説の可能性を見いだすことができる。

耕平と杏菜の関係をひと言で説明することはむずかしい。友人でも恋人でも家族でもない、しかしそれらをすべて含みこんだようなふたりの関係を、耕平は「同志」「戦友」と表現する。しかし、その言葉をもってしても、ふたりの関係は表現しきれてはいない。多様な意味を孕むふたりの関係は、この長大な小説を読むことによって

しか理解できない。換言すれば、耕平と杏菜の言語化不可能な関係を描くために、『ニサッタ、ニサッタ』は書かれたといってよい。

この作品のタイトルもまた、アイヌ語から採られている。ニサッタ（＝明日）という言葉が二度繰りかえされる作品タイトルは、東京での生活が行きづまり、住む家をなくした耕平が「――明日から。明日から」と呟くシーンを踏まえてのものだと考えられる。予測不可能な「明日」は、常に脅威として迫ってくる。斜里の町で大きな事故を起こし、自死を考えるまで追いつめられる耕平を、祖母の言葉が救う。彼女は孫に語りかける。「明日ってのは必ず来るもんだから。生きてるうちはな」「今日のことだけ、考えでな」。ここにおいて「明日」という言葉は、耕平の中で絶望の言葉から希望の言葉へと更新される。明日何が起こるか分からない。しかし今日のことだけを考えて生きれば必ず明日は来る、との祖母のメッセージを耕平は真摯《しんし》に受けとめる。そしてさらに、母に拒否され続けた杏菜の語るプライベートストーリーは、負の極限まで追いつめられていた耕平を、新たな次元へと導くきっかけとなるのである。

耕平にとって人生の目標や夢を設定する行為は、嫌悪されるべきものとしてあった。老齢に到り、再び自分の夢を追いかけ始めた父親を憎み、大道芸人になる夢を実現した友人内田の成功を素直に喜ぶことができない。しかし祖母と杏菜の言葉によっ

てもたらされた世界との和解は、耕平の中に小さな希望の萌芽を芽生えさせる。

二十一世紀初頭の日本において、大々的に「希望」をアナウンスすることはむずかしい。それは、リーマン・ショック以後も長引く世界的な金融危機や不況のような経済的な事情によるものだけではない。そもそも希望とは個人に帰するものであり、それゆえ個別の物語としてしか提示しえない側面をもつものであるからだ。何度も「振り出しに戻る」人生を繰りかえしてきた耕平は、物語の結末において、ようやくスタート地点に立つ。この後、彼の人生がみずからの望む方向に進んでいくかどうかはわからない。自己選択の形でしか個人的な希望は提示しえず、それこそが現代的な希望の示し方であることに自覚的である点において、『ニサッタ、ニサッタ』は「希望の物語」といえるのである。

この作品では、人生の叡知を孫に託した祖母の人生が要所要所で語られている。福島出身者であること。両親とともに開拓移民として北海道に移住したこと。八人の子供を産んだこと。現在、九十五歳であること。作中からは断片的な情報しか得られないが、彼女は第六回中央公論文芸賞を受賞した『地のはてから』（'10年）において、主人公の役回りを演じることになる。『地のはてから』は、『ニサッタ、ニサッタ』に到る壮大なプレストーリーである。『ニサッタ、ニサッタ』と『地のはてから』を併

せ読むことによって、この二作が大正、昭和、平成の時代を横断する家族史小説として構想されていることが理解できるだろう。実はこの二作には、耕平の父親の世代の物語が描かれていない。耕平と杏菜のその後の関係や、耕平の姉の子供の行く末も気になる。今後も、「片貝家サーガ」が乃南の手によってライフワークとして書き継がれていくことを、一読者として強く望みたい。

本書は、二〇一〇年十月に小社より単行本として刊行されました。

|著者|乃南アサ　1960年東京生まれ。'88年『幸福な朝食』が第1回日本推理サスペンス大賞優秀作となる。'96年『凍える牙』で第115回直木賞、2011年『地のはてから』で第6回中央公論文芸賞をそれぞれ受賞。主な著書に、『鍵』『ライン』『風紋』『窓』『鎖』『不発弾』『火のみち』『風の墓碑銘《エピタフ》』『いつか陽のあたる場所で』『ウツボカズラの夢』『犯意』『自白　刑事・土門功太朗』『すれ違う背中を』『禁猟区』『いのちの王国』『ミャンマー　失われるアジアのふるさと』『地球の穴場　仙人の村から飛行船まで』など多数。

ニサッタ、ニサッタ(下)

乃南《のなみ》アサ

講談社文庫

定価はカバーに
表示してあります

2012年10月16日第1刷発行

発行者――鈴木　哲

発行所――株式会社　講談社

東京都文京区音羽2-12-21　〒112-8001

電話　出版部　(03)　5395-3510
　　　販売部　(03)　5395-5817
　　　業務部　(03)　5395-3615

デザイン―菊地信義

製版―――凸版印刷株式会社

印刷―――凸版印刷株式会社

製本―――加藤製本株式会社

Printed in Japan
JASRAC　出1211729-201

ISBN978-4-06-277404-8

講談社文庫刊行の辞

二十一世紀の到来を目睫に望みながら、われわれはいま、人類史上かつて例を見ない巨大な転換期をむかえようとしている。

世界も、日本も、激動の予兆に対する期待とおののきを内に蔵して、未知の時代に歩み入ろうとしている。このときにあたり、創業の人野間清治の「ナショナル・エデュケイター」への志を現代に甦らせようと意図して、われわれはここに古今の文芸作品はいうまでもなく、ひろく人文・社会・自然の諸科学から東西の名著を網羅する、新しい綜合文庫の発刊を決意した。

激動の転換期はまた断絶の時代である。われわれは戦後二十五年間の出版文化のありかたへの深い反省をこめて、この断絶の時代にあえて人間的な持続を求めようとする。いたずらに浮薄な商業主義のあだ花を追い求めることなく、長期にわたって良書に生命をあたえようとつとめるところにしか、今後の出版文化の真の繁栄はあり得ないと信じるからである。

同時にわれわれはこの綜合文庫の刊行を通じて、人文・社会・自然の諸科学が、結局人間の学にほかならないことを立証しようと願っている。かつて知識とは、「汝自身を知る」ことにつきていた。現代社会の瑣末な情報の氾濫のなかから、力強い知識の源泉を掘り起し、技術文明のただなかに、生きた人間の姿を復活させること。それこそわれわれの切なる希求である。

われわれは権威に盲従せず、俗流に媚びることなく、渾然一体となって日本の「草の根」をかたちづくる若く新しい世代の人々に、心をこめてこの新しい綜合文庫をおくり届けたい。それは知識の泉であるとともに感受性のふるさとであり、もっとも有機的に組織され、社会に開かれた万人のための大学をめざしている。大方の支援と協力を衷心より切望してやまない。

一九七一年七月

野間省一

講談社文庫 最新刊

乃南アサ
ニサッタ、ニサッタ(上)(下)
何も悪いことなんかしていないのに——。現代日本で働く若者をリアルに描く感動長編。

内田康夫
日光殺人事件
明智光秀伝説と、日光の大牧場主を巡る殺人。浅見光彦が、時空を超えた謎を解き明かす！

市川拓司
吸涙鬼
愛とは生きて欲しいと願うこと。若き死を運命づけられた少女を救う「吸涙鬼」の物語。

真梨幸子
クロク、ヌレ！
人気作家の死を機に明かされた、二人の芸術家を巡る壮絶なドラマ！　著者最高の到達点。

三津田信三
凶鳥《まがとり》の如き忌むもの
〝鳥人の儀〟の最中《さなか》、巫女は忽然《こつぜん》と消失した。〝刀城言耶《とうじょうげんや》シリーズ〟第二長編、待望の刊行！

中野孝次
すらすら読める方丈記
時代を超えて読まれてきた名作が総ルビの原文と中野孝次による現代語訳・解説で蘇《よみがえ》る。

末浦広海
捜査官
原発テロ勃発か？　廃棄物処分地候補で起こる事件の連鎖。公安と県警、必死の捜査陣。

笠井潔
青銅の悲劇(上)(下)
〈瀕死の王〉
矢吹駆《かける》シリーズ日本篇、第一作。昭和の最期迫る頃、旧家・鷹見澤《たかみざわ》家を襲った悲劇とは？

樋口明雄
ミッドナイト・ラン！
死んでるハズの男女5人が、ヤクザとパトカーを振り切って大逃走。一気読み保証付き！

逢坂剛
北門の狼
〈重蔵始末(六)蝦夷篇〉
シリーズ初の本格長編。本蝦夷からクナシリ、エトロフへ。重蔵一行に襲いかかる艱難！

和田はつ子
金魚心
〈お医者同心　中原龍之介〉
女たちの変死事件が悪辣な企みを暴き出す。癒しの人気シリーズ第七作。〈文庫書下ろし〉

日本推理作家協会 編
桜庭一樹 選
謎007
〈スペシャル・ブレンド・ミステリー〉
謎と謎がより深い謎を呼ぶ。至極のアンソロジー。今回の選者は、超読書家・桜庭一樹！

講談社文庫 最新刊

濱　嘉之	警視庁情報官　ブラックドナー	ついに舞台は海外へ！　臓器密売ルートを暴くため黒田はマニラへ飛ぶ。〈文庫書下ろし〉
奥泉　光	シューマンの指	指を切断したはずの天才ピアニストがシューマンの曲を弾いていた!?　傑作音楽ミステリ。
乙武洋匡	だいじょうぶ3組	手と足のない担任、赤尾先生と5年3組の子どもたちが過ごした一年間。著者初の小説！
高殿　円	カーリー〈I.黄金の尖塔の国とあひると小公女〉	第二次大戦前夜の英領インド。激動の時代を懸命に生きる少女たちを描くシリーズ第一作。
原田マハ	夏を喪くす	順風満帆な人生に突然立ちこめる暗雲。注目作家が女性の「決意の瞬間」を鮮明に描く。
長野まゆみ	レモンタルト	義兄と同じ家に暮らす弟。募る義兄への恋心と、秘密の仕事。スウィートな連作短編集。
梨屋アリエ	スリースターズ	児童文学の旗手が、心に闇を抱えた少女たちの生々しさを描いて新境地を拓いた衝撃作！
望月守宮	無貌伝〈～双児の子ら～〉	「顔」を奪われた名探偵と新米助手が、連続殺人事件に挑む！　第40回メフィスト賞受賞作。
伊東　潤	戦国鬼譚　惨	武田家滅亡が招いた鬼哭啾啾《きこくしゅうしゅう》を活写し、極点での人間の本性を炙《あぶ》り出した傑作戦国絵巻！
高田崇史	カンナ　奥州の覇者	秘密の社伝は岩手へ。持ち去った諒司の正体は？　蝦夷の長・アテルイ降伏の謎とは？
折原　一	タイムカプセル	卒業式の日に校庭に埋めたタイムカプセル。十年後、メンバーたちに不気味な案内状が！
森村誠一	悪道	柳沢吉保の大陰謀に気づき北へ逃亡する伊賀の若者の命運は？　吉川英治文学賞受賞作。
西村京太郎	十津川警部　西伊豆変死事件	西新宿で殺された女は、すでに五年前、西伊豆で溺死していた。どちらが本物なのか？